키요이&히라
고뇌하는 그

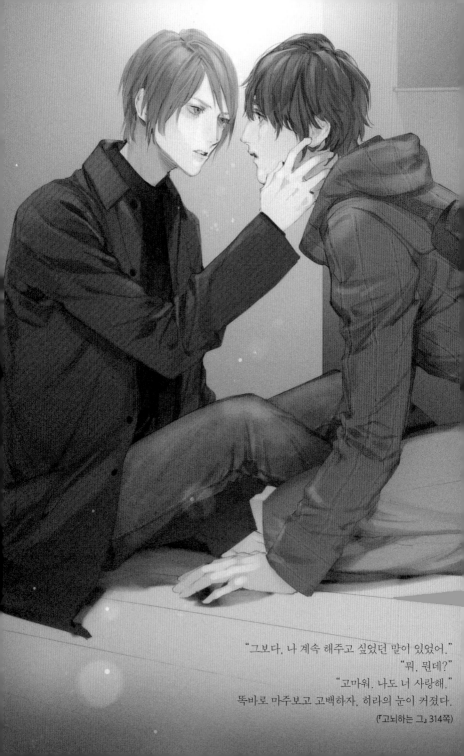

"그보다, 나 계속 해주고 싶었던 말이 있었어."
"뭐, 뭔데?"
"고마워. 나도 너 사랑해."
똑바로 마주보고 고백하자, 히라의 눈이 커졌다.

『고뇌하는 그』 314쪽)

아름다운 그

3

悩ましい彼

고뇌하는 그

나기라 유 지음 — 메이 옮김 — 일러스트·가사이 리카코

포레
forêt

NAYAMASHIIKARE
UTSUKUSHIIKARE 3

Text Copyright © YUU NAGIRA 2019
Illustrations Copyright © RIKAKO KASAI 2019
Originally published in Japan in 2019 by TOKUMA SHOTEN PUBLISHING CO.,LTD.,
Tokyo.
Korean translation rights arranged with TOKUMA SHOTEN PUBLISHING CO.,LTD.
through JM Contents Agency Co.

이 책의 한국어판 저작권은 JM Contents Agency Co.를 통해
TOKUMA SHOTEN PUBLISHING CO.,LTD.와 독점 계약한
출판그룹 문학동네의 임프린트 포레에 있습니다.
저작권법에 의해 한국 내에서 보호를 받는 저작물이므로
무단 전재 및 무단 복제를 금합니다.

차례

일러스트 가사이 리카코

일러두기

1. 외래어 표기는 국립국어원 외래어 표기법에 따랐으나, 일부 인명은 현지 발음 대로 표기하는 예외를 두었다.
2. 본문의 주석은 모두 옮긴이주다.

고뇌하는 그

I

오전에는 대학 수업, 오후에는 잡지 촬영과 방송국 미팅. 키요이는 학생과 배우, 두 가지 일을 병행하느라 힘들다. 하루를 마감하며 헬스장에서 운동하고 집으로 돌아가는 것이 평소 루틴인데, 오늘은 회사에 얼굴을 비쳤다.

"안녕하세요, 우에다씨 대본 왔다면서요?"

스태프가 두툼한 옅은 갈색 서류봉투를 건네주었다.

묵직한 대본을 받아들며 키요이는 드디어…… 하고 솟아오르는 흥분을 애써 눌렀다.

해외 상연도 하는 국내 톱클래스 연극 연출가이자 극작가인 우에다 히데키. 예전부터 오디션을 봤지만 계속 떨어지기만 했던 연출가의 무대에 마침내 설 수 있게 되었다.

"이렇게 빨리 우에다씨 연극 무대에 서게 되다니 정말 꿈같은 일이야. 젊은 배우들 중에선 확실히 머리 하나는 더 올라서게 됐어. 어이없는 사건에 휘말린 보람이 있었네."

매니저 스가가 감개무량한 듯 끄덕끄덕했다.

"얼굴이 피범벅된 키요이를 봤을 때는 배우 생명 이대로 끝나나 아찔했는데, 그 사건을 계기로 우에다씨가 먼저 제의해줬으니, 정말 언제 어디서 기회가 굴러올지 모르는 일이야."

야마가타 사장도 진지하게 말했다. 소속사 선배인 안나의 열애 스캔들과 거기서 파생된 키요이 납치 폭력 사건. 작년 연예계를 뒤흔들었던 큰 사건이고, 키요이도 그때를 떠올리면 지금도 그 범인을 잡다 인정사정없이 두들겨패고 발뒤꿈치로 짓밟아서 다진 고기처럼 뭉개버리고 싶을 만큼 분노가 치밀어오른다. 하지만 그 사건으로 키요이의 이름이 단번에 대중에 널리 알려졌다.

"그럼."

키요이는 깊게 숨을 들이쉬고 봉투를 쫙 찢었다. 사장과 매니저가 한껏 기대하다가 눈을 크게 떴다. 거장이 보낸 대본이니 좀더 정중하게 다루라고 말하지만, 키요이는 왜 그래야 하는지 알수 없다. 중요한 건 대본 자체이지 봉투 따윈 아무래도 상관없지 않나. 쫙 찢고 동그랗게 구겨 쓰레기통에 던져버렸다.

"왜 저렇게 거칠어?"

"얼굴이 예쁜 만큼, 반전이 있네요."

소곤거리는 사장과 매니저의 말을 무시하고 키요이는 소파에 앉은 채 다리를 꼬았다. 감개무량한 마음으로 한숨을 크게 내쉬고 표지를 보았다. 연극의 제목은 〈로커스트〉였다.

"로커스트는 메뚜기래."

스가가 휴대폰으로 검색해보더니 말해주었다. 메뚜기? 어떤 이야기일지 더 흥미가 일어서 대본을 획획 넘겨보았다.

"이야, 이거 꼭 키요이가 하는 말 같지 않아?"

사장이 어느 페이지를 손가락으로 짚었다.

"'쓸데없이 더 지껄이면 발뒤꿈치로 짓밟아서 다진 고기처럼 뭉개주겠어.'"

깜짝 놀랐다. 불과 일 분 전에 했던 생각이 적혀 있었다.

"이게 키요이 배역 아닐까?"

우에다의 연극에서는 주연 외의 배역들은 서로 얼굴을 보는 당일까지 비밀인 경우가 많다.

"그럴지도 몰라요. 젊은 배우에게 맞춰 쓰는 경우도 많으니까."

맞춰 쓴다는 건 먼저 출연할 배우를 정하고 나서 그 배우의 개성에 맞춰 각본을 쓴다는 말이다. 연기 경험이 없는 아이돌 등을 주연으로 하는 경우 종종 그런다. 처음부터 배우의 개성에 맞는 원작을 고르는 경우도 있다. 그런가 하면 리얼리티를 추구하기

위해 신인이고 베테랑이고 상관없이 모두에게 맞춰 쓰는 각본가
도 있다.

"키요이를 배려해준 거네."

그 말에 키요이는 눈썹을 찌푸렸다. 배려라는 말은 듣기는 좋
지만 솔직히 연기력이 미심쩍다는 말이다. 우에다의 연극에는
언제나 실력파 배우들이 참여하니 확실히 지금의 키요이와 실력
차가 없다고는 할 수 없다. 그걸 아니까 더욱 온 힘을 다해 부딪
쳐보려 생각하고 있었다. 그런데 해보기도 전에 의욕이 꺾이는
것 같아 유쾌하지 않았다.

"그건 어쩔 수 없어. 연극은 실패하면 안 되는 단판승부니까,
출연하는 다른 배우들을 생각하면, 이번엔 참여에 의의가 있다
고 생각하고 많이 배우면 돼."

"출연료를 받는데 배운다는 것도 이상하지 않나요?"

"아무리 명배우라도 다 그렇게 성장해온 거고, 우에다씨가 맞
춰 써준 건 영광스러운 일이야. '발뒤꿈치로 짓밟아서 다진 고기
처럼' 옆에 있는 지문 좀 봐봐, '훗 코웃음치며'…… 이건 정말
키요이 그 자체 아냐? 역시 본질을 꿰뚫어보는 눈이 대단해. 키
요이는 밖에서 내숭 떠는데."

"〈꼬마 강아지 원더〉 밀착 관찰 방송에서는 내숭 잘 떨었는데
말이죠."

"그땐 좀 위험했어요. 모두 원더에게 녹아서 마냥 흐물흐물해

졌는데 키요이 혼자 차가운 표정인 게 와이프아웃으로 넘어가면서 잡혔잖아요. 정말 방송사고 급이었다니까."

"원래도 아이랑 동물을 안 좋아하는데다 그 전날에도 철야 촬영을 해서 기분이 안 좋았던 거지?"

"귀여움이 폭발하는 강아지에게도 소금이라도 뿌릴 기세로 차갑게 구는 키요이니까 이 역할 맡으면 보나마나 성공할 거예요. 무자비하거나 몰인정하거나 거친 발언 쪽에서 키요이보다 더 잘할 수 있는 젊은 배우는 없을걸요."

칭찬하는 건지 깎아내리는 건지 어쨌든 두 사람은 대본을 키요이에게 맞춰 써준 것이 만세를 부를 일이라며 기뻐했다. 뾰로통해진 키요이에게 스태프가 열심히 하라며 커피를 내려주었다.

"우에다씨 연극이니까 분명 성공할 거예요. 안티 같은 건 발로 뻥 차버리고요."

"안티?"

"아, 그래그래. 아무튼 키요이, 대본 읽어보자."

스가가 얼버무리려는 듯 끼어들었지만, 키요이는 대본을 탁 덮었다.

"안티라니 무슨 소리예요?"

키요이의 물음에 사장과 매니저는 한숨을 내쉬었다. 납치 폭력 사건의 방아쇠가 되었던, 안나와 국민 아이돌 그룹 멤버 키리야 케이스케의 열애 보도. 그 충격적인 사건으로 키요이가 단번

에 유명해지면서 팬도 많이 늘어났지만, 그만큼 안티들이 생겨
났다.

"반은 다른 젊은 배우 팬들이고, 나머지 반은 키리야 팬들이
야."

"네에? 키리야 팬들이라면 여자친구인 안나를 싫어해야 하는
거 아니에요?"

"안나는 말할 것도 없이 공격당하고 있어. 그래도 그 사건을
계기로 안나와 키리야의 교제를 인정하는 분위기로 흘러갔잖아.
사진도 키요이까지 셋이 같이 찍었고."

"그건 화풀이잖아요."

"그렇게라도 하지 않으면 감정이 해소되질 않는 거야. 직접적
으로 안나를 공격하면 안나를 질투하는 것 같잖아. 연예인을 대
상으로 진지하게 연애 감정을 갖는 팬들을 비웃는 사람들도 있
거든. 그래서 그 두 사람의 사랑을 이루어지게 한 키요이를 쿠션
처럼 가운데 두고 두들기면서 화를 푸는 거야."

"그러니까, 실제로는 키리야에게 진짜 연애 감정을 품고 안나
를 질투하는 거잖아요?"

"그러니까, 겉으로는 그렇게 보이고 싶지는 않다는 자존심이
랄까."

"한심해."

단칼에 잘라 말하고서 SNS를 열어 제 이름을 쳐보자, 욕설과

비방이 줄줄이 나왔다. 방송에서 한 발언을 앞뒤 맥락 무시하고 일부만 잘라서 올려놓고는 오만하다, 재수없다, 성격이 지랄 같다 등의 말로 헐뜯고, 그중에는 완전한 날조로 악플을 반복 재생하는 범죄자 같은 녀석들도 있었다.

"……침울해할 것 없어."

머뭇거리는 사장의 말에 키요이는 고개를 갸웃했다.

차가워 보이는 외모에 부합하는 성격 때문인지 키요이는 예전부터 언제나 무리의 중심이었다. 하지만 그런 키요이도 친구들의 하찮은 시기심에 무리에서 배척된 적이 있었다. 호의에도 악의에도 내성이 생겼고, 그 근본에는 외로웠던 어린 시절이 있다. 이제 와서 싫은 소리 한두 마디 들었다고 동요하고 말고 할 것도 없다.

"기분이 좋지는 않지만 침울해할 가치도 없어요. 어차피 이런 건 명예훼손으로 고발하면 한 방에 끝날 일이잖아요. 그냥 눈감아주는 것도 모르고 까불기는. 그냥 바보들이에요. 화제로 만들어줘서 오히려 고맙네요."

욕설과 비방을 던지는 안티가 느는 만큼, 팬들의 응원도 뜨거워진다. 토론은 플러스와 마이너스 양쪽 의견이 있어야 더 활발해지기 마련이다. 그러니까 문제없다. 안티들이여, 더 열심히 해서 키요이 소를 더 유명하게 만들어라.

"걱정하는 우리가 바보같이 느껴질 정도로 참 대단한 멘탈이에요."

"뭐 그래도 안티들이 열심히 할수록 팬들 사랑이 깊어지는 것도 사실이니까."

"이 계정은 굉장한데요. 이미 신앙의 영역."

스가가 가리킨 건 '돌멩이입니다'라는 계정이었는데, 매일같이 키요이 소를 찬양하는 듯한 트윗을 올리고 있었다. 그건 고맙지만 내용이……

─신이 이르시되 빛이여 있으라 하시니 빛이 생기고, 키요이 소여 있으라 하시니 키요이 소가 탄생했다. #키요이소#신#천지창조

─드라마에서 그가 걸었던 길. 한밤중이라 아무도 없어서 오체투지해본다. #키요이소#성지순례

─그가 좋아하는 아이스크림. 금단의 맛 할짝할짝. #키요이소#죄와벌

뭐야 이거, 엄청 기분 나빠.

스크롤을 내려 살펴볼수록 모두가 정색할 것 같은 글인데다 의미도 모호했다.

이런 거라면 오히려 안티 쪽이 더 이해돼.

소름이 돋는 것 같았는데, 문득 한 사진에서 키요이의 시선이 멈췄다. 키요이의 인터뷰 기사가 실렸던 잡지와 그 귀퉁이를 잡은 손가락이 살짝 보인다. 계정 주인의 손가락일 텐데.

"······히라?"

사무실 사람들이 모두 놀라 돌아보았다.

"혹시 그거 히라군이야?"

"그렇게 확신할 수 있는 부분이 있어?"

"여기요. 귀퉁이에 보이는 엄지손가락. 관절 부분에 점이 있어요."

키요이가 가리키자, 모두가 눈을 가늘게 뜨고 보았다.

"아, 응, 있네. 엄청 쪼그만 점."

"틀림없어요."

키요이가 다리를 반대로 꼬고 단숨에 말했다.

"그렇게 의기양양한 얼굴로 딱 잘라 말해도······"

"듣고 보니, 히라군이 아니면 이런 건 아무도 못 올릴 것 같아."

맞는 말이다. 이런 기분 나쁜 분위기는 전 세계를 통틀어도 히라 외에는 풍길 수 없을 것이다.

"히라군이라면 소문으로 도는 키요이의 남자친구 맞죠? 무지잘생긴데다 잘나가는 사진작가 노구치 히로미씨 제자이고, 안나와 키리야 케이스케 공식 열애 사진 촬영에도 참가했다는 사람. 업계에서 꽤 화제가 됐고 장래가 유망한 사진작가라던데요."

최근 입사한 한 스태프의 물음에 야마가타 사장이 근엄하게 고개를 끄덕였다.

"맞아, 그 히라군이야. 그래도 그건 어디까지나 앞쪽 얼굴이지."

"뒤쪽 얼굴도 있어요?"

"뭘 숨기겠어. 히라군은 키요이를 열렬하게 쫓아다니는 팬이야."

스태프가 흠칫했다.

"남자친구가 왜 쫓아다니기까지 해요?"

"그건 내가 묻고 싶은 말."

키요이와 사장과 매니저가 동시에 화음처럼 말했다.

히라 카즈나리. 고등학교 시절 키요이의 빵셔틀, 키요이의 스토커를 거쳐, 모자와 선글라스와 마스크 3종을 모두 장착한 채 키요이를 쫓아다녀 소속사 사람들에게 수상한 애라는 별명으로 불리는 키요이 소의 열렬한 팬이자 현 남자친구.

"우와…… 대단하네요……"

스태프가 활짝 웃으면서도 키요이의 눈을 피했다. '별로 엮이고 싶지 않아……' 그의 마음속 목소리가 들려오는 듯해 키요이는 그래, 나도 다른 사람 일이라면 그럴 거야 하고 공감해버렸다.

키요이도 이해되지 않는 그런 기분 나쁜 남자를 남자친구로 삼고 싶지 않았다. 하지만 어쩌다보니 그렇게 되어버렸다. 이러지도 저러지도 못하는 내 기분을 당신이 어떻게 알겠어.

"아무리 그래도 손가락의 점만 보고 알아보다니 놀라워."

고뇌하는 그 1

"정말 불가사의한 레벨로 러브러브네요."

설마 하고 있던 야마가타와 스가도 히죽히죽 웃었다. 더없는 굴욕을 견디고 있는데 휴대폰이 울렸다. 사태의 원흉이 보낸 문자였다.

—일이 빨리 끝났어. 저녁은 새우 크로켓이야.

좋아하는 메뉴다. 키요이는 훗 코웃음치고는 일어났다.

"가볼게요."

"히라군이야?"

"아니에요."

대본을 재빨리 가방에 챙겨넣고는 수고하셨습니다 인사하고 걸음을 돌렸다.

"틀림없이 히라군이네."

"키요이는 의외로 알기 쉽다니까요."

등뒤에서 사람들이 킥킥거리는 소리가 들렸지만, 신경쓸 여유는 없다. 재빨리 계단을 뛰어내려가 택시를 잡아탔다. 요즘 매일같이 늦는 히라가 이렇게 빨리 집에 돌아오는 건 드문 일이었다.

현관문을 열자, 히라는 이미 현관에 나와 있었다.

"키요이, 수고했어. 밥 다 됐고, 목욕도 바로 할 수 있게 준비해놨어."

"으응."

키요이는 적당히 신발을 벗어던지고 다짜고짜 히라의 목에 팔을 감았다. 꼭 매달린 채 목덜미에 코끝을 문지르자 히라가 움찔거렸다.

"키, 키, 키요이, 왜 그래? 무슨 일 있었어?"

아무 일도 없다. 각자 학업과 일에 바빠서 같이 저녁을 먹는 게 일주일 만이라 기쁜 것뿐이다. 알아차리라고. 이제 익숙해질 때도 됐잖아. 히라의 숙부 집에서 반동거를 시작하고 지금의 집으로 이사와 완전한 동거를 하기까지, 합치면 일 년 반이다. 연인이 집에 돌아오자마자 안기는 일에 매번 당황하지 마란 말이야. 이유도 묻지 마. 바로 같이 끌어안아줘. 그게 남자친구의 도리야.

"키스."

뾰로통한 얼굴로 입술을 삐죽 내밀자, 히라의 동공이 확 커졌다. 키요이의 허리에 팔을 감고 꼭 끌어안으면서 위에서 덮어씌우듯 깊은 키스를 내려준다. 좋아, 이게 올바른 대응이야.

"오늘은 어떻게 이렇게 빨리 왔어?"

키요이가 히라에게 꼭 안긴 상태로 물었다.

"촬영할 배우가 다른 촬영 로케를 떠났다가 일이 생겨서 돌아오지 못했다는 것 같아."

"와, 럭키."

이번에는 쪽 하고 짧게 입을 맞췄다. 현관에서 만족할 때까지 한참을 들러붙어 있다가 키요이는 히라에게 가방을 건네고 욕실로 향했고, 히라는 가방을 두러 침실로 가며 잠시 떨어졌다.

머리를 감고 목욕수건으로 닦으며 거실로 가보니 히라는 카메라를 손질하고 있었다.

"수고했어. 바로 밥 먹을까?"

고개를 끄덕이자 히라는 서둘러 주방으로 갔다.

소파에 앉아 드라이어로 머리를 말리며 히라를 관찰했다.

오늘도 변함없이 촌스럽네.

연예인들이 줄을 서서 기다리는 잘나가는 사진작가의 제자로, 연예인이며 모델을 매일 질릴 정도로 보는데도 히라는 전혀 영향을 받지 않는다. 일 년 내내 체크무늬 셔츠에 면바지 같은 촌스러운 대학생 패션으로 일관하고, 지금도 초등학생 때부터 다니던 동네 이발소에 굳이 찾아가 머리를 자른다. 게다가 늘 눈을 가리는 앞머리 때문에 음침해 보인다. 정말 안타깝기 그지없다. 큰 키에 얼굴도 단정해서 어울리게 꾸미면 제법 괜찮은데.

"그런데, 히라."

식탁에 접시와 젓가락을 놓던 히라가 키요이를 돌아보았다.

"너, 트위터 하지?"

히라의 표정이 굳었다. 이쪽으로 와보라는 말에 히라가 다가오더니 에도시대 심문소에 끌려온 창백한 죄인처럼 소파 앞에 다소곳이 꿇어앉았다. 키요이는 팔짱을 끼고 히라를 내려다보왔다.

"너, 나 몰래 무슨 이상한 짓 하고 있어?"

"미, 미안. 그, 그래도 이상한 건 안 적었는데."

"아니, 이상한 것만 적혀 있던데."

"아니야. 나는 키요이의 팬으로서 키요이를 온 마음으로 찬양할 뿐이야."

유감스럽다는 히라의 표정을 보자, 키요이는 죄인을 시장 한가운데로 끌어내 끌고 다니고 싶어졌다.

"그러니까, 그게 이상하다고. 너는 내 남자친구잖아. 더 당당하게 남자친구답게 행동하란 말이야. 따라다니거나 SNS에서 응원하는 것처럼 팬들이 하는 일은 그만둬."

"하지만 나는 원래 키요이의 팬이고ㅡ"

"그만해."

키요이가 엄하게 응시하자, 긴 앞머리 사이로 히라의 동공이 겁먹은 듯 줄어들었다.

"남자친구가 스케줄 따라다니는 내 기분을 알아? 아니, 모르니까 그럴 수 있겠지. 회사에서 나를 어떤 눈으로 보는지 알아? 아니, 모르니까 그렇게…… 두 번은 말 안 할 거야. 불가사의한 레벨로 러브러브네요, 그런 말까지 들었어. 불가사의한 건 너지, 난 완전 멀쩡해. 알겠어? 두 번 말 안 할 거야. 그. 만. 해."

키요이가 있는 힘껏 눈에 힘을 주고 바라보자, 히라는 풀이 죽어 고개를 숙였다.

"……네. 앞으로는 남자친구답게 굴도록 노력하겠습니다. 쫓아다니지도 않고, 트위터도 그만하겠습니다. 연예인 키요이 소의 팬은 오늘부로 조, 조, 조, 조."

졸업이라고 말하지 못하고 무참하게 더듬었다. 초중고 시절 내내 히라를 학교 내 카스트 가장 밑바닥으로 끌어내렸던 병증. 대학에 들어오면서 많이 나아졌지만, 심리적 스트레스가 높아지면 다시 시작된다. 조 조 조 조 하고 말을 더듬는 히라의 얼굴에 절망이 퍼져간다.

"아, 알겠어. 진정해. 유예를 줄게. 당장 졸업하지 않아도 돼."

달래다보니 키요이는 마치 자신이 히라를 괴롭히기라도 한 기분이 들었다. 하지만 히라 입장에서 본다면, 괴롭힌 듯한 게 아니라 완전히 괴롭힌 것인지도 모른다. 히라가 이상한 건 어제오늘 일이 아니라 처음 만났을 때부터였다. 그런 남자를 좋아하게 됐으니까 더 다가가야 하는 쪽은 나일까?

음, 그런가?

키요이는 잠시 생각에 잠겼다가 부들부들 온몸을 떨며 정신을 차렸다. 아니, 아니, 이상한 쪽으로 다가가서 어쩔 셈이냐. 명백하게 위험한 사람을 앞에 두면, 내 가치관까지 휘청거린다. 이제까지 나는 틀린 말을 하지 않았다. 너 자신을 지켜. 기분 나쁘고 짜증나는 녀석에게 끌려가지 마.

"당장은 아니지만, 어쨌든 트위터는 그만둬."

"응……"

히라는 비장하게 고개를 끄덕였다.

"말이 나와서 말인데, 그런 게 뭐가 재미있어? 유명인을 공격하는 머리 이상한 안티들이 대량으로 생겨나서 쓰레기장같이 됐잖아. 팬들도 거기 반박하면서 사태가 더 커졌지만."

"아, 그건 괜찮아. 안티는 곧 파멸할 거니까."

갑자기 히라의 눈빛이 달라졌다. 앞머리 안쪽 눈이 음험한 빛을 발한다.

"뭐야, 왜 그렇게 딱 잘라서 말하는데? 실제로 보복할 생각 같은 건 하지도 마."

고등학교 시절, 키요이를 질투하고 시기하며 괴롭히던 녀석들을 히라가 피투성이가 되도록 때린 일이 있다. 평소에는 얌전하지만, 한번 터지면 히라는 돌변한다.

"안 그럴 거야. 그런 녀석들은 스스로 파멸의 길을 달려가는 거나 마찬가지니까, 내가 손댈 필요도 없어. 안티 행위는 아무 노력도 하지 않고 다른 사람들 욕이나 하면서 자기가 높은 곳에 선 듯한 기분을 느끼려고 하는 짓이야. 담배나 술처럼 쉽게 쾌락을 얻는 만큼 확실하게 뇌를 파괴시키는 행위이고. 그런 사람들 뇌는 대상을 인식하지 못하고 바보, 멍청이, 죽어라 같은 단어만 축적해간대. 즉 키요이에게 내뱉은 더러운 말은 안티 자신의 뇌에 쌓여 안티 본인을 병들게 하는 거야. 하지만 제대로 된 팬 활동은 훌륭해. 아름다운 키요이를 아름다운 말로 찬양함으로써 자신의 뇌까지 아름다워져서 타인을 대할 때 상냥해지고, 그건 세계 평화로 이어져. '네 입에서 나온 말 한마디가 너를 살리기도 하고 죽이기도 한다'고 유명한 레게 가수도 말했었고. 하지만 무엇보다 무서운 건, 인터넷이라는 폐쇄된 곳에서 나쁜 말만 하는 동안 현실 사회와 동떨어지면서 의식의 괴리가 생긴다는 거야. 막상 현실 사회로 나갔을 때 키요이 소가 스타라는 사실을 인정하지 못하고, '이런 거 틀렸어' 하고 화를 내는 거지. 그 지경까지 가면 이미 인지 불능 상태라서 욕설이나 비방 같은 추한 행위가 평범한 사람들에게 어떻게 보이는지 인식하지도 못하고, 더 더러운 말을 내뱉으며 키요이를 공격하는 것으로 안티 자신이 응원하는 대상까지 이상한 눈으로 보게 만들어버려. 궁극적으로 키요이를 향한 안티 행위는 결국 자기가 가장 사랑하는 사람의 얼굴에 먹칠을 하는, 가장 큰 배신이 되어버리는 셈이야. 진짜 팬이라면 그 자리에서 혀를 깨물어야 할—"

"이제 됐으니까 새우 크로켓이나 튀겨줘."

"아, 응."

그렇게 말을 더듬다가도 이런 이야기를 할 때면 청산유수다. 하지만 뜨거움을 넘어 부글부글 끓어오르는 듯한 히라 신도의 이야기는 더이상 듣고 싶지 않다.

키요이는 지글지글 기름이 끓는 식욕 돋우는 소리를 들으면서, 남자친구가 아니었다면 히라는 이상적인 팬이 되었을 거라 생각했다. 연예인은 욕을 먹는 게 당연하다고, 악플 하나하나에 상처받을 거 없다고들 말한다. 물론 그렇지만, 연예인도 인간이기에 안 좋은 소리를 들으면 당연히 불쾌하다. 하지만 일일이 소송을 걸기는 여러모로 귀찮으니까 샌드백이 되어도 어쩔 수 없이 감수하는 것이 현실이다. 그렇기에 진심으로 응원해주는 팬은 더없이 소중하다. 키요이는 안티를 코 푼 휴지쯤으로 생각한다. 팬을 향한 감사는 또다른 문제다. 응원은 직접적으로 힘이 되고, 그만큼 최고의 모습을 보여주려고 노력하게 된다.

"키요이, 다 됐어."

소파테이블에 황금색으로 튀겨진 새우 크로켓 접시가 놓였다. 그 옆에 토마토 샐러드에 제로 슈거 맥주. 저녁은 늘 식탁에서 먹지만, 튀김요리가 있는 날은 칼로리를 생각해 밥은 따로 먹지 않는다. 체중 관리는 연예인의 의무와도 같지만, 식단을 제한하는 느낌이 들지 않도록 히라는 집에서 살짝 술 한잔 곁들이는 느낌으로 차려준다. 남자친구 자질 점수는 땅바닥을 파고들어갈 정도로 낮지만, 팬으로서나 내조자로서는 점수가 높다. 키요이는 만족스럽게 고개를 끄덕이고 새우 크로켓을 한입 물었다. 황금색으로 튀겨진 빵가루가 바삭바삭 가벼운 소리를 냈고, 입안 가득 새우의 풍미가 퍼졌다.

"맛있다."

키요이가 말하자, 히라는 황홀한 표정을 지었다. 뭐, 불만은 좀 있지만, 새우 크로켓을 보고 용서해주지. 키요이는 수고했다고 말하며 제로 슈거 맥주로 히라와 건배했다. 그리고 맥주를 마시면서 소파에 같이 앉아 히라 품에 등을 기댄 채 대본을 넘겼다.

"연극 대본?"

"응, 〈로커스트〉."

"흐음, 메뚜기 이야기구나."

"알고 있네? 난 몰랐어."

"봄소풍이나 여름 캠프, 운동회, 축제, 수학여행, 반 배정일. 그런 날이 가까워질 때마다 혹시 거대한 메뚜기떼가 덮쳐 일시적으로 사회가 마비되는 일이 일어나지는 않을까 검색해보곤 했으니까."

"기분 나빠."

히라의 어두컴컴한 옛이야기는 재빨리 잘라버리고, 맥주를 들고 대본을 읽어내려갔다.

무대는 현재. 거대한 메뚜기떼가 작물을 모두 먹어치워 위기에 빠진 세계에 갑자기 나타난, 구름에 닿을 듯한 높은 탑. 세상을 구원하기 위해 탑 꼭대기로 향하는 여덟 남녀가 있다. 한 층한 층 올라갈 때마다 한 명씩 탈락한다. 그 과정에서 용사의 사명을 짊어진 여덟 명이 그리스도교에서 말하는 일곱 대죄인 '교

만' '인색' '질투' '분노' '음욕' '탐식' '나태'를 상징하는 존재임이 드러나고, 이들이야말로 세상을 잠식한 메뚜기의 화신이었음이 밝혀진다. 대죄에 포함되지 않는 나머지 한 명의 의미는 무엇인가? 그는 신인가, 악마인가.

"우에다씨다운 이야기야."

"키요이는 이 역할?"

히라가 손가락으로 가리킨다. 발뒤꿈치로 짓밟아서 다진 고기처럼 뭉개준다 어쩐다 같은 대사를 하는 인물 '교만'이다. 역시 바로 알 수 있는 건가. 그만큼 자신에게 어울리는 역할을 만들어준 셈이지만, 반대로 말하면 이 역할을 잘 살리지 못할 경우 배우로서는 쓰레기가 되는 것이다. 키요이는 납득이 되면서도 흥분으로 설레 몸이 떨렸다.

"이렇게 된 이상, 주위에서 놀라 자빠질 정도로 제대로 '교만'을 보여주겠어."

훗 하고 웃는데, 허리 뒤에서 이물감이 느껴졌다.

"……왜 섰어?"

"미, 미안, 지금 웃는 얼굴이 너무 예뻐서."

히라가 상기되어 말한다.

"방해해서 미안. 거대한 메뚜기떼 생각이라도 할게."

그러고는 눈을 감는다. 흥분을 가라앉혀줄 망상 속으로 빠지려는 것이다. 키요이는 그러지 말라는 듯 뒤로 팔을 둘러 히라의 귀를 쓰다듬었다. 히라가 깜짝 놀라 눈을 떴다.

"할래?"

고개를 비틀며 응석 부리듯 히라를 올려다보았다.

"그, 그런데 키요이는 일하는 중이잖아."

"괜찮아."

대본을 테이블에 엎어놓았다. 일주일 만에 함께하는 밤이다.

질척거리는 소리가 날 정도로 한참 키스한 후, 히라는 키요이
의 티셔츠를 머리 위로 벗겨냈다. 속옷과 반바지도 한꺼번에 벗
겼다. 그러고는 소파에 앉은 키요이 앞에 무릎을 꿇고 앉았다.
커다란 손이 키요이의 무릎 뒤를 간지럽힌다. 소파에 키요이의
두 다리를 올리더니 좌우로 크게 벌린다.

"어, 이 자세는……"

"안 돼?"

키요이는 입술을 깨물었다. 싫기도 하고 부끄럽기도 하다. 하
지만 안 된다고 말하고 싶지는 않다.

"……아니, 계속해."

키요이에게 닿아도 되는 건 히라뿐이다. 무엇이든 하고 싶고,
하게 해주고 싶다. 환하게 불이 켜진 집안에서 자신만 부끄러운
자세로 있자니, 몸이 점점 뜨거워졌다.

"……읏."

반쯤 선 성기를 만지는 히라의 손길에 등줄기가 휜다. 입에 물

어 혀로 깊이 빨아들이자 머리끝에서 발끝까지 약한 전기가 흐르는 듯하다. 아찔한 쾌감에 몸이 멋대로 움직인다. 감각을 억누르려 허리를 비틀자, 히라가 부드럽게 잡아 눌렀다.

"……웅, 웃."

계속해서 흐르는 쿠퍼액을 정성스럽게 핥고, 아플 정도로 뾰족하게 선 유두를 잡아 비틀고, 갈라진 돌기에 혀를 대고 원을 그리며 누른다. 히라의 집요한 애무에 키요이의 입에서 달콤한 신음이 새어나온다.

"이제 거기, 그만……"

겨우 가슴에서 손이 떨어지더니 키요이의 뒤쪽으로 가닿는다. 체액이 흘러 히라의 손가락이 움직일 때마다 미끌미끌 야한 감촉이 느껴진다.

천천히 손가락이 들어왔다. 셀 수 없이 많이 했지만, 히라는 언제나 처음처럼 부드럽게 들어온다. 도중에 윤활제가 빈틈없이 적셔졌다.

"……으웃, 거기."

성기 뒤쪽이 강하게 눌리면서 온몸의 피가 역류하는 듯하다. 그곳을 건드리면 버틸 수 없다. 키요이는 눈을 꾹 감고, 히라의 입안에서 사정했다. 그것을 삼키며 히라의 목 안쪽이 조여들고 두 번, 세 번 나올 때마다 눈꺼풀 뒤에서 불꽃처럼 쾌락이 튀었다.

"……하아, 아, 아, 잠깐…… 윽."

사정의 여운을 느끼는 동안에도 집요하게 이어진 애무에 키요이의 몸이 구워지듯 달아올랐다. 말랑말랑해진 성기를 사탕처럼 핥아대는 히라 때문에 죽을 것 같다.

"이제, 그만……"

"그만?"

바보, 이 상태로 어떻게 그만둬. 하지만 히라는 키요이가 '허락'하지 않으면 절대 다음으로 넘어가지 않는다. 하나하나 확인한다. 그러니까 결국, 언제나, 언제나 키요이가 애원하게 된다.

"……넣어줘. 안쪽까지, 제대로……"

매달리듯 애원한다. 젠장, 젠장, 분하다. 이 자식.

수치심을 견디고 있는데 히라의 손가락이 빠져나가고 키요이를 소파에 눕힌다. 히라가 서두르듯 벨트를 풀고 바지 지퍼를 연다. 키요이의 한쪽 다리를 자기 어깨에 걸치고, 과할 정도로 풀어놓은 부분에 자신의 단단한 기둥을 가져다댄다. 그리고 놀라지 말라는 듯 원을 그리며 누른다.

"……빨아들이고 있어."

히라의 쿠퍼액과 윤활제가 합쳐지며 야한 소리를 낸다. 키요이의 한쪽 다리를 어깨에 걸친 히라가 이어진 부분을 응시하고 있다. 히라의 시선은 압력이 높아서, 마치 시선만으로도 당하는 기분이 든다. 키요이의 허리 전체가 움찔움찔 들썩였다.

고뇌하는 그 1

"······그렇게 빤히 보지 마, ······읏."

눌리고 벌어지는 감각에 숨이 막혔다. 손가락으로 부드럽게 풀어놓아도 늘 처음에는 힘이 든다. 히라가 조금 넣었다가 다시 뺀다. 반복하며 끝까지 들어갈 즈음에는 서로의 체열이 전도되어 있다.

"······괜찮아?"

히라가 몸을 숙여왔다. 더 깊게 들어오자 호흡이 밀려나왔다. 괴로워하는 소리처럼 들렸는지 히라가 더 만져줄까? 물으며 가슴으로 손을 뻗었다.

"······아니, 아니."

히라가 유두를 잡고 살짝 비틀자, 키요이의 안쪽이 꾹 조였다. 여기도 저기도 전부 흐물흐물 녹아내려서 축 늘어질 즈음에야 비로소 히라가 허리를 움직이기 시작했다.

"······하아, 아, 아."

등줄기로 쾌감이 솟구친다. 나갔다가 다시 들어온다. 안쪽 가장 깊숙한 곳을 찌른 채 히라가 허리를 돌리자, 키요이의 입에서 경직된 목소리가 새어나왔다. 쾌감이 컵의 가장자리까지 차올랐다.

"읏, 아, 아······ 앗."

쿠퍼액이 선단에 끈적끈적하게 실처럼 늘어진 성기를 히라가 부드럽게 감싸쥐었다. 느리게 넣었다 빼는 동작에 맞춰 계속 손으로 훑어 올려준다. 더 세게 해줬으면.

"……저, 더 세게…… 더."

하지만 히라는 키요이의 몸에 무리가 갈 일은 절대 하지 않는다. 그래서 언제나 바보스러울 정도로 정성스럽게, 잔뜩 애를 태우기만 해서 키요이는 더이상 견딜 수 없게 되어버리고, 그게 언제나 분하다.

"……키요이."

감동한 듯 갈라진 목소리로 이름을 부르더니 히라의 움직임이 갑자기 격렬해졌다. 눈 깜짝할 사이 막다른 곳으로 몰리면서 키요이는 몸이 전부 녹아 사라지는 것 같은 쾌감에 삼켜졌다.

"……웃, 웃, 아, 앗, 히, 라…… 웃."

절정에 이르렀지만 멈추지 않는다.

"……안 돼, 가고 있으, 니까…… 이제."

가장 높은 곳으로 밀려올라간 상태로 쉴 틈도 없이 연달아 두 번이나 사정한 후라 힘없이 흔들리기만 하는 키요이의 성기에서 아쉬운 듯 줄줄 꿀이 흘러나온다.

위험해, 이상해질 거 같아.

아슬아슬해질 때까지 자제하다가도 마지막 허락이 떨어지면 히라는 무섭게 폭주한다. 그때부터는 요만큼도 생각대로 되지 않는다. 너무 애가 닳아서 키요이는 자기도 모르게 먼저 손을 뻗어버린다.

"……히라, 키스."

히라에게 매달린 채 깊게 입을 맞췄다.

무대는 배우들만으로는 만들 수 없다. 극단 대표를 필두로 협찬 기업 담당자, 제작 관계자, 미디어 관계자 등 많은 사람이 관련된다. 우에다의 신작 연극은 취재 열기도 뜨거워서 첫 미팅 겸 제작발표회가 마련되었다. 키요이는 야마가타 사장, 스가 매니저와 갔다.

제작발표회가 열리는 호텔에는 방송국 카메라들이 와 있었고 화려한 분위기가 흘러넘쳤다. 물론 주목받는 사람은 연출가인 우에다 히데키와 작년에 출연한 대하드라마로 큰 인기를 모은 배우 오바나자와 준이었다.

우에다가 인사한 후 배역 발표가 이어지며 배우들이 차례로 단상으로 불려나왔다. 미리 정한 대로 배우들 중 가장 어리고 경력이 짧은 키요이는 가장 끝에서 대기했다.

일단 사전에 발표된 대로 주연 오바나자와가 소개되자 엄청난 플래시가 터졌다. 그다음 순서로 발표된 배역은 거의가 예상했던 그대로였다.

키요이가 자신의 배역으로 예상하는 '교만'의 미코토는, 대사는 많지 않지만 짧고 강렬해서 인상을 남길 것 같았다. 신인에게 잘 맞는 유리한 역할이라며 회사에서는 기뻐하고 있다. 키요이도 그렇게 생각한다. 마음에 들지 않는 부분도 있지만, 미코토는 키요이를 위한 맞춤 양복 같은 배역이었다.

"다음은 '교만' 미코토 역의 이마무라 세이지씨."

놀라서 옆을 바라보자, 이마무라가 자리에서 일어섰다. 그가 잘 부탁드린다며 고개 숙여 인사한 뒤 무대와 역할에 대한 포부를 밝혔다. 그럼 나는 무슨 역할이지? 남은 건?

"마지막으로 '질투' 노조무 역의 키요이 소씨."

질투? 음, 아, 어떤 인물이었지?

한순간 머릿속이 텅 비어서 멍하니 있는데, 다시 한번 이름이 불렸고, 키요이는 서둘러 일어섰다. 당연히 미코토 역인 줄 알고 있었기 때문에 무슨 말을 해야 할지 당황해서 말을 더듬었다.

"아찔했어요. 전혀 정리되지 않은 인사였어."

단상을 내려온 키요이는 기분이 상한 채 우롱차를 마셨다.

"괜찮아, 괜찮아, 저런 배우들 틈에서는 긴장한 느낌이 오히려 풋풋해 보여서 호감을 주거든."

"긴장하진 않았어요. 생각했던 거랑 달라서 당황한 거죠."

"그래, '질투' 역이라니 완전히 뒤통수 맞은 느낌이야. '교만'일 거라 확신하고 그것만 파고들어서 다른 역은 기억도 잘 안 나지만, '질투' 노조무는 개그맨이었던 것 같은데?"

"키요이의 이미지와는 정반대 아닌가요?"

"키요이의 유머 감각은 마이너스에 가까우니까."

야마가타와 스가가 난감한 얼굴로 이야기한다. 마이너스에 가까워서 미안하네요. 하지만 그 지적은 틀리지 않다. 키요이도 개그나 예능은 좋아하지만, 연기자로서 자신의 친화력은 낮다고 생각한다. 흥분과 도전적인 기분 사이로 얇은 종이 같은 불안감이 끼어들었다.

"역시 그렇네. 우에다씨는 배우에 맞춰 쓰는 건 좋아하지 않는다고 들었거든."

대본을 넘기면서 안나가 간단하게 말을 받았다.

제작발표회가 끝난 후, 근처에서 안나가 로케중이라는 것을 알고 매니저에게 데려다달라고 부탁했다. 마침 대기 시간이라 스튜디오 구석에서 안나를 만나 대본을 보여주었다.

"알고 있었으면 말 좀 해주지."

"회사에서 다들 엄청 기뻐하는 분위기였고 우에다씨도 달라졌을지 모른다고 생각했어. 그래도 다행이잖아. 키요이는 맞춰 써주는 거 불만이었잖아?"

그렇긴 하다. 그러면서도 한편으로는 '교만' 역이 자신에게 딱 맞는다고 생각하고 있었다. 갈등을 거쳐 마음을 다잡았는데 그 배역이 다른 사람에게 갔다. 완전히 헛다리짚어 골탕 먹은 기분이다.

"기분은 알겠지만, 그런 거 신경쓰고 있을 때가 아니야. '교만' 역의 이마무라씨는 메인 배우들 사이에서는 평범한 편이지만, W대학 연극부 출신에 연기관이 확고한 배우야. 다른 사람들 역시 실력은 보증할 수 있지. 키요이는 연기 면에서는 아직 미흡하니까, 어찌됐든 정신 흩뜨리지 말고 역할에 집중해. 키요이가 맡은 역할, 상당히 어려울 것 같지 않아?"

아픈 곳을 찔렀다. 키요이는 알고 있다고 대답하며 대본을 돌려받았다.

대본은 이미 몇 번이나 읽었기 때문에 '질투' 노조무 역도 대강은 파악하고 있다. 세계가 평화로웠을 때 노조무는 그저 그런 개그맨에 불과했다. 항상 명랑하게 주절거리다가, '교만' 미코토에게 여러 번 혼쭐이 난다.

쓸데없이 더 지껄이면 발뒤꿈치로 짓밟아서 다진 고기처럼 뭉개주겠어.

내가 이 말을 듣는 쪽인가?

고개를 푹 숙였다. 수다스러운 개그맨 역이라 긴 대사가 많지만, 개그에 재능이 없다는 설정이다. 개그가 전혀 재미있지 않으니까 길게 말해도 주위에서 전혀 듣지 않는 장면도 간간이 있다. 분위기를 깨는 광대 역할이다.

"나랑 접점이 하나도 없잖아."

이런 남자와 나를 어떻게 일체화시켜야 할까.

"역할에 완전히 빠져들지 않으면, 그 인물이 되어 연기하기가 어렵지."

"안나는 항상 어떻게 해?"

안나는 생각에 잠긴 채 스튜디오 천장을 올려다보았다.

"글쎄, 어떻게 하고 있을까. 당연하지만 대사를 암기하고 나름대로 역할을 만들어두지만, 카메라가 돌기 시작하면 그런 건 다 날아가버려서 별로 기억나지 않아. 나중에 체크해보면 창피해져."

"전혀 참고가 안 되는데."

이래서 천재는 싫다. 안나는 십대 때 베를린영화제에서 여우주연상을 받았다. 같은 기획사에 들어오기 전부터 키요이는 안나의 영화를 인상 깊게 봤다. 역할을 보고 특이한 사람일 거라 예상했는데, 실제로 만나 이야기해보니 안나는 무척 평범한 이십대 여성이었다. 그런데도 연기할 때는 완전히 달라진다. 역할에 빙의한 듯한 메소드 연기로 주위를 압도한다.

키요이는 그런 경험은 해본 적 없다. 만반의 준비를 하고 기다리지만, 역할이 오지 않으니 그저 끈질기게 대본을 받아 읽는다. 안나가 말한, 날아가버리는 감각도 이해할 수 없다.

즉 천재가 아닌 것이다. 그러니 노력하는 수밖에 없다.

하지만 어떻게? 실마리가 없으면 이번 역할은 파악할 수 없다.

"이 역할, 왠지 모르게 히라군 같아."

안나가 쿡쿡 웃자, 키요이는 인상을 썼다.

"대체 어디가? 그 녀석이 완전히 이상하긴 하지만, 남을 웃기려는 개그맨 같은 느낌이 아니라 그냥 계속 기분 나쁘게 이상한 거야."

"그렇긴 하지만, 그 노조무라는 역—"

"애당초 히라는 이렇게 말이 많지도 않아. 나는 시끄러운 남자 싫어해."

히라는 평소에 말수가 적고, 둘이 있을 때도 활기차게 대화하는 일은 거의 없다. 서로 활동 영역이 달라서 같은 화제로 열을 올리며 대화하는 것도 불가능하다. 입을 열면 기분 나쁜 소리만 한다. 그래서 차라리 말이 없는 편이 다행이라 생각하지만, 목소리 톤이 낮은 건 사실 무척 마음에 든다. 말하는 속도도 급하지 않고, 천박한 말도 쓰지 않는다. 눈을 감고 들으면 상당히 멋있다.

게다가 노조무는 개그맨, 그것도 재능 없는 걸로 판명 난 개그맨이다. 그럼에도 포기하지 않고 재미도 없는 개그를 줄기차게 해서 바보 취급을 받는다. 바보 취급을 받는다는 부분이 고등학교 시절 밑바닥에 있던 히라와 비슷하다는 걸까? 하지만 그것도 과거의 이야기다. 지금은 일류 사진작가가 재능을 알아본, 장래가 기대되는 크리에이터다. 외모도 흘깃 보면 촌스럽지만, 제대로 꾸미면 모델에게도 뒤지지 않게 잘생겼고, 여자들에게도 제법 인기가 많고……

"키요이, 애인 자랑 아직 더 할 거야?"

안나가 차가운 눈으로 묻자 키요이는 그제야 정신을 차렸다.

"자랑 아니야. 다 사실이지만, 어쨌든 미안."

"전혀 미안하다고 생각하지 않는 것 같은데?"

"알겠으니까 노조무 역에 대해 가르쳐줘."

"정말, 그 성격이 부럽다."

안나가 한숨을 내쉬고는 말을 이었다.

"역할 분석은 자기 주관을 거쳐야 사실감이 생기지 않을까? 그래서 더블 캐스트여도 차이가 나는 거고. 아직 키요이가 아무것도 파악하지 못했는데 내가 먼저 의견을 말하는 건 안 돼. 선입관만 생길 거야."

"안나씨, 스탠바이 부탁합니다."

감독이 부르자 안나는 자리에서 일어섰다.

"그럼 키요이, 힘내."

"힌트라도 좀 줘."

"일단은 히라군을 관찰해보면 어떨까?"

안나는 촬영하러 돌아갔고, 혼자 남겨진 키요이는 팔짱을 끼고 생각에 잠겼다.

히라를 관찰하라고? 그 기분 나쁘고 짜증나는 녀석을? 그 기분 나쁨의 한계는 대체 어디까지일까 하고 고등학교 때부터 보고 있지만, 매번 최대치를 경신하며 날 정색하게 만드는 그 히라를?

　그런 생각에 잠겨 있는데 마침 히라에게서 문자가 왔다.

　—촬영이 길어지고 있어. 오늘밤 늦을 것 같아.

　하필 이런 때. 키요이는 미간을 찌푸렸다. 영 내키지 않았지만 천재 배우가 해준 말이니 일단 히라를 관찰해보기로 마음을 정했고, 그러자 한시라도 빨리 실행하고 싶어졌다. 히라가 일하는 촬영장이 여기서 가까운 호텔인 듯해서, 스튜디오를 나와 손을 들어 택시를 잡았다.

　호텔에 도착해 로비를 지나다가 평소 안면이 있는 잡지 편집자와 마주쳤다. 몇 년 전부터 호텔과 패션 잡지가 공동으로 수영장 야간 개장 이벤트를 개최하고 있는데, 작년에는 이만 명 정도가 입장했고, 오늘밤 올해 이벤트 광고 촬영을 하고 있다고 그가 알려주었다.

　"이 시기에 수영장 촬영은 힘들 것 같은데요."

　"김이 나지 않을 정도의 온수여도 밤바람이 있으니까 꽤 춥지."

　배우이다보니 계절에 맞지 않는 촬영의 어려움은 알고 있다.

　"기왕 왔으니 키요이도 같이 찍어볼래?"

　"추워서 싫어요. 게다가 야간 수영장에 남자는 안 부르잖아요."

　"하하, 여성 대상 이벤트니까. 올해 모델들도 모두 귀엽고 반짝반짝한 여자들이야. 올해 콘셉트는 '핑크 플라밍고'거든. 굉장하니까 구경하다 가."

키요이는 편집자와 헤어져 관계자 외 출입금지라는 가든 수영장으로 향했다. 흐음, 여자 모델들만 있는 촬영이라고? 히라는 이 촬영에 관해선 한마디도 하지 않았다. 뭐, 녀석 눈에는 나밖에 들어오지 않을 테니까 괜찮지만. 키요이는 어두운 곳에서 몰래 촬영장을 엿보았다.

주황빛 도쿄타워를 배경으로, 수영복 차림 모델들이 웃고 떠들고 있다. 콘셉트라는 분홍색 플라밍고 모양 튜브들이 수영장 한쪽에 죽 놓여 있고, 일곱 가지 색 네온 불빛이 어리는 화려한 수면에는 백조, 롤리팝, 〈비너스의 탄생〉 같은 그림이 그려진 비치볼들이 떠 있어 귀엽고 아기자기함을 최대로 끌어올린 듯한, 분명 인스타그램에서 인기를 끌 것 같은, 여자들의 정원이 펼쳐져 있었다.

"……왠지 속 쓰려."

키요이는 과다한 장식에 답답함을 느끼면서 눈으로 히라를 찾았다.

"좋아, 귀여워. 이번에는 다 함께 비눗방울을 불어볼까—"

히라의 스승인 노구치가 수영장 사이드에서 카메라를 들고, 텐션을 높여 모델들의 기분을 띄워주고 있다. 삼십대 중반, 훤칠한 키에 잘 어울리는 짧은 헤어스타일, 모델 같아 보이는 남자다. "간다— 하나 둘—" 하는 노구치의 목소리에 모델들이 일제히 비눗방울을 분다. 화려하고 환상적인, 결정적 순간이었다.

"최고야! 굉장한 게 찍혔어. 리사, 레나를 안고 서로 볼을 대볼래? 응응, 좋아, 눈을 꼭 감고. 그래, 귀여워!"

노구치는 끊임없이 말을 붙이며 셔터를 눌렀다. 떠들썩하게 놀고 있는 것처럼 보이지만 사실 모델들이 내뿜는 기가 상당할 것이다. 메인 모델이 네 명이고, 다른 모델들까지 합치면 스무 명 이상이다. 노구치는 그 압력을 혼자서 받아내며 구석구석 눈길을 주고 텐션을 높여주기 위해 계속해서 말을 건다. 보는 것만으로도 피곤한 현장이었다.

역시 굉장해. 그런데 히라는 어디 있지?

시선을 돌려 휘익 둘러보자, 수영장 한옆에 커다란 조명을 든 히라가 보였다. 노구치의 지시에 맞춰 조명을 이리저리 움직인다. 최고로 화려한 현장에서 히라만 여전히 티셔츠와 면바지라는 촌스러운 대학생 패션을 고수하고 있다.

내 남자지만 옹호해줄 수 없을 정도로 엄청 촌스럽네.

키요이는 어두운 곳에서 계속 히라를 관찰했다. 조명을 들고 수영장 한옆을 걷는 히라에게 한 모델이 말을 건다. 장난치듯 히라에게 물을 튀기는 여자를 보자 키요이의 표정이 뾰로통해졌다.

촬영 현장에서는 사진작가가 왕이고, 모델은 여왕이다. 그 외에는 왕과 여왕에게 봉사하는 하인들에 불과하다. 그중에서도 어시스턴트 같은 존재는 길바닥에 굴러다니는 돌멩이보다 아래인, 밟고 짓뭉개도 불평할 수 없는 개미와 같다. 하지만 히라의 경우는 조금 다르다.

히라는 잘나가는 노구치가 처음으로 직접 선택해 거둔 제자이고, 사진작가를 잘 따르는 모델들 사이에서는 '장래에 입지가 크게 달라질 가능성 있는' 투자할 만한 물건인 것이다.

눈치 빠른 모델들이 자연스럽게 히라의 관심을 끌어보려는 것 같았다. 당사자인 히라는 전혀 눈치채지 못한 듯 노구치의 동선만 열심히 살피며 조명 위치를 고심하고 있다. 너무나 촌스러운 차림새지만, 묵묵하게 일하는 모습은 그럭저럭 멋있기도 하다.

뭐, 조금. 아주 조금.

스스로에게 그렇게 변명하고 있는데, 야광 비치볼을 잡으려던 모델이 수영장 옆쪽으로 손을 뻗는 바람에 히라가 발이 걸려 균형을 잃었다.

"조명!"

노구치가 큰 소리로 외치자, 히라가 몸을 비틀면서 잡고 있던 조명을 옆에 있던 스태프에게 던졌다. 스태프가 미끄러지다시피 하며 조명을 받아낸 동시에 히라가 수영장 물속으로 빠지며 물이 크게 튀었다. 키요이는 자기도 모르게 몸을 쑥 내밀었다.

잠시 후 물이 출렁하며 히라가 얼굴을 내밀었다. 그 모습에 한숨 돌렸지만, 여자가 히라 목에 팔을 감고 매달려 있었다. 히라도 모델을 감싸안고 있었다.

"뭐야— 갑자기 떨어져서 깜짝 놀랐잖아—"

아까 히라가 떨어지며 덮칠 뻔한 여자를 보호하기 위해 끌어안은 것 같았다. 키요이가 역시 내 남자라고 우쭐한 건 한순간뿐이었다. "아앙— 화장 다 지워져버렸어—" 여자가 히라의 가슴에 얼굴을 문질렀다. 이봐, 정신없는 틈을 타서 다른 사람의 남자를 끌어안지 마. 빨리 떨어져.

"마리에, 미안해, 우리 어시가."

노구치가 손을 내밀자, 여자는 히라를 척 밀어내더니 "노구치씨— 무서웠어요—" 하고 그 손을 잡았다. 계산적인 여자다. 노구치는 나이스, 히라는 플러스마이너스 제로다. 장비와 여자 모델을 보호한 건 좋았지만, 그다음에 바로 여자는 밀어냈어야 한다. 애당초 저 녀석은 너무 무방비하다. 지금도 노구치가 오지 않았더라면 계속 끌어안은 채로— 그 순간 키요이는 퍼뜩 깨달았다.

안나는 히라를 관찰하면서 '질투'라는 감정을 이해해보라고 말하고 싶었던 걸까.

"·················"

아니, 그런 단순한 이야기는 아닐 것이다. 그리스도교의 일곱 가지 대죄와 연애 감정의 질투를 같은 선에 두기는 좀 그렇지 않

나. 그것도 그렇지만, 내가 히라를 상대로 질투 같은 걸 한다고?

촬영은 잠시 쉬어가게 되었고, 히라는 수영장에서 올라와 젖은 티셔츠를 벗어 쥐어짰다. 상반신을 노출하고 젖은 앞머리를 뒤로 넘겨서인지 촌스러움의 그림자 밑에 숨겨져 있던 준수한 외모가 드러났다. 모델들이 번개라도 맞은 표정으로 히라를 뚫어지게 쳐다보았다.

히라, 위험해. 거긴 암사자들의 둥지라고.

빨리 앞머리 내려서 눈을 가려. 촌스러운 셔츠 도로 입고 방어하란 말이야.

조마조마해하는데 등뒤로 촬영 스태프들이 지나갔다.

"방금 수영장에 떨어진 애가 노구치씨가 들였다는 제자지?"

히라 이야기인 것 같아 귀를 쫑긋했다.

"응, 맞아. 아직 학생 어시스턴트인 주제에 안나의 연예계 복귀와 키리야 케이스케의 아이돌 생명이 걸려 있던 화보 촬영도 했대. 소문에는 노구치씨가 상당히 밀어주고 있다는데."

"이미 앞길이 보장된 거나 마찬가지네. 그건 그렇고, 노구치씨가 게이였어?"

"글쎄. 아아, 나도 어느 거물이 좋아해주면 좋겠네."

웃으면서 걸어가는 그들 뒤에 대고, 바보들이라고 속으로 내뱉었다. 두 사람은 건전한 스승과 제자 관계다. 그것뿐이다. 절대로. 아마. 분명……

"네가 노구치씨 애인이라는 소문이 있던데."

한밤중에 돌아온 히라를 현관에서 맞았다. 역할을 연구하기 위해 몰래 보러 갔었지만 수확은 제로였다. 수확은커녕 쓸데없는 의혹만 품고 돌아와, 대본을 한 손에 들고 홈트레이닝을 하면서 히라가 돌아오기만 기다렸다. 히라는 흠칫했다.

"업계 사람들은 노구치씨가 연애 감정으로 네게 첫눈에 반했다고 이야기하더라."

"뭐, 뭐야 그게. 너무 기분 나빠."

히라가 기분 나쁘다고 한다면, 더 말할 것도 없다. 히라는 잔뜩 찌푸린 얼굴로 힘이 빠진 듯 거실 소파에 무너졌다. 좋아, 이 모습, 당연히 결백하겠지.

"귀여워해주는 건 사실이니까, 그건 좋은 일이야."

"좋지 않아."

조금 강한 부정이었다.

"왜 그래? 무슨 일 있었어?"

혹시 노구치가 추근거리기라도 하나? 키요이는 서둘러 히라 옆에 앉았다.

"무슨 일이라기보다…… 노구치씨를 따라서 현장을 돌다보면 열심히 하라고 말을 걸어주는 사람이 많아. 노구치씨는 지인들도 다 굉장한 사람들이어서, 그럴 때마다 내가 어떻게 대응해야 할지 어려워."

뭐가 어렵다는 건지 키요이는 전혀 짐작할 수 없었다.

"고맙습니다, 열심히 하겠습니다, 그러면 되는 거 아냐?"

"그렇게 허세를 부리고 열심히 못할까봐 무서워."

"그냥 형식적으로 주고받는 말일 뿐이잖아?"

"그래도 열심히 하겠다고 말하는 건, 내가 그것을 이룰 수 있다고 착각하고 있는 것 같잖아."

"누구도 그런 식으로 받아들이지 않아."

너 외에는—

"그럼 괜찮지만. 그래도 지레 그 공간에 있어선 안 될 것 같은 기분이 들어. 연예인은 커다란 나비 같아. 조금만 움직여도 가루가 확 흩날려서, 반사판을 들고 있으면 가끔 숨이 막혀. 연예계는 선택받은 사람들이 모이는 왕국이고, 노구치씨를 포함해서 모두 반짝이는 압도력이 굉장해서, 종종 왜 내가 여기 있나 하는 생각이 들면서 머리가 아찔해져."

히라는 난감한 표정으로 자기 무릎을 가만히 내려다보고 있다. 업계 일류 스승의 사랑이라는 순풍을 맞으며 잘만 나아가면서 왜 그렇게 부정적으로 생각할까. 왜 내가 여기 있지라니, 있으니까 있는 것이다. 있을 만하니까. 미련 떨지 말고 깔끔하게 받아들여.

"그런 생각은 하지 않아도 돼. 지금 있는 장소가 자신이 있을 곳이야."

"……그런 일은, 키요이가 있는 왕국을 내가 있을 곳으로 삼다니, 용서받지 못할 거야."

왕국? 방심하면 수시로 기분 나쁜 말을 흘린다. 기분 나쁘고 짜증이 나서 눈을 피하는데, 히라의 가방에 달린 키링이 눈에 들어왔다. 노란색 오리. 어린 시절부터 히라가 자기 스승이었다며, 몇 번인가 그렇게 생각하는 이유를 말해줬지만 키요이는 이해할 수 없었다.

"저건 뭐야?"

히라가 키요이의 시선이 닿는 곳을 바라보았다.

"오리대장이야."

근데 왜? 되묻는 듯한 히라의 표정을 보니, 키요이는 왠지 화가 날 것 같았다.

"오리인 건 알지. 전에는 안 달고 다녔잖아."

"응, 부적으로 가지고 다니려고 얼마 전에 샀어. 조금 전에 이야기한 대로 요즘 내 환경이 너무 극적으로 변해서, 나락으로 떨어지지 않기 위해 마음을 평온하게 다잡으려고."

"오리가 어떤 도움이 되는데?"

그러자 히라는 키링을 빼 손바닥 위에 올렸다.

"도움이 된다는 개념과는 조금 달라. 왜냐하면 오리대장의 대단한 부분은, 변함없다는 거니까. 더러운 물이든, 왕국을 흐르는 황금빛 강이든 언제나 태연하게 흘러가잖아. 일종의 무념무상에 빠져 있달까…… 이 속눈썹을 봐. 대장은 유아용 장난감으로 이 세상에 태어났지만, 눈이 전혀 웃고 있지 않다는 거, 알고 있어?"

그걸 내가 알았겠냐 바보야. 열심히 오리 인형에 대해 이야기하는 히라가 어처구니없었지만, 히라가 현재의 환경에 상당한 압력을 느끼고 있다는 걸 알게 되었다. 그럼 나한테 기대. 키요이는 이 말이 하고 싶어 속에서 불만이 소용돌이쳤다. 무념무상인지 뭔지는 모르겠지만, 이 녀석한테 남자친구는 오리보다 못한가.

화가 나는 한편, 막상 자신에게 기댄다고 해도 곤란할 것 같다는 생각도 들었다. 상담을 청하면 조언해줄 수는 있지만, 키요이가 하는 말의 의미가 히라에게 온전히 전달될지는 의문이다. 키요이와 히라 사이에는 공통점이 하나도 없다. 연인 사이지만, 정말 하나도 없다. 이해하려 해도 너무 이해가 안 된다. 히라가 우주 저편 우리 은하계 변경의 행성에 살고 있다는 게 주된 원인이지만, 이대로 오리보다 못한 위치에 만족해야 하는 것도 키요이는 열불이 난다.

역시 관찰하며 이해해보는 수밖에 없는 건가.

사생활 면에서나 일에서나, 드디어 이 불가해한 남자를 해석해내야만 하는 때가 온 것 같다. 손톱만큼도 내키지 않지만, 방금 스스로도 말하지 않았는가. 지금 있는 장소가 자신이 있을 곳이라고. 키요이는 지금 히라 행성의 상공에서 대기하고 있다. 숨을 깊게 들이마시고 마음을 가라앉힌 뒤 천천히 행성의 표면으로 내려갔다. 그리고 마침내 말했다.

"나라도 괜찮다면, 상담해줄까?"

키요이는 마침내 히라 행성의 표면에 착륙했다. 역사적인 한 걸음이었다.

"아니, 괜찮아."

착륙 일 초 만에 갑자기 우주선 전체가 기우뚱 넘어졌다.

"왜?"

"왜?"

내가 묻고 있잖아, 라고 말하고 싶었지만 삼켰다.

"사양하지 마. 뭐든 말해도 돼. 가능한 범위에서 조언해줄게."

분노를 누르고 신중하게 말을 덧붙였다. 처음부터 원활하게 교신할 수 있을 거라 생각해선 안 된다.

"나와 키요이는 공통점이 하나도 없어. 아니, 있으면 안 돼. 밤하늘에 빛나는 별과 길바닥에 굴러다니는 돌멩이는 시점도 언어도 다르니까, 서로 이해할 수 없을 거라고 생각해."

억지스러운 말로 처음부터 상호이해의 가능성을 꺾어 부러뜨리고 마는 남자 때문에 몸서리가 쳐졌다. 히라는 부정적인 나님이라는 참신한 스타일을 버리지 않는다.

"잠깐. 그러면 예전과 비교해서 달라진 게 조금도 없는 거잖아."

나동그라진 우주선을 세우고 키요이는 다시 한번 교신을 시도했다.

"작년에 안나와 키리야를 촬영할 때 내가 그랬잖아. 내 마음을 헤아리라고. 그때 너도 달라지려고 생각했던 거 아냐? 그래서 촬영도 했던 거잖아. 그런데 너는 하나도 안 변한 거네. 겉으로는 나를 숭배하는 것 같지만, 사실은 내 기분 같은 건 알 필요도 없다는 새로운 스타일의 권력 선언 그대로잖아. 자기 룰만 고집하는 나님. 완전한 거절에 교신도 단절이고."

"단절이라니 그런……"

"우린 서로 이해할 수 없다며."

히라를 탓하면서 키요이는 방금 전 자신도 같은 생각을 했다는 것을 떠올렸다. 젠장, 그렇게 히라와 똑같이 마이너스 방향으로 생각하고 있을 때가 아니다. 어떻게든 다가가야 한다.

"아니, 뭐, 그래도 너도 노력하고 있잖아. 노구치씨 정도면 톱 클래스 일만 받을 테고, 주위 사람들도 당연히 다 일류들일 거고."

"그, 그래. 다이아몬드와 루비 사이에 돌멩이가 끼여 있는 상황이야."

돌멩이라는 소리가 몇 번이나 나와서, '돌멩이입니다'라는 트위터 계정이 연상되었다. 그래서 그랬군. 하나 알게 됐다. 이 상태로 계속 해석해가고 싶다.

"힘들겠지만, 그래도 열심히 잘해나가고 있잖아."

키요이는 쌓아온 연기력을 총동원해 나는 네가 기댈 수 있는 남자친구라고 미소로 전했지만, 히라는 손바닥에 올려놓은 오리만 바라본다. 바보, 나를 봐, 나를 보라고. 이 기분 나쁘고 짜증 나는 녀석아.

"키요이에 비하면 내가 열심히 하는 정도는 너무나 부족해."

"또 그런 부정적인 말을……"

"그렇다고 열심히 하지 않으면, 언젠가 키요이와 함께 있을 수 없게 될 거야. 그건 싫으니까 버텨야 한다고 생각하고 있어. 그러기 위해 대장의 힘도 빌리고 있고."

히라는 오리 인형을 손으로 감싸쥐었다.

"나 같은 것과 키요이가 함께 있어주는 건 이상하다고, 키요이와는 언젠가 끝날 거라 쭉 각오하고 있었어. 그래도 지금은…… 아, 아니, 지금도 키요이 옆에 있어도 되는지 여전히 잘 모르겠지만, 그래도 관계를 끝낼 각오보다는 이어나갈 노력을 하려고…… 뻔뻔하긴 하지만……"

더듬거리긴 하지만 필사적으로 이야기하는 히라의 모습에 솔직히 놀랐다.

히라에게서 그렇게 긍정적인 말을 들은 것이 처음이었기 때문이다.

히라와 이야기하면 우리가 같은 언어를 쓰는 인간인지 의심스러울 때가 종종 있다. 하지만 지금 한 말은 잘 이해할 수 있었다. 우리 사이가 계속 이어질 수 있도록 노력하고 있다는 것. 연인 사이라면 지극히 당연한 노력이겠지만, 지금까지 어땠는지 돌이켜보면, 그야말로 굉장한 진보였다.

스필버그가 만든 오래된 영화를 떠올렸다. 영화 포스터 속 자전거가 하늘을 날고 외계인과 인간이 서로 손가락을 맞대는 장면. 딱 그 이미지다. 미지와의 교신에 성공한 듯한 고양감이 솟구쳤다.

"뭐야, 너 나름대로 앞으로 나아가고 있잖아."

"으응?"

"그런 건 빨리 말하라고. 그러면 나도……"

키요이와 함께하기 위해 히라가 노력하고 있다. 그런 거라면 오리를 열 개 달든 백 개 달든 상관없다. 부끄러울 정도로 달콤한 기분이 몸을 감쌌다. 키요이가 지극히 평범한 연인의 감정으로 히라 어깨에 얼굴을 묻자, 히라가 머리에 입을 맞춰왔다.

"말 못해. 그런 건."

"왜? 바보 같아."

키요이는 히라의 가슴에 얼굴을 대고 응석을 부리듯 비볐다.

마음속 어딘가에서 속지 말라고 희미한 경보음이 울린다. 외계인과의 교신에 두 번 성공했다고 이만큼이나 기뻐하는 것은, 평소에 하도 통하지 않았기 때문이다. 방심하지 마. 하지만 일 년에 한 번 있을까 말까 한 지극히 정상적인 연인 모드에 키요이는 저항할 수 없었다.

키요이가 바짝 달라붙어서 드디어 좋은 분위기로 바뀌려 했을 때였다.

"말 못해. 그건 가전의 자세에 반하는 일이니까."

키요이는 살짝 눈을 떴다.

"응? 가전?"

"냉장고나 전기밥솥, 드라이어 같은 거."

"아, 가전제품."

연인 모드에 있었기 때문에 바로 히라 행성의 언어로 변환할 수 없었다.

"키요이와 하루라도 더 함께할 수 있도록 나도 가전의 자세로 노력할게."

"가전에도 자세가 있어?"

"있어. 나도 얼마 전까지 깨닫지 못했지만."

"대체 뭘 깨달았는데?"

묻고 싶지 않지만, 묻지 않으면 안 된다. 히라를 이해하기 위해서는.

"노구치씨와의 일은 내가 우주 공간으로 날아가게 돼버린 상황과 비슷해. 조그마한 우주선을 타고 머나먼 안드로메다은하를 목표로 날아가는 기분이랄까. 여행중에 만나는 건 하나같이 고도의 문명을 가진, 언어가 통하지 않는 외계인들뿐이어서 내 마음이 마구마구 깎여나가고 있어."

자신이야말로 다른 사람에게는 미지의 생명체를 조우하는 느낌을 주는 존재임을 전혀 깨닫지 못하는 남자가 눈을 내리깔았다.

"어떻게든 살아남아서 우주선으로 돌아가면, 그보다 더한 키요이가 있어. 존재 자체로 너무 고차원이어서 나는 바로 숨이 넘어갈 것 같은데, 그래도 죽으면 더이상 키요이를 볼 수 없으니까, 그런 상황에서 조금이라도 진정하기 위해 어떡해야 할지 고민했어."

그중 하나가 오리대장이었다며 고뇌하는 표정을 짓는 히라를 보며 키요이는 고개를 끄덕였다. 괜찮다. 아직은 이해할 수 있다. 역시 대화는 중요한 것이다. 이 상태로 나아가고 싶다.

"그래도…… 뭐라고 해야 하지…… 외부에서 주는 도움은 역시 한계가 있어. 마지막까지 자신을 지탱해주는 건 역시 자기 자신뿐이니까, 나 나름대로 확고한 자세가 필요해."

맞는 말이다. 굉장해, 히라. 키요이는 마음속으로 주먹을 꽉 움켜쥐었다.

"그 대답이, 가전이 되는 거란 걸 깨달았어."

"하아?"

갑자기 우주로 날아간 느낌이었다.

"너무 가까이 있어서 알아채지 못하지만, 가전은 정말 대단해. 있는 게 당연시되고 스스로 존재를 요란하게 드러내지도 않지만, 살아가는 데 없어서는 안 되는 것이 되어 있어. 매일매일 조용히 최선을 다해 자기 기능을 하면서 계속 도움을 주다가 어느 날 갑자기 망가지잖아."

"……뭐, 그렇……지."

절찬리에 항행중이라 도착점을 도저히 짐작할 수 없다.

"불평 한마디 없이 언제나 묵묵히 일을 계속해. 고맙다는 인사도 받지 못하고, '엥, 진짜 망가졌어?' '하필 이럴 때' 하고 투덜투덜 불평하는 소리나 듣지. 그래도 생각해주면 좋겠어. 가전은 매일 살아가는 데 필요한 거니까, 망가져도 좋은 타이밍이란 없어. 즉, 언제 망가져도 불평을 듣는 거야. 게다가 '어쩔 수 없지. 어차피 새로 사는 거 이번에는 좀더 기능이 편리한 걸로 사자' 하고 팸플릿을 넘겨보는 주인을 묵묵히 바라보고, 새로운 가전이 도착하는 것을 곁눈으로 보면서 가만히 쓰레기로 버려지는 거지."

"………………"

인류의 대표로서 환경 파괴의 책임을 추궁당하는 듯한, 엄청난 스케일의 자기혐오에 빠져들 것만 같았다. 하지만 가전은 원래 그런 것이다. 환상에 빠지지 마. 정신 똑바로 차려.

"그런 가전을 보고 문득 깨달았어. 노구치씨와 키요이가 있는 세계에서 내가 숨쉬기 어려운 건, 거기서 내가 나 자신의 존재의 미 같은 쓸데없는 걸 바라기 때문이라고. 그래서 생각을 전환했어. 가전처럼 좋을 때나 나쁠 때나 변함없이 늘 제자리에서 주어진 사명을 완수하고, 힘이 다하면 조용히 가면 된다고. 용수로를 흘러가는 오리대장과도 통하는 무념무상, 스스로 멸하는 정신이야말로 지금의 나를 지탱해주는 느낌이 들거든."

그렇게 결론을 내리는 히라 옆에서 키요이는 기절할 것 같았다. 위험해. 너무 위험해. 이 녀석은 앞으로 나아가는 게 아니라 금단의 방향으로 진화하고 있을 뿐이야. 역시 이 행성은 위험하다. 인류에게는 아직 너무 이르다. 지금 바로 히라 행성에서 떠나 내가 사는 행성으로 돌아가야 한다.

"인간으로서 그런 경지에는 도달하지 못하겠지만, 조금이라도 가전에 가까워질 수 있도록 노력할게. 그게 키요이와 함께할 수 있는 유일한 방법이라고 생각하니까."

그런 건 진짜 가전으로도 충분하다고, 바보야. 이렇게 소리치고 싶은 충동을 애써 눌렀다.

키요이는 가전이 아니라 인간 남자에게 사랑받고 싶은 거다. 그게 사치스러운 바람인가. 왜 그런 이공간異空間으로 날아가버린 걸까. 너무 수수께끼 같아서 섬뜩할 정도다. 결국 히라는 키요이가 바라는 연인은 되지 못할 것이다. 이 정도로 부정적인 나님이 세상에 존재해도 되는 걸까. 키요이는 몸이 떨렸다.

히라는 씻으러 갔고, 키요이는 안나에게 문자를 보냈다.

—히라의 어디가 노조무와 비슷해?

—오늘 관찰해봤는데, 너무 무서워서 기절할 뻔했어.

재능 없는 개그맨 나부랭이라 웃기지도 않은 개그를 마구 던져대서 주위 사람들에게 무시당하는 캐릭터다. 그런 광대와, 인류의 머리 위를 비스듬히 날아다니는 히라의 어디가 닮았다는 걸까. 히라와 대화할수록 노조무와는 멀어 보였고, 원래 살던 행성과의 교신이 끊길까봐 패닉에 빠지는 우주비행사 역할이라면 완벽하게 연기할 수 있을 것 같은 자신감이 생겼다. 안나에게 바로 답장이 왔다.

—비슷하다고 생각했는데, 아니면 미안.

깔끔하게도 사과한다. 이래서 직관에 의지하는 천재는 싫다고 생각하며 키요이는 소파에 쓰러졌다. 하지만 이제 와서 확인하지 않아도 히라의 이상한 면면은 고등학교 때부터 이미 질릴 정도로 봐왔다. 히라는 달라지지 않을 것이다. 처음부터 알았잖아, 나도 이제 적당히 포기하자.

아, 사상 최고로 쓸데없는 시간이었다.

바쁜 하루였다. 학교 수업 후 잡지 촬영, 그다음 일까지 비는 시간에 개인 음성 훈련과 연기 레슨을 받으러 갔다.

"아무리 바빠도 레슨은 안 빠지는 게 대단해. 우에다씨 연극 들어간다며?"

대본을 건네자 강사 다카하타가 "우와, 우에다씨 신작이네" 하며 팬의 한 사람으로서 눈을 빛냈다. 업계 사람들도 우에다의 연극은 늘 주목한다. 다카하타는 반가운 듯 페이지를 넘겨본다.

"키요이는 '질투' 역의 노조무?"

"네. 연습까지 아직 시간은 좀 있지만, 그때까지 가만있을 수가 없어서요."

"좋은 마음가짐이야. 우에다씨는 연습 때 무대 에튀드를 할 때가 많으니까 어느 정도 역할을 만들어서 가지 않으면 따라가기 어려워. 그 에튀드를 토대로 대본을 바꾸어가니까 배우로선 큰일이지."

에튀드란 주제에 따라 인물을 즉흥적으로 연기하는 연습법이다. 대본이 없어서 대사도 움직임도 배우가 생각해내야 한다. 즉, 배우가 얼마나 자신의 역할을 이해하고 있는지가 모조리 드러난다. 상당히 긴장되지만, 연출가가 생각하는 이미지와 어긋나는 부분을 구체적으로 수정할 수 있는 효율적인 방법이기도 하다.

키요이는 다카하타 앞에서 대본을 읽었다. 전체적인 분위기를 파악하기 위한 것이라서 도중에 멈추라고 하지 않는다. 키요이는 개그맨 같은 톤으로 씩씩하게 읽었다.

"으음, 힘을 좀 빼는 게 낫지 않을까?"

"개그맨이잖아요? 게다가 평소 저는 톤이 낮으니까, 의식적으로라도 올리지 않으면 무뚝뚝한 느낌이 될 것 같은데요."

"그렇긴 해. 키요이의 특징은 지금 같은 냉정함이니까."

다카하타가 생각에 잠긴 얼굴로 대본을 넘긴다. 가만히 있어도 웃는 것처럼 보이는 보살 얼굴도 있고, 키요이처럼 가만히 있으면 화난 것처럼 보이는 타입도 있다.

"톤을 올리는 건 괜찮다고 생각해. 키요이의 원래 목소리는 이 역할에 안 어울리고, 텐션을 올리지 않으면 개그맨 같지 않을 테니까. 그래도 작위적인 느낌이 드는 순간 분위기가 깨져. 방금 한 건 어딘가 좀 억지스러웠어, 왠지 딱한 느낌부터 들었다고 할까."

다카하타가 부드럽지만 단호하게 말했다.

"뭐 처음이니까, 하다보면 차차 나아지겠지. 그리고 TV 연기 스타일에서 연극 연기 스타일로 의식해서 바꿔야 해."

"아, 네."

카메라가 클로즈업해서 가까이 보여주는 TV 드라마라면 세세한 표정도 전달할 수 있지만, 거리가 있는 연극 무대에서는 불가능하다. TV와 연극은 보여주는 방법이 다른 것이다. 작년에 안나와 같이 출연한 TV 드라마가 가을 분기 시청률 1위를 찍어서, 대형 OTT 회사와 공동 제작하는 스핀오프 드라마를 급작스럽게 찍게 되었다. 준주연인 키요이도 출연했기 때문에 지금의 연기는 TV 드라마 쪽에 푹 잠겨 있는 상태다.

"레슨 시간 조금 더 늘릴 수 있어요?"

다음 현장으로 향하던 차 뒷좌석에서 키요이가 매니저에게 물었다.

"지금도 많은 편인데. 스케줄을 고려하면 어렵지 않을까."

"그럼 학교를 빠질게요. 일도 조금 줄이고."

"어이, 키요이."

백미러에 곤란해하는 스가의 얼굴이 비쳤다.

작년의 사건과 드라마 방영 시점이 잘 맞아떨어져서 키요이는 지금 한창 유명해지고 주목도 받고 있다. 하지만 소속사의 방침과 키요이가 나아가고 싶은 방향은 조금 다르다. 회사측에서는 얼굴이 금세 알려지고 출연료도 높은 TV 일을 밀어붙이고, 키요이는 연극을 더 하고 싶어한다.

"키요이 마음은 알겠고, 우리 회사는 배우 본인 의사를 거스르는 일은 가급적 하지 않아. 그래도 유명해질 수 있는 기회는 한번 놓치면 다음에 또 언제 올지 모르는 거거든. 지금은 일단 기반을 쌓고, 하고 싶은 일은 그다음에 하면 되지 않을까?"

"그건 알아요."

"그럼—"

"하지만 우에다씨 연극 역시 기다려주지 않아요."

처음 우에다의 연극을 보았을 때 키요이는 말로 표현할 수 없는 흥분감에 벅차올랐다. 연극은 매번 단판승부이기 때문에, 관객 입장에서는 '봐준다'는 식의 의식이 강하다. TV와는 비교도 할 수 없을 정도로 탐욕스러운 시선이 무대 위 배우들에게 푹푹 꽂히는 것 같았고, 바로 그것이 키요이에게 옛 기억을 되살려주었다.

한부모 가정에서 외로운 시절을 보내다가 엄마가 재혼하며 직장을 그만두고 드디어 함께 집에 있는 시간이 늘어나던 참이었는데, 남동생과 여동생이 연달아 태어나면서 키요이는 엄마의 관심 밖에 놓이게 되었다.

막 태어난 아기에게만 신경쓰는 엄마를 곁눈질하며 TV 앞에 혼자 덩그러니 무릎을 끌어안고 앉아 있는 일이 키요이의 일상이었다. 그러다 우연히 아이돌 콘서트 중계를 보았다. 닿을 수 없다는 것을 알면서도 필사적으로 손을 뻗는, 이상할 정도로 흥분한 팬들. 외롭던 키요이의 가슴에, 나도 저렇게 누군가 나를 원해주면 좋겠다는 단순하고도 강렬한 바람이 싹텄다.

그 기억이 우에다의 연극을 보고 되살아났다.

그 계기로 키요이는 연극배우가 되고 싶다고 생각했다.

고등학생 시절 모델로 데뷔해 주위에서는 키요이의 생활이 화려함뿐일 거라 생각하지만, 작은 극단의 연극에 키요이가 먼저 부탁해서 출연하기도 했다. 그리고 언젠가는 우에다의 연극 무대에 설 수 있길 바랐다. 첫 출연에 그가 실망한다면, 다음 기회는 없을지도 모른다.

"그래도 시간 날 때마다 대본 읽고 있으니까 역할 만들기도 어느 정도 된 거 아니었어?"

키요이는 침묵했다. 대사도 설정도 머릿속에는 있지만……

일부러 하는 것 같고, 억지스럽고, 딱해 보인다. 다카하타의 감상을 머릿속에 되새겼다.

"잘 안 풀리는 거야?"

백미러로 보며 스가가 걱정스러운 듯이 물었다.

"아니, 그렇지는 않아요."

키요이는 흘러가는 풍경으로 눈을 돌렸다.

넋두리나 불평을 늘어놓아봤자 해결되는 건 없다.

아무리 고민해봐야, 결국은 노력하는 수밖에 없다.

갖고 싶은 건 스스로 노력해서 손에 넣어야 한다.

어릴 때부터 그렇게 해왔잖아.

회사 입장도 이해한다. 인기가 올라가는 지금 같은 상황이라면 아마도 빈틈없이 일거리를 물어와 채우고 싶겠지만, 학생이니까 학업을 우선시해주고 있다. 장기적으로 내다보고, 배우를 아껴주는 것이다. 좋은 회사에 소속되었다고 생각한다. 무리한 이야기를 꺼내고 싶지도 않았다.

버라이어티 방송의 예고편 녹화가 끝나자, 이미 한밤에 가까웠다. 키요이는 아침부터 학교 수업에 잡지 촬영, 연기 레슨, 방송 녹화가 연이어지며 역시나 지쳐버렸다. 대기실에서 집에 갈 준비를 하는데, 다른 스튜디오에서 우에다가 토크쇼를 녹화하는 중이라고 스가가 알려줘서 인사하러 가기로 했다.

마침 녹화가 끝나고 우에다는 관계자와 이야기하고 있었다. 조금 떨어진 곳에서 끼어들 틈을 보고 있는데 우에다가 알아채 주었다.

"아, 키요이군도 여기서 스케줄 있었어?"

"네, 수고하셨습니다."

고개를 숙여 인사하자 우에다와 대화하던 인물이 뒤를 돌아보았다.

"아, 키요이군. 오랜만이네."

둥근 얼굴에 어울리지 않게 학자 같은 안경을 쓴 쓰카하라를 보고, 키요이는 속으로 한껏 얼굴을 찌푸렸다.

"이렇게 우연히 만나네. 이 년 만인가. 〈스피카샤〉 이후로 처음이지?"

"네. 그때는 신세 많았습니다."

쓰카하라는 영화와 연극 전문 평론가로, 전에 키요이가 단역으로 출연했던 연극에 대해 연극 잡지에 칼럼을 썼다. 작품에 대해서는 호의적이었지만, 키요이에 대해서는 악평 일색이었다.

"작은 극단을 운영하기란 매우 어렵다. 그래서 극단들은 신규 관객을 늘리기 위해 많은 노력을 한다. 여성들에게 인기 있는 배우를 영입하는 것도 효과적인 방법 중 하나일 것이다. 그러나 아무리 그렇다고 해도, 이 작품에 키요이 소는 정말로 필요했던 걸까. 연기력에 대해서는 굳이 언급하지 않겠지만, 모델인 그의 아름다운 얼굴이 오히려 걸림돌이 되어 그의 존재 자체를 겉돌게 했다. 계속 배우의 길을 가고 싶다면 TV 드라마 쪽을 추천한다."

키요이는 그 잡지를 돌돌 말아 벌레 때려잡는 용도로 썼다.

"작년에 대단했어. 안나와 같이 출연한 드라마도 좋았고."

"고맙습니다."

자신에게 보는 눈이 없다는 걸 깨달았겠지. 키요이는 속으로 비웃어주었다.

"나도 이렇게까지 잘되리라고 예상치 못했지만 〈스피카샤〉 때 내가 키요이군에 대해 썼던 그대로 됐잖아. 역시 TV 드라마 쪽이 잘 맞을 것 같았어. 그래, 이런 얼굴은 연극보다 TV에 훨씬 잘 맞지."

쓰카하라가 자기 생각이 맞았다는 것을 음미하듯이 고개를 끄덕끄덕하며 말했다. 뭐야 이 아저씨. 그런 값싼 도발에 넘어갈 줄 아나. 키요이는 감정을 누른 채 다시 고맙다고 인사하고 차갑게 웃었다.

"그건 곤란한데. 키요이군이 이번에 내 연극에 출연하거든."

갑자기 우에다가 끼어들자, 쓰카하라는 짐짓 놀라는 척했다.

"아, 그렇죠, 우에다씨 신작에 키요이군도 나오죠."

"응. 곧 연습이야. 그렇지, 키요이군?"

"네, 열심히一"

"저도 기대하겠습니다!"

키요이의 목소리를 덮어버리려는 듯 쓰카하라가 쓸데없이 큰 목소리로 끼어들었다.

"우에다씨 신작은 저뿐만 아니라 연극 팬 모두가 목을 빼고 기다리니까요. 키요이군이 출연한다기에 그래서 더더욱 의아하긴 했습니다."

"그런가? 오디션에서 번뜩이는 연기를 보여줘서, 그래서 결정했네."

"번뜩이라고요? 반짝반짝하는 이미지겠죠, 특히 얼굴이."

얼굴만이라고 말하고 싶은 게 분명했다. 뭐야 이 아저씨. 내가 아저씨 부모님이라도 죽였어? 라고 묻고 싶어질 정도로 무례했다. 키요이는 쓰레기를 보는 듯한 눈으로 쓰카하라를 바라보았다.

"응, 확실히 키요이군 미모는 특별하지."

하지만 우에다까지 동조하며 웃었다.

"게다가 지금은 얼굴뿐만 아니라 화제성도 최고니까."

우에다가 말을 잇자, 쓰카하라는 자기 말이 그 말이라는 듯이 고개를 주억거렸다.

"작년에 그런 범죄와 열애설에 휘말려서 큰일이 날 뻔했잖습니까. 그래도 그 일 덕분에 주목도 받고 인기도 많아졌으니까, 키요이군이 출연한다고 하면 티켓도 평소보다 더 잘 팔리겠는데요."

"응, 키요이군에게는 여러모로 무척 기대하고 있어."

우에다는 키요이의 어깨를 가볍게 두드리더니 다음엔 연습 때 보자고 말하고는 쓰카하라와 가버렸다.

키요이는 그 자리에 우뚝 선 채, 뭐라도 깨부수고 싶은 마음으로 주먹을 움켜쥐었다. 계속 거절만 하던 우에다가 먼저 오디션 제의를 해온 건 역시 그 사건 직후의 화제성 때문이라는 것을 이미 잘 알고 있었다. 하지만 연습도 하기 전에 배우의 의지를 꺾어버리는 건 너무하지 않은가.

"키요이, 너무 신경쓰지 마. 우에다씨도 생각이 있어서 그럴 테니까."

귀신 같은 얼굴로 가만히 서 있는 키요이에게 스가가 머뭇거리며 말했다.

"연극은 수지 맞추기가 어려운 콘텐츠야. 우에다씨 정도라면 티켓 매진은 어렵지 않겠지만, 그래도 화제성은 하나라도 더 있는 게 좋으니까. 연극 관객 수를 늘리려고 연극계 거장으로서 업계를 대표하는 사명을 짊어지고 있다는 기사를 읽은 적 있어."

알고 있다, 알지만, 그래도—

"역시 연기 레슨 시간 좀 늘려야겠어요."

"음, 그래도 스케줄이……"

"일도 학업도 제대로 할 거예요. 대신 잠을 줄일게요."

"그건 안 돼. 몸 상해."

"몸은 식단 신경쓰고 운동하면서 관리할게요. 계속하겠다는 건 아니에요. 첫 무대까지만."

"서두르지 마. 아직 연습 시작하지도 않았고."

"매니저가 해주지 않겠다면, 내가 개인적으로 할 거예요."

"키요이!"

"상대가 누구든, 얕보이는 건 참을 수가 없다고요."

딱 잘라 말하자, 아아아…… 하고 스가가 기도하듯 하늘을 바라보았다.

그런 말을 듣는 건 자신에게 실력이 없기 때문이다. 모처럼 잡게 된 우에다의 연극 배역. 최대한의 노력을 하지 않고 불발탄으로 끝내는 건 싫다. 나를 바보 취급하는 사람들을 제대로 울상 짓게 해주고 싶어. 쓰카하라 아저씨, 투지를 갖게 해줘서 고마워. 키요이는 마음속으로 중지를 세웠다.

돌아가는 차 안에서 히라에게 전화하자, 노구치의 집에 있다고 했다. 상대역으로 대본을 읽어달라고 부탁하려 했는데, 영 타이밍을 못 맞추는 녀석이다. 하지만 그것보다 마음에 걸리는 것이 있었다.

"노구치씨 작업실이 아니라 집에 있다고? 지금 한밤중이잖아."

"파티 끝나고 2차에서 노구치씨가 진탕 취해서 데리고 들어왔어."

'또냐' 하는 생각에 눈썹이 찡그려졌다. 노구치는 점점 더 히라를 여기저기로 끌고 돌아다닌다. 일도 바쁜데다 잘나가는 사진작가에게 물밀듯이 밀려오는 각종 파티와 이벤트 초대에 히라까지 데리고 나간다. 그건 그렇다 쳐도, 술 취한 사람을 챙기는 일까지 세트로 하게 된 지금 상황은 납득할 수 없었다.

"돌아와."

"응, 미소국만 끓여놓고 바로 갈게."

"하아? 네가 왜 노구치씨 집에서 미소국을 끓이는데?"

네가 새벽에야 돌아오는 남편을 챙기는 갸륵한 아내냐? 하고 소리치고 싶었지만 꾹 참았다.

"노구치씨는 술 마시면 미소국이나 라면 같은 걸 찾거든."

"그럼 나가서 사 먹으면 되잖아. 그냥 지금 바로 돌아와."

"응. 바로 돌아—"

"스승을 내버려두고 어딜 멋대로 가려고."

혀가 꼬부라진 노구치가 끼어들었다.

"아, 키요이? 미안한데 이 녀석 아직 일하는 중이라―"

"미소국 끓이는 게 일입니까?"

"외로우면 키요이도 와."

키요이의 물음은 씹혔고, 노구치는 자신이 손윗사람이라는 것을 알리려는 듯 전화를 중간에 뚝 끊어버렸다. 다시 걸었지만 받지 않는다. 노구치가 휴대폰을 빼앗았을 것이다. 키요이는 혀를 차며 스가에게 행선지가 바뀌었다고 말했다.

노구치의 집에 도착하자, 히라가 고개를 숙이고 사과하는 자세로 허둥지둥 맞았다.

"키, 키요이, 미안, 일부러 오게 만들어서."

정말, 너는 나랑 노구치씨 중에 누가 더 소중하냐?

그런 쪼잔한 불평은 입이 찢어져도 할 수 없다.

"그건 상관없어. 그런데, 미소국 끓이는 건 일이 아니잖아. 가끔은 똑바로 거절해. 질질 끌려다니면서 말하는 대로 다 들어주면, 어느 순간 악덕기업이 되는 거야."

불평은 걷어냈지만, 그래도 사실만은 확실히 지적했다.

"그렇지. 키요이 말이 맞아."

"알면 실행을 해." 이렇게 말하고 거실에 들어가자, 소파에 노구치가 널브러져 있었다.

"히―라― 미소국― 빨리―"

잠깐 기다려주세요 하고 히라가 주방으로 달려갔다.

"노구치씨, 아무리 그래도 그렇지, 일도 아닌데 히라를 너무 부려먹잖아요."

"오— 키요이, 고생했어—"

쿠션을 끌어안고 기분좋은 듯 눈을 반만 뜬 노구치가 팔랑팔랑 손을 흔들었다. 촬영 현장에서 만나면 세련된 어른 남자인데, 지금은 그냥 술주정뱅이다. 오늘은 어느 브랜드 신작 발표회 후에 친한 동료들끼리 2차까지 간 듯하다. 몸에 꼭 맞는 셔츠 가슴 부분에 파운데이션이 희미하게 묻어 있는 걸 발견하고 키요이는 뾰로통하게 실눈을 떴다.

"파티 끝나고 어디 가서 마셨어요?"

"단란주점."

"그런 데 히라를 데리고 가서요?"

키요이의 목소리에 불쾌함이 섞이자, 노구치가 히죽 웃으며 말했다.

"걱정 마, 히라는 여자들한테 냉담했어."

"걱정 안 해요. 그래도 히라는 학생이고—"

"어쩔 수 없잖아. 나나미씨가 그런 델 엄청 좋아하니까."

"나나미씨요?"

"기무라이헤이사진상 주최가 히카리신문사이고, 그래서 수상 발표는 〈히카리 그래프〉에서 해. 나나미씨는 거기 편집장. 그런 사람이랑 인맥 쌓는 게 어떤 의미인지는 키요이도 알잖아."

신인을 대상으로 하는 사진계의 아쿠타가와상과 같은 기무라
이헤이사진상. 사진에 문외한인 키요이도 익히 아는 사진작가들
을 다수 배출했고, 노구치는 히라에게 이 상을 받게 하려고 한
다. 예능이든 예술이든 그럴싸한 말로 꾸미지 않아도 인맥은 중
요하다.

"받을 수 있을 것 같아요?"

"인맥만으로는 무리야. 그래도 걸어가기 쉽게 길을 포장해두
는 게 쓸데없는 일은 아니잖아."

예술과 세속. 잘 먹히는 것을 너무 노리면 약삭빠른 것이 되
고, 너무 예술에만 치우치면 자기만족이 된다. 노구치의 사진은
이 두 가지의 균형이 절묘하다는 평을 듣고 있다.

"노구치씨가 상업 사진작가로서 여기저기 불려 다니는 이유
는 알겠어요. 하지만 히라에겐 그런 능력이 없고, 앞으로도 할
수 있을지 의문인데요."

"그래서 받게 하고 싶은 거야."

"네?"

다 됐다며 히라가 쟁반을 들고 들어오자 대화가 중단됐다. 정
말 기다렸어— 하고 노구치가 몸을 일으키더니 미소국을 한입
떠먹고는 속 풀린다고 중얼거렸다.

"노구치씨, 아내를 두시는 게 어때요?"

"저기, 키요이, 취해서 맨날 새벽에 들어오는 남자에게 생글

생글 웃으면서 미소국 끓여줄 여자가 이 도쿄 사막 안에 있을 것 같아? 그런 귀찮은 거 짊어지지 않아도 히라면 충분해."

남의 남자를 아내 취급하지 마. 키요이는 화를 내는 대신 차가운 시선을 날렸다. 하지만 노구치는 자기와는 상관없다는 듯 기분좋게 미소국을 마시고 있다. 역시 톱모델 스무 명 정도는 거뜬히 혼자서 다루는 사진작가답다. 신경줄이 등산용 로프 정도로 굵고 튼튼하지 않다면 이럴 수 없을 것이다.

"그나저나 키요이는 우에다씨 연극에 출연한다며? 그 나이에 굉장하네."

그 말에 키요이는 흥 코웃음을 쳤다.

"네, 일곱 가지 대죄에 관한 연극인데 제 역할은 '질투'예요."

"키요이한테 딱이네."

"음, 어디가요?"

역할의 갈피를 잡는 단서가 될지도 모른다는 생각에 몸을 쑥 내밀었다.

"남자친구 감시하러 여기까지 올 정도로 질투하는 부분이."

키요이의 관자놀이에 파란 핏줄이 섰다.

"히라, 이제 두 번 다시 노구치씨한테 미소국 끓여주지 마. 또 하면 너랑 헤어질 거야."

"죽어도 안 할게."

히라가 즉답하자, 노구치는 어이, 어이 하고 히라를 부르며 당황스러워했다.

"뭘 그렇게 바로 대답해?"

"죄송합니다. 하지만 키요이는 제 생명유지장치 같은 존재이기 때문에."

"히라, 네 그런 부분이 스승의 입장에서 고민이 돼."

"고민이 된다고요?"

"키요이에 대한 과하게 무거운 그 사랑이 언젠가 널 막는 장벽이 될 거야."

"장벽이라니요?"

히라가 웃으며 말하자 "야, 제자 따위가 스승 말에 코웃음치는 거냐" "안 웃었는데요" "아니 웃었어" 하며 노구치와 히라가 투닥거렸다. 그런 두 사람을 곁눈질하다가 키요이는 가방에서 대본을 꺼내 일어섰다.

"노구치씨, 히라를 미소국 요원으로 빌려주는 대신에 대본 읽는 것 좀 들어주세요."

곰곰 생각해보니, 히라보다는 자신과 아무 사이도 아닌 노구치가 봐주는 게 더 나을 것 같았다. 똑바로 일어서서 내려다보자, 노구치는 엥? 하고 올려다보고는 인상을 찌푸리며 히라를 바라보았다.

"네 남자친구는 물리적으로도 고자세구나."

"당연하죠. 키요이는 황금빛 강이 흐르는 황금빛 왕국의 왕이니까요."

히라가 자랑스럽게 대답하자, 노구치는 고개를 갸웃했다.

"황금빛, 뭐라고?"

"고등학교 때부터 키요이는 계속 저의 왕이었어요. 어쩔 수 없이 밑바닥을 기어다니던 제 세상을 한순간에 바꿨고, 그때까지 더러운 강을 그저 흘러가던 저와 오리대장도 지금은 황금빛 강을 떠다니고 있어요."

노구치는 더 크게 고개를 갸웃했다. 아무래도 히라의 망상은 처음 들나보았다. 히라도 직장에서는 자중했던 걸까. 노구치는 납득이 가지 않는 얼굴로 키요이를 바라보았다.

"키요이, 방금 얘가 한 말 통역해줄래?"

"힘들어요. 스승이니까 노구치씨가 알아서 해석하세요."

노구치는 조금 생각하는 듯했다.

"됐어. 왠지 꺼림칙하다."

노구치가 딱 잘라 말했다. 이것이 일류 크리에이터의 감인가.

"좋아. 그럼, 키요이, 연기해봐. 난 솔직한 감상을 말할 거야."

노구치는 다시 소파에 드러누웠고, 키요이는 내가 듣고 싶은 말이 바로 그거라고 생각하며 대본을 펼쳤다.

"아, 잠깐 키요이, 사진 찍어도 돼?"

히라가 급히 물었다.

"맘대로 해."

소파에 드러누운 노구치와, 카메라를 든 히라 앞에서 키요이는 대사를 읽었다. 연극이니까 객석에 전달될 만큼 선이 굵은 연기를 해야 한다고 의식하면서 개그맨다운 코믹한 움직임을 더했다. 하지만 흐트러짐 없이 단정하게 셔터를 누르는 히라와는 달리 노구치는 재미없다는 듯 눈을 돌리고 있었다. 결국 하품까지 하자, 이제 안 되겠다 싶어 대본을 내렸다.

"끝났어?"

"끝내달라는 거 같아서요."

"알아차려줘서 고마워."

노구치가 생긋 웃었다. 평소에는 성격 좋은 사람 같지만, 뭔가 자신에게 걸리는 부분에서는 결코 그냥 넘어가주지 않는다. 히라는 카메라를 내려놓고 눈시울을 붉게 물들인 채 박수를 쳤다. 말이 통하지 않는 히라는 제쳐두고 노구치에게 감상을 말해달라고 하자, "별론데" 한마디로 대답했다. 짧은 말이지만 파괴력은 대단했다.

"어떻게 별론데요? 구체적으로."

"억지로 강요하는 것 같아, 숨막혀, 시끄러워."

지금까지 한 번도 들은 적 없는 말이었다. 무뚝뚝하다, 차갑다, 과묵하다의 반대라면 잘 알고 있다. 하지만 다카하타가 말한 힘을 빼라는 지적과 겹치는 느낌이 들었다.

"일단 개그맨이고 활달한 남자라는 설정이라 그렇게 연기했

는데요."

"일단? 어이, 어이, 키요이, 그게 무슨 말이야?"

"네?"

"일단은 어쨌든이란 의미잖아. 일단, 어쨌든, 이 정도면 어디서 본 것과 비슷하다는 느낌. 하지만 '어디서 본 것과 비슷하다'는 건 어디서 가져온 이미지야?"

"참고하려고 DVD로 개그 프로를 많이 봤어요. 토크쇼나 버라이어티에 개그맨들이랑 출연한 적도 여러 번 있고, 평소 그들이 어떤지도 알아서, 그런 것들을 참고해서 종합적으로 만들어 봤어요."

"그런 것들, 종합적으로 했다, 뭔가 겉도는 느낌인데? 개그에도 장르가 있잖아. 키요이가 연기하는 그 개그맨은 어떤 장르야? 만담? 콩트?"

"만담이요."

"그럼 스타일은? 목청을 높이고 움직임도 크게 힘으로 미는 쪽? 대사에 시사 문제도 좀 있던데, 그럼 머리 좋아 보이는 부류? 스마트함과 시니컬함은 느껴지지 않았어. 아니면 말의 리듬으로 압박하는 느낌이야? 느슨하게 얼빠진 소리를 하는 느낌이야?"

"……그것까지는."

"실제 개그맨 중에 누가 그 이미지에 가장 가까워?"

아무것도 대답하지 못했다. 바로 지금 자신이 연기해놓고도, 아무것도 구체적으로 떠오르지 않는다. 키요이는 제 안에 있던 노조무의 이미지에 확고한 지점이 하나도 없음을 깨달았다.

"키요이, 지금까지 숨막힌다는 소리 들어본 적 없지? 자신의 원래 모습과 상성이 거의 없는 역할이라고 판단해서 일단 키요이 소의 컬러를 지우자고 생각했어?"

"그건…… 맞아요. 텐션을 의식적으로 높이려고 했어요."

"그건 결국, 주체를 역할이 아니라 자신에게 두고 있다는 거 아닌가? 자신의 컬러를 지우려고 단순하게 평소 자기 모습의 정반대를 연기하는 거잖아."

"그런 게 아니라, 정말 저와는 반대로 활발한 남자라고요."

"대본에 그렇게 적혀 있어?"

"네?"

"키요이 소와는 정반대로 활발한 성격의 인물이라고 적혀 있어?"

"그건……"

"그럼, 그런 사람이 아닐지도 몰라."

연기는 물론이고 생각했던 모든 것이 뿌리째 흔들리는 것 같아 아연해졌다. 노구치는 재미있다는 듯이 바라보고 있다. 대상을 깊게 파헤치는 사진작가 특유의 시선이 찌르듯이 날아와 박힌다.

"한번 더 해봐도 될까요?"

키요이가 먼저 부탁했다. 여기서 꼬리 내리면 안 돼. 분한 마음을 품고 일어섰다. 노구치는 놀란 듯했다. 힘내— 하고 말꼬리를 흐리는 듯한 히라의 목소리가 들린다. 히라도 다시 카메라를 들었다.

다시 한번 처음부터 대사를 읽었다. 억지로 강요하는 것 같아, 숨막혀, 시끄러워. 노구치의 감상을 염두에 두고 목소리 톤을 내려보았다. 힘을 빼면 대사를 읽기가 편해지지만, 원래의 목소리에 가까워져 차분해진다. 노조무라는 역할과 멀어지는 것 같아서, 분명 이건 아니다 싶은 찜찜한 느낌이 올라온다. 위화감만 커지자 키요이는 도중에 대본을 내려버렸다.

"끝났어?"

"……네."

묻지 않아도 왠지 알 것 같았지만 그래도 일단 어땠는지 물어보았다.

"아까보다 더 못했어. 개그맨으로도 보이지 않는데."

그랬겠지…… 고개를 숙이고 바닥에 앉았다.

"침울해할 것 없어. 우에다씨 정도 되는 연출가가 내세울 건 얼굴뿐이고 팔랑팔랑 휘날리는 평범한 천쪼가리 같은 아이돌 스타일 배우를 괜히 썼을 리 없잖아. 뭔가 승부해볼 만한 게 보였을 거야."

말인즉슨 그건가. 아무도 눈치채지 못한 숨겨진 재능을 거장이 알아보고 발탁해주었다는 판에 박은 듯한 전개? 역시 나에게는 재능이 ―

"지금의 키요이는 화제성이 높아. 키요이 소라는 대량 티켓 판매기랄까. 그건 대단한 무기니까 가슴 쫙 펴고 마케팅 도구로서 당당하게 굴면 돼."

굴욕감에 주먹에 힘이 들어갔다. 티켓 판매기, 내세울 건 얼굴뿐인 팔랑팔랑 휘날리는 평범한 천쪼가리. 말투는 다르지만 "너는 얼굴뿐"이라던 쓰카하라와 거의 같은 의견이라 마음이 박살나는 것 같았다. 노구치는 연기에 문외한이지만 본질을 꿰뚫어보는 눈은 확실해 보였다.

"키요이는 예쁜 외모와는 전혀 다르게 그 속에 억척스러운 스포츠 근성이 있네."

한심한 자신에게 솟구치는 분노를 억누르고 있는데, 노구치가 재미있다는 듯이 웃었다.

"땀냄새 나는 거 싫어해요."

키요이는 한껏 불쾌한 표정을 지었다.

"싫든 어떻든, 스스로도 어쩌지 못하는 게 천성이란 거야. 뭐, 기합 넣어가며 열심히 해봐. 엉성한 대포라도 많이 쏘다보면 맞지 않겠어? 계속 길을 찾다보면 짐승들 다니는 길 정도는 찾을 수 있겠지."

"목적지에 도달할 수 있다면, 이제 어떤 길이라도 상관없어요."

노구치는 실눈을 뜨고, 그거 좋네 하더니 갑자기 인상을 썼다. 그리고 다시 입을 열었다.

"그런 억척스러움을 이 녀석에게도 조금 나눠줘."

노구치는 바닥에 정좌하고 있는 히라를 향해 턱짓했다. 히라는 대화에 끼어들지 않고, 방금 찍은 키요이의 사진을 체크하고 있다. 아무것도 신경쓰지 않고 오로지 마이 월드에 완전히 집중한 모습이다. 네 이야기야, 라며 한소리 하는 노구치에게 머리를 툭 맞고야 히라는 겨우 고개를 들었다.

"무슨 일인데요?"

"너, 우리 이야기 들었어?"

"아니요, 신들의 전쟁에는 끼어들 수 없으니까요."

"그럴 때 끼어들라고 내가 항상 말하잖아."

노구치가 다시 한번 히라의 머리를 때렸다.

"이봐, 키요이, 이 녀석 어떻게 좀 해봐."

"어떻게 될 거였으면, 이미 뭐라도 해봤을 거예요."

키요이 역시 좋고 잘 맞아서 이런 기분 나쁘고 짜증나는 녀석과 사귀는 게 아니다. 그런 마음이 전해졌는지 노구치가 딱하다는 시선을 보냈고, 그건 또 그것대로 기분이 상했다.

"이 상태라면 올해 안에 개인전은 못해."

"올해 안에요?"

키요이의 물음에 노구치는 못 들었느냐고 되묻는 표정을 지었다.

"잡지든 개인전이든 사진집이든, 어쨌든 공식적으로 발표하지 않으면 기무라이헤이사진상 후보엔 못 올라. 하겠다고 당장 마음먹어도 작품 준비부터가 시작이니까, 준비하는 데만 최소 반년에서 일 년은 걸려. 지금 3학년이니까 졸업 때까지 아슬아슬하게 끝낼 수 있을지 어떨지."

"학생일 때 받게 하려고요?"

무척 놀랐다. 사진계의 아쿠타가와상이라고 불리는 상이라지 않나.

"어차피 받는다면 현역 대학생, 최연소 수상으로 파팟 하고 나가주면 좋겠어. 그렇지, 히라?"

소파에 드러누워 있던 노구치가 상반신만 일으켜, 바닥에 앉은 히라의 어깨에 이마를 댔다.

"노, 노, 노구치씨가, 어떤 세상의 이야기를 하고 있는 건지 모르겠습니다."

히라는 공포로 굳은 표정으로 손을 올려 노구치의 이마를 치우려고 애썼다. 그러자 노구치가 히라의 손을 뿌리치고 목에 팔을 둘렀다. 스승과 제자가 쓸데없이 들러붙는 모습에 키요이는 혼자 다시 뾰로통해졌다.

"어떤 세상이냐니, 세상은 여기 하나뿐이야. 언제까지고 계속 몰래 찔끔거리지 말고 근성을 보여줘. 이제 스무 살 언저리니까 시간 같은 건 무한대로 있을 것처럼 느껴지겠지만, 그건 착각이야. 미적지근한 시간에 잠겨 있으면 늘어질 대로 늘어져서 막상 해야 할 때 쓸 만한 게 나오지 않아. 그렇게 되기 전에 기어나오라고. 정말 최연소로 수상하게 되면 말해. 모든 건 노구치 선생님 덕분입니다, 라고."

"불가능해요. 기무라이헤이사진상 최연소 수상이라니, 그건 신들의 잔치잖아요."

"그렇지. 너도 거기서 맛있는 술 좀 마셔보라고. 맛있을 거야."

"술은 별로 좋아하지 않습니다."

"그럼 환타 일 년 치 사줄 테니까 열심히 해, 알겠지?"

"괘, 괘, 괜찮아요. 저는 황금빛 왕국에서 평온한 마음으로 살아가고 싶습니다."

말싸움하는 두 사람을 보면서 키요이는 가슴이 묘하게 술렁거렸다.

히라와 노구치가 서로 너무 들러붙어 있어서 그런가 생각했지만, 아무래도 그건 아닌 것 같았다.

이상하게 불편한 마음이 일었다. 열등감 같은……

뭐지? 열등감이라는 건 스스로 뒤떨어진다고 느낄 때 생기는 감정이다.

노구치라면 몰라도, 왜 히라에게 자신이 그런 감정을 느끼고 있을까.

"키요이, 내일 아침은 뭐가 좋아?"

노구치의 집에서 나와 돌아오는 길에 심야 영업을 하는 마트에 들렀다.

"새우 크로켓."

"아침부터 튀김?"

"옛날에 이치로도 아침부터 카레 먹었댔어."

스트레스는 신체에도 정신에도 악영향을 미친다. 가장 좋은 역량을 내기 위해서는 쓸데없는 스트레스를 완전히 없애버리는 것이 중요하다. 그리고 전설적 야구선수 이치로는 아침부터 카레를 먹었다. 좋아하는 음식을 참으며 스트레스를 받는 것보다 좋아하는 음식을 먹고 싶을 때 원하는 만큼 먹고 역량을 끌어올리기 위해 노력했다. 사실인지는 알 수 없지만.

"으음. 천재들은 그렇구나."

"키요이의 행동에는 전부 빛나는 이유가 있어…… 역시……"

히라는 작게 중얼거리며 새우 팩을 장바구니에 넣었다. 아침부터 귀찮다고 생각하지 않고 봉사할 기쁨으로 넘쳐흐르는 히라의 옆얼굴을 보자 키요이는 왠지 짜증이 치밀었다.

조금 전 키요이의 연기에 대한 노구치의 감상평을 듣고도 어떻게 천재들은 그렇구나 하며 상황에 맞지 않는 말을 할 수 있는지 알 수가 없다. 비웃는 것처럼 들린단 말이야. 지금 나는 노구치의 혹평이 자꾸 머릿속에 떠돌아서 뽀글대는 캔디 머리처럼 혼란에 빠져 있는데.

겉으로는 내색하지 않아도 속은 침울하다는 걸 알아채줬으면 좋겠고, 남자친구로서 알아주고 달래주는 행동을 해줬으면 한다. 그러나 이런 인간적인 마음씀씀이를 인류의 머리 위를 비스듬히 날아다니는 외계인에게 바라서는 안 된다. 그런데 한 가지 확실한 건, 이런 '난 좀 불쌍해 병'은 상대가 봐주지 않을수록 더 악화된다는 것이다.

"조금 전 내 연기 어땠어?"

마트를 나와서 히라에게 물어보았다. 어차피 무신경한 감상으로 마음의 상처만 더 도려내 키우겠지만, 차라리 그래주길 바랐다. 어디 한번 해봐. 진심으로 실망했다고 극약 처방을 해봐. 그걸로 '난 좀 불쌍해 병'을 몰아내야겠어. 그리고 내일 아침부터 새로운 기분으로 새우 크로켓을 먹는 거야.

"비할 데 없이 아름다웠어."

"역시나 너도 얼굴만 봤구나."

역시 히라다. 한마디로 상처를 도려냈다.

"얼굴? 얼굴도 얼굴이지만 나는…… 내 파인더 안의 키요이를 보고 있었어."

그러고 보니 히라는 계속 사진을 찍고 있었다.

"그럼, 연기는 안 봤어?"

키요이가 묻자, 히라는 이제야 깨달은 듯한 표정을 지었다.

"음, 아, 그렇게…… 되는 건가? 그래도 개인적인 연습인데다 노구치씨 집에서 키요이가 연기하는 상황이라 다른 때보다 더 소중하고, 두 번 다시 없을 보물 컷이라 생각하면서, 뭔가 여러 가지로, 이렇게, 확 다가왔다고 할까…… 파인더에 빨려들었다고 할까, 피사체를 좇아서 완전히 곤두박질치는 것 같았다고 할까."

설명하느라 횡설수설하는 히라를 보며 안나를 떠올렸다.

카메라가 돌아가면 다 날아가버리니까 별로 기억나지 않아.

슬레이트 소리가 울리는 순간, 안나는 날아간다.

카메라를 든 순간, 히라는 곤두박질친다.

닮았잖아?

등줄기에 소름이 돋는 것 같았다.

히라가 안나와 비슷한 계통의 천재일지도 모른다니.

말도 안 된다. 하지만, 만약 그렇지 않고서는 노구치가 그렇게까지 히라를 마음에 들어할 리 없지 않나.

노구치가 이런저런 파티에 히라를 데리고 다니는 이유가 일류들과 인맥을 쌓게 하기 위해서라는 건 이해된다. 자신의 인맥을 아낌없이 나누고 심지어 활용해서, 학생일 때 기무라이헤이

사진상을 받게 하려고 애쓴다. 정작 중요한 당사자는 발을 빼고 있지만.

히라가 각오만 한다면, 정말 상을 받을지도 모른다.

그렇게 된다면 키요이는 자기 일처럼 기쁠 것이다. 그러나 초조해질 것이다. 천재가 아니란 걸 절실히 깨달은 자신과 달리, 스승에게 커다란 합격 도장을 받은 히라. 열등감과 비슷한 이 감정은 여태껏 한 번도 느껴본 적 없던 낯선 것이라 그저 불쾌하기만 했다.

"너는 왜 나한테 개인전 이야기를 숨긴 거야?"

히라는 놀란 얼굴을 했다.

"숨기지 않았어. 안 할 거니까 말할 필요가 없었지."

의논해보는 과정은 아예 없어? 되물어봤자 헛수고일 것이다. 현재 히라는 가전의 자세로 일관하고 있다. 자신을 소멸시키는 정신으로 매일을 살고, 키요이에게 자기 이야기를 할 생각은 애초부터 없다.

"왜 안 해? 그렇게까지 밀어주는데."

히라는 곤란한 얼굴을 했다.

"개인전을 해야 하는 의미를 모르겠어."

"의미라니, 기무라이헤이사진상을 받기 위해서잖아?"

히라는 침묵했고, 키요이는 어이없고 기가 막혔다.

"……설마 너, 그럴 마음이 없는 거야? 거짓말이지? 그럼 뭐 때문에 노구치씨 어시를 하고 있어? 뭘 위해서 노구치씨의 인맥을 소개받는데?"

고개를 숙인 채 아무 대답도 하지 않는 히라를 보자 더 화가 났다. 히라는 안나와 노구치와 같은 세계의 주민일지도 모른다. 키요이도 그쪽으로 가는 티켓을 얻기 위해 필사적으로 노력하고 있다. 그런데 이미 티켓을 반쯤 손에 쥔 것이나 마찬가지인 히라가 그럴 마음이 없다고 말한다. 이 무슨 얄궂은 일인가.

"아무 말이라도 해봐."

가볍게 다리를 걷어차자, 히라가 고개를 들었다. 도저히 피할 길 없는 막다른 길에 몰린 듯한 표정을 짓고 있다.

"……너무 빨라."

"뭐가?"

"모든 게."

히라가 힘주어 미간을 좁혔다. 당혹과 분노. 보기 드문 표정이었다.

"여러 가지로 모든 게 나에겐 너무 빨라. 전채요리를 먹고 있는데 수프가 나와서 서두르는 사이에 생선이 나오고 고기까지 나와. 테이블에서 접시가 떨어질 것 같아서, 필사적으로 입안에 밀어넣고 있는 것 같달까, 기다려달라고 말해도 계속 나오는 거야. 주문하지도 않은 요리가."

그렇다면 괴로울 것이다. 당황스럽겠지. 그러나 또 얼마나 사치스러운 이야기인가.

"머리가 터질 것 같은 상태가 되면, 나는 왜 여기 있는 걸까 생각해. 일하다가도 주위를 둘러보면 모두가 반짝반짝 빛나고, 내 마음은 전혀 따라가지 못하지만, 그래도 그러면 안 될 것 같고."

그러니까 빛나는 왕국에서 납작하게 짓눌리지 않도록 오리 인형을 부적처럼 가방에 매달고 가전의 자세로 자신을 소멸시키며 일을 해왔다는 것이다. 그렇게 어떻게든 버티며.

"뭐라고 해야 하지…… 나는 이제 갓 태어난 망아지 같은데, 다리가 후들거려서 땅을 제대로 디디고 서는 것도 벅찬데 기무라이헤이사진상이니 개인전이니 하는 것들까지 생각할 수 있을 리가 없잖아. 방금 태어났는데 갑자기 경마에 나가라고 하면……"

때때로 말문이 막히면서도 히라는 자신의 현재 상황을 전하려고 필사적으로 말을 이었다.

"그렇게 비유하니까 무슨 말인지는 대충 알겠어."

키요이의 말에 히라의 얼굴이 한결 부드러워졌다.

"그래도 아무짝에도 쓸모없는 녀석을 위해 노구치씨가 그렇게 자신의 인맥까지 내어주진 않을 거야. 네가 잘 못하면 노구치씨도 창피를 당할 거야."

"그래서 더 싫어."

"왜? 스승의 눈으로 봐도 가능성이 있다는 건데."

잘나가는 사진작가지만 노구치는 지금까지 적당히 어시스턴트를 고용해왔다. 오는 사람 막지 않고 가는 사람 잡지 않는 식으로. 그러나 처음으로 자기가 먼저 불러서 옆에 두려 한 것이 히라다. 업계에서는 그 사실만으로도 화제가 되었다고 했고, 히라에게 재능이 있다는 건 안나와 키리야 케이스케 화보 촬영으로 이미 증명되었다. 그런데다 노구치 히로미라는 강력한 후원자가 있으니, 상으로 향하는 경주에서 남보다 한발 앞선 상태로 뛸 수 있다.

"나라면 망설이지 않아. 승부해볼 거야."

기회의 여왕에게는 앞머리밖에 없다. 제때 잡지 못하면 다음은 없을지도 모른다. 애당초 히라의 자기평가와 주위의 평가는 정반대다. 어째서 좀더 긍정적으로 받아들이지 못할까. 스스로를 깊게 파헤치는 눈은 있지만, 바깥세상을 평이하게 둘러보는 눈이 없다.

그래서 받게 하고 싶은 거야.

아……! 노구치가 말하고 싶었던 것이 이건가.

히라에게는 예술과 속세를 오갈 수 있는 능숙함이 없다. 그래서 클라이언트를 상대로 조정 능력이 필요한 상업 사진작가에는 전혀 맞지 않지만, 독특한 세계관은 크리에이터의 무기다. 그러니 꾸물꾸물 망설이지 않고 예술 쪽으로 확실하게 노선을 잡고 기무라이헤이사진상을 노리게 하려는 걸까?

이 녀석 대체 얼마나 기대를 받고 있는 거야.

아연해졌다. 사실 후들거리는 다리로 버티고 있는 이제 막 태어난 망아지는 키요이 본인이다. 하지만 약한 소리는 죽어도 하기 싫다. 자신이 천재일 거라고는 꿈에도 생각하지 않을 이 남자 앞에서는, 절대로.

어?

문득 깨달았다.

설마 내가 히라를 질투하고 있나?

키요이는 충격으로 다리가 풀릴 것만 같았다.

내가?

이 외딴 행성의 기분 나쁜 녀석을?

음, 그래도, 잠깐만. 질투라면, 내가 내 것으로 만들고 싶어하는 노조무 역할인데. 설마 우에다가 이런 상황을 내다보고……아니, 역시 그렇지는 않을 것이다. 무엇보다 히라에게 질투를 느끼는 이 현실이 견디기 힘들다. 세상이 거꾸로 뒤집힌 것 같은 절망. 악몽이다.

"나는 키요이의 그런 부분을 존경해."

히라가 열띤 눈으로 중얼거렸다.

"노구치씨가 '별로'라고 했을 때, '어떻게 별론데요? 구체적으로' 하며 바로 달려들고, 한번 더 해보겠다고 했잖아. 나는 그렇게 못해. 대단해."

"결국 못한다는 말을 들었으니 대단하진 않지."

"대단해. 나라면 무서워서 도망쳤을 거야. 키요이처럼 곧바로 도전하지 못해. 또 싫은 소리 들으면 어쩌지 고민하다가 다시 일어서는 데도 한참이 걸리고, 아마 바로 포기해버릴 거야. 원래 사람들이랑 엮이는 것도 싫어했고, 인간관계는 나한테 전쟁 같은 거니까."

"괴롭힘을 당해서?"

히라는 생각에 잠긴 듯 눈을 내리깔았다.

"그래서일까? 그래도 대학에 들어와서는 동아리에서 친구도 사귀었어. 선배도 있고 후배도 있고 이젠 아무도 날 괴롭히지 않는데 왠지 지금도 사람 사귀는 건 힘들어. 친구랑 만날 약속을 하면 당일까지도 마음이 무거워. 가기 싫어져서 꾀병이라도 부려서 취소하고 싶어지거든. 혼자서 사진이나 찍으며 있고 싶어. 그래도 거절하는 건 마음이 쓰이니까 마지못해 나가고, 가면 또 그럭저럭 즐겁긴 하니까 결과적으로는 좋은 건데, 항상 마음이 무거워."

이해가 가지 않는다. 키요이는 그런 감정은 느껴본 적 없다. 가기 싫으면 거절하고, 마음이 무거워질 것 같은 상대와는 애초에 약속을 잡지 않는다.

"사람이 싫어?"

"예전에는 그랬어. 지금은 그렇지 않아."

"그럼 왜 그런 생각이 들어?"

"다른 사람이랑 있으면 왠지 모르게 긴장이 돼."

예전부터 그랬다고 히라가 말한다. 주목받으면 긴장하고 말을 더듬게 된다. 비웃음을 당한다. 그러니까 아무도 자신을 보고 있지 않아야만 안심이 된다. 그래서 더더욱 아무데나 굴러다니는 돌멩이 취급을 받고 싶다고.

'돌멩이입니다'라는 트위터 계정을 떠올렸다. 그렇다. 노구치나 키요이와 어울리면서 갑자기 든 생각이 아니라, 어린 시절부터 이어진 악순환 끝에 히라 안에 깊이 뿌리내린 것이었다. 사람들 앞에 설 때마다 비웃음을 당했다면 누군가와 어울리는 일이 전쟁 같았을 것이다. 항상 긴장하고, 머리가 복잡해지고, 지쳐버리고.

처음 만났을 때와 비교하면 지금의 히라는 이야기도 곧잘 한다. 고등학생 때는 필요한 말조차 하지 않았고, 반동거를 시작할 즈음에도 그랬고, 물어보면 겨우 대답하는 식으로 매번 한참 어긋나기만 했다. 그래서 키요이가 다가갈 수밖에 없었다.

그러나 납치 사건 이후로 달라지기 시작했다.

히라도 나름대로 앞으로 나아가려 노력하고 있다.

거북이걸음인데다, 일반인에게는 이해가 가지 않는 코스이긴 하지만.

"너무 빨라서 따라가기 힘들다는 네 입장은 알겠어."

히라와 키요이가 연인 사이로 발전하기까지도 상당한 시간이 걸렸다. 그마저 키요이가 쫓아가서 이 방법 저 방법 써보다가 마지막에는 울며 매달려가며 얻어낸 결과다. 연인이 된 지금도 히라라는 미지와의 조우가, 그런 레벨의 접촉이 반복되고 있다. 신앙처럼 숭배하는 키요이 앞에서도, 일류 사진작가인 스승 앞에서도 히라는 언제나 마이 룰대로만 움직인다. 그러자 히라가 간단히 움직일 수 있는 길바닥 돌멩이와는 완전히 다르다는 생각이 들었다.

그럼 뭐지?

이 녀석은 대체 뭐하는 놈이야?

천재와 바보는 종이 한 장 차이라고 한다. 히라는 어느 쪽일까? 그냥 돌멩이일까, 아니면 빛나는 다이아몬드일까. 나는 대체 어떤 남자를 좋아하는 걸까. 지금까지 느낀 적 없는 불안과, 조금 전보다 더 강렬한 초조감이 솟아오른다. 키요이는 등을 휙 돌리고 걷기 시작했다.

"모르겠어. 너란 녀석."

"모르는 게 당연해."

뒤따라오며 히라가 대답했다.

"내 기분 같은 건 키요이가 알 필요 없어."

키요이는 뾰로통해졌다. 아, 그렇지. 나는 영원히 모를지도 모른다. 히라를 이해하지 못하는 건, 히라는 천재이고 나는 평범하기 때문일까. 초라한 생각이 들자 당황해서 고개를 흔들어 떨쳐버렸다.

역할을 연구하는 건 자기 자신을 탐색하는 것과 같다. 빠져들수록 자신이라는 인간이 보이고, 당연히 좋은 모습만 있는 게 아니라 객관이라는 이름의 바다에서 발견의 소용돌이에 농락당한다.

키요이는 히라가 숭배한다는 신도 아니고 왕도 아니고 천재도 아니다. 하지만 뺨을 맞아도 울면서 단념하는 선택은 하지 않는다. 자신에게 튀는 불똥은 스스로 치워왔고, 원하는 건 스스로 쟁취해왔다. 그러기 위해 노력도 했다.

요약하자면, 그저 야심이 많은 일반인 정도인가. 뭔가 애매한 느낌이다. 하지만 비굴해지지는 않는다. 이제 와서 천재가 될 수는 없지만, 굉장한 일반인이 되면 된다. 노조무라는 인물도 잘 팔리지 않는 개그맨이지만 재능을 인정받기 위해 긴 대사를 해가며 시끄러울 정도로 마구 자기주장을 한다.

……응?

아, 그렇다면, 키요이 소의 컬러를 없애는 게 아니라 나다움을 더 키워야 하는 게 아닐까? 딱해 보일 것 같아도 주저하지 말고 자기과시욕을 더욱 전면에 내세워야 하는 게 아닐까?

"……그렇구나."

고뇌하는 그 I

키요이는 발밑을 보며 나직이 중얼거렸다. 그렇구나, 그런 거였어. 성큼성큼 밤거리를 걸어갔다. 계속 어두운 터널 안을 걷는 기분이었는데 희미하게 출구가 보이기 시작했다.

"키요이, 왜 그래?"

굉장한 기세로 걷고 있었음을 깨달았다.

"그 역할을 어떻게 만들지 실마리가 보였어."

"아, 그, 그건 강림의 순간?"

뭐야, 강림이라니. 기분 나빠. 하지만 말로 표현하자면 그렇게 되나? 혹시 이것이 태어나서 처음 느껴보는 '날아가버리는' '완전히 곤두박질치는' 그 느낌일까?

"응, 노조무가 내려왔는지도 몰라."

순간 히라의 눈빛이 바뀌었다.

"찍어도 돼?"

흥분과 변태 같은 집착이 얽힌 시선이 조금씩 다가붙는다.

"맘대로 해."

키요이는 다시 걷기 시작했다. 히라는 재빨리 카메라를 꺼내 조금 거리를 두고 말없이, 그러나 굉장한 기세로 셔터를 눌렀다. 어릴 적 TV 속에서 아이돌에게 필사적으로 손을 뻗던 팬들을 보면서, 키요이는 나도 누군가가 나를 그렇게 강렬하게 원해준다면 좋겠다고 생각했다. 외로웠던 그때의 가슴에 새겨진 그 근원적인 욕구를, 히라의 눈이 언제나 다시 떠올리게 한다.

우에다의 연극을 보았을 때도 비슷한 쾌감이 들었다. 하지만 히라는 무대로 쏟아지는 수백 개의 시선을 혼자서 담당한다. 그럴 수 있는 건 히라뿐이다.

달궈진 바늘로 찌르는 것 같은 강렬한 시선. 그런 눈으로 바라봐주기만 해도 쾌감이 일어서 앞으로도 더욱더 히라가 계속 바라봐주면 좋겠다고 생각한다.

그렇기에 더더욱 질 수 없다. 히라가 천재인지, 바보와 그저 종이 한 장 차이일 뿐인지 아직 확신할 수 없지만, 내가 그렇게 쉽게 앞서가게 할 것 같아? 키요이는 그런 마음으로 자신을 부추기는 듯한 파인더를 도전적인 눈으로 내려다보았다.

히라가 좀더 평범한 남자친구답게 대해주길 바랐다. 하지만 그런 마음 이상으로, 나는 히라가 동경하는 고고한 왕으로 있고 싶다. 아니, 있어줄 것이다. 그러지 않으면 히라의 그 눈빛을 잃어버리게 될 것이다.

7월이 되어, 드디어 첫 연습날이 다가왔다. 출연자들 중에서는 키요이가 가장 어리고, 경력이 짧았다. 그러니 연습실에는 가장 먼저 갈 생각이었다. 의욕과 열의는 드러내는 편이 좋다.

연습실 문을 열자, 넓은 공간에 긴 책상들이 디근 자로 배치되고 의자들이 놓여 있었다. 가장 앞쪽에 앉아 있던 남자가 일어나 인사했다. 교만 역의 이마무라 세이지였다.

"이마무라입니다. 오늘부터 잘 부탁드립니다."

형식적인 깍듯한 인사에 키요이도 "저야말로 잘 부탁드립니다" 하고 고개 숙여 인사했다.

"키요이군하고는 첫 공연이네. 작년 가을 분기 드라마 봤어. 정말 재밌더라. OTT에서 스핀오프도 나온다길래 가입까지 했어."

"그러셨군요. 고맙습니다."

놀라는 키요이에게, 이마무라는 오랜만에 푹 빠져서 본 드라마라고 웃으며 말했다.

"요즘에는 어디서나 자기들만의 주력 작품을 만드니까, 결국 OTT 서비스마다 전부 가입하게 되더라고. 작품에 직접 출연하고, 출연한 작품을 봐주기까지 하니까 배우들이 그들의 가장 좋은 고객일지도 몰라."

"저도 거의 다 가입했어요. 어디서든 볼 수 있어서 편리하더라고요."

"맞아. 배우는 이동 시간이랑 대기 시간이 많으니까."

이마무라는 나이도 경력도 키요이보다 많지만 격의 없이 대해주었다. '교만' 역을 맡았지만 본래의 이마무라에게 교만이라곤 조금도 보이지 않는다.

"나도 우에다 팀과는 겨우 두번째니까, 신참들끼리 잘해보자고."

"네. 저도 잘 부탁드립니다."

이런저런 말을 나누는 동안 출연자들이 속속 들어왔다. 배우들이 도착할 때마다 이마무라와 키요이는 일어나 인사했는데, 이마무라가 문에서 더 가까워서 키요이의 인사는 뒤로 밀렸다. 그래서 가장 먼저 도착하고 싶었던 건데…… 후회해도 이미 늦었다.

"이마무라군, 오늘도 변함없이 일찍 왔네. 제일 먼저 왔어?"

"선배님들 발목 잡는 일 없도록 열심히 하겠습니다."

"또 그런다. 이마무라군이 위험한 라이벌이라는 건 모두가 알아."

구루마자키와 이마무라가 마주보며 웃었다. 출연자 대부분이 베테랑과 중견인데다 고정적으로 함께해오며 우에다 팀이라 불리는 배우와 스태프도 꽤 있어서, 키요이 외에는 모두 친밀하게 이야기를 나눴다. 키요이는 가장 신인이자 신참으로서 돌아다니며 일일이 선배들에게 인사했다.

관계자들이 모두 모이자, 마지막으로 우에다가 들어왔다. 우에다는 자리에서 일어나려는 모두를 손짓으로 만류하고는 디귿자로 놓인 자리 중 가장 안쪽에 앉았다. 주연부터 안쪽에 앉고, 창가에는 무대 스태프가 자리잡았다. 우에다가 앉자 진행을 맡은 남자가 교대하듯 자리에서 일어났다.

"오늘 이렇게 모여주셔서 고맙습니다. 〈로커스트〉 무감을 맡은 혼마입니다. 잘 부탁드립니다."

고개를 숙이는 혼마에게 "이야, 혼마!" 하고 베테랑 배우 구루마자키가 알은체했다.

무감이란 무대감독의 약어다. 총지휘를 하는 연출가의 의도에 따라 조명과 음향, 크고 작은 도구 준비, 배우 관리 등 실무를 도맡아 지휘하는, 영화로 치면 조감독 같은 위치다.

"리딩 전에 다시 한번 스태프 소개를 하겠습니다."

지난번 제작발표회는 언론 홍보를 위한 자리라서 주최측과 지방 공연 극장 관계자 등 외부 인사 소개로 그쳤었다. 그 외의 스태프들, 실제로 연극을 만들 실전부대 소개는 대체로 연습 첫날 이루어진다.

제작, 소품, 미술, 음향, 조명, 의상 담당 스태프들 이름이 차례로 불리고, 한 명 한 명 일어날 때마다 박수로 환영한다. 모두 다 같이 하나의 연극을 만들어간다는 연대감이 높아진다. 원래 리딩 자리에 무대 스태프들까지는 꼭 참석하지 않아도 되지만, 이렇게 하면 그들도 실제 공연에 대한 이미지를 더욱 명확히 그려볼 수 있다.

"마지막으로 연출 우에다씨가 한말씀해주시죠."

우에다가 자리에서 일어서자, 분위기가 긴장되었다.

"드디어 연습 첫날입니다. 제 머릿속 망상을 무슨 업보 때문인지 체현하게 되신 배우들, 스태프 여러분에게 심심한 동정을 표합니다. 안타깝기 그지없습니다."

작은 웃음이 잔물결처럼 퍼졌지만 오래 함께해온 스태프들은 쓴웃음을 짓는다. 평소에는 미소 짓는 듯한 보살 얼굴이지만, 연출가로서 우에다의 엄격함은 업계에서 유명하다. 연습이 계속될수록 "안타깝기 그지없습니다"라던 게 농담이 아니었음을 실감하는 것이다.

"넉 달 후 첫 공연, 카운트다운이 시작되었습니다. 일곱 가지 대죄가 만연한 세계는 구원받을 것인가 파멸할 것인가, 모든 건 여러분의 어깨에 달렸습니다. 잘 부탁합니다."

우에다는 생긋 웃고 자리에 앉았다. 지극히 짧고, 약간의 유머를 곁들인 담담한 인사였다. 그러나 무언가가 어깨를 묵직하게 짓누른다. 방송국과 제작발표회에서 만났을 때와는 전혀 다른, 존재만으로도 주위를 압도하는 기운이 느껴졌다.

히라가 바라볼 때의 느낌과 비슷해.

키요이는 오싹했다. 정체를 알 수 없고, 그러나 피가 끓는 듯한 평온하지 않은 흥분.

인사가 끝나자마자 대본 리딩이 시작되었다. 자리에 앉은 상태지만, 실제로 대사를 맞춰보며 서로 호흡과 타이밍을 찾고, 연출가와 해석을 맞춰간다.

연극은 벌레들의 불길한 날갯소리가 들리면서 시작된다. 거대한 메뚜기떼가 모두 먹어치우고 난 후, 황야가 된 도쿄에 갑자기 나타난 높은 탑. 암전, 그리고 장면 전환. 탑 아래 모인 여덟 명의 용사가 마주서서 각자 자신이 누구인지, 이곳에 어떻게 오게 되었는지 밝힌다.

첫날이지만 모두가 제대로 역할을 만들어 온 것 같았다. 초반부터 이미 개성이 또렷하게 드러나서, 굉장해…… 같은 단순한 감상만 흘러나왔다. 우에다는 턱을 괸 채 눈을 내리깔고 대본을 보고 있다. 편안한 자세지만 눈은 진지하다. 키요이의 순서가 돌아왔다.

"내가 누군지를 모르다니, 너희, 진짜 지금 시대를 살고 있는 거 맞아?"

개그맨답게 가능한 한 텐션을 높였다. "누구야?" "몰라." "숨막혀." 핀잔하는 소리가 들려온다. 키요이는 다카하타 강사에게 자신의 해석을 설명하고, 개그맨 나부랭이인 노조무의 불쾌한 부분이나 과시욕을 드러내는 방향으로 연기 지도를 받았다. 우에다를 살펴보았지만 특별한 반응은 없다. 방향은 괜찮은 걸까.

키요이의 대사 바로 다음, 이마무라의 첫 대사가 이어진다.

"지금까지 한 게 전부 시간낭비였군."

키요이는 자기도 모르게 대본에서 얼굴을 들었다. 조금 전까지의 성격 좋은 남자는 사라지고 본래의 온화함은 남겨둔 채, 이마무라는 그 온화함이 오히려 불쾌하게 느껴질 정도로 짓궂은 웃음을 띠고 있었다. 키요이는 교만 역이 자신에게 잘 어울릴 거라 생각했었지만, 이마무라야말로 그 역할에 멋지게 스며들어 있었다.

메인 배우들 사이에서는 수수한 편이지만, W대학 연극부 출신에 연기관이 확고한 배우야.

안나가 했던 말을 납득하고 정신을 다잡았다. 주요 배역 여덟 명 중에서 키요이와 가장 신이 많이 겹치는 배우가 이마무라이기 때문에 싫어도 비교당할 것이다. 지고 싶지 않다.

"아, 죄송합니다. 다시 한번 해주세요."

키요이의 대사를 받아치던 이마무라의 대사가 막혔다. 연기관이 확고한 배우라도 대사가 막힐 수 있구나 생각하자 키요이는 조금 마음이 편해졌다. 키요이는 고개를 끄덕이고, 좀전의 대사를 다시 했다.

"미안, 다시 한번 해주세요."

이번에는 주연인 오바나자와가 막혔다. 각자 영역에서 두각을 드러내는 젊고 잘생긴 배우들 가운데서도 손꼽히는 실력과 중한 사람으로, 현재 인기 절정의 배우다. 키요이는 방금 전의 대사를 반복하면서, 형용할 수 없는 위화감을 느끼기 시작했다. 대본 리딩이 진행될수록 위화감은 점점 더 커졌다. 혼자서 연기 지도를 받을 때는 느끼지 못했던 것이었다.

"어이쿠, 미안."

이번에는 베테랑 구루마자키였다. 우에다의 연극에는 거의 매번 참여하는 우에다 팀의 단골, 명조연이라 불리는 구루마자키가 키요이의 대사 다음에 막혔다.

이거, 내가 문제인가……?

내 연기가, 내 대사를 받아 다음 액션으로 들어가는 배우의 타이밍을 망치고 있나. 배우는 자신의 역할을 만들어가면서, 다른 역할도 대략 예상해둔다. 상대의 타이밍을 계산해서 호흡을 맞추고 커다란 흐름으로서 하나의 연극을 만들어가는 것이다.

지금의 키요이는 흐름에서 벗어나 있다. 모두가 첫날부터 완벽하게 할 수는 없지만, 키요이의 역할 설정이 생각보다 크게 빗나가서, '이런 식이겠지' 하고 예상하는 상대의 타이밍을 흩뜨리고 있다. 상대가 생각하는 노조무와, 키요이가 연기하는 노조무가 너무 다른 것이다. 그래서 상대가 대사 타이밍을 놓쳐버린다. 즉, 키요이의 해석이 모두와 어긋나 있는 것이다.

이 역할, 왠지 모르게 히라군 같아.

그런 사람이 아닐지도 몰라.

앞머리로 덮인 이마에 땀이 맺혔다. 위험하다. 어쨌든 수정해야 한다. 힘껏 높였던 텐션을 내려보았지만, "아까보다 더 못했어. 개그맨으로도 보이지 않는데"라던 노구치의 감상대로 더욱 어긋나버린다.

어떻게 해야 하지.

우에다는 변함없이 턱을 괸 채 대본에 시선을 떨구고 있다. 생각을 읽을 수 없다. 점점 수렁 속으로 빠져들어갔고, 끝끝내 빠져나오지 못한 채로 첫 대본 리딩을 마쳤다.

"모두 수고했습니다. 이 상태라면 세상이 멸망으로 직진하는 느낌이네요. 첫날이니 그렇겠죠. 앞으로 점점 다듬어갑시다."

우에다가 생글거리며 마무리 인사를 하자, 베테랑들이 "무서워, 무서워" 하고 야유했다. 일제히 웃음이 터졌다. 키요이는 웃을 수 없었다. 얼굴을 들 수 없을 정도로 부끄러웠다.

연습이 끝나고 조금 풀어진 분위기 속에서 모두가 잡담을 나누기 시작했다. 자기 역할에 대해 다른 배우에게 물어보거나, 특정 장면에 대해 이렇다 저렇다 의견을 나눈다. 키요이 혼자만 활기찬 그 속에 끼어들지 못한 채, 오갈 데 없는 사람처럼 벽 앞에 오도카니 서 있다.

자신이 다른 배우들의 발목을 잡은 듯한 열등감. 다른 배우들이나 우에다는 어떻게 생각했을까 하는 불안감. 어떻게든 해결해야 한다는 초조감. 해결하지 못하면 어쩌나 하는 공포감.

아, 이게 히라가 어린 시절부터 느껴왔던 기분일까. 어릴 때부터 그랬다면, 사람들과 어울리는 걸 당연히 꺼리게 되겠지.

그건 힘든데……

비참한 기분은 사람들에게 한 발짝 내디딜 용기를 빼앗는다는 걸 뼈아프게 느꼈다. 화기애애한 배우들과 스태프들을 바라보니, 기회를 눈앞에 두고 두려워하던 히라의 마음이 어떤 것이었을지 생생하게 알 것 같다. 그래서 두려운 마음이 더 커지기 전에 뭐라도 해보기로 마음먹었다.

"말씀중에 죄송합니다."

구루마자키와 이야기하고 있던 우에다에게 말을 걸었다. 두 사람이 돌아본다.

"연기에 관해 질문해도 될까요?"

구루마자키의 얼굴을 보니, 그래, 질문이라도 해야겠지……라고 생각하는 것 같았다.

"그럼, 나는 이만."

구루마자키가 인사하고 나가려 하자 우에다가 붙잡았다.

"선배로서 구루마자키씨도 같이 들어주면 좋잖아."

"어이— 또 너는 나한테 그런 귀찮은 일을."

귀찮아하는 듯한 구루마자키를 무시하고, 우에다가 키요이를 다시 보며 뭘? 하는 눈으로 물었다. 이것도 저것도 다 엉망이었던 것이다. 지푸라기라도 잡으려는 심정이라는 것을 알았을 것이다.

"제 역할 해석이 틀린 거죠? 어떻게 해야 할까요?"

어떤 말을 골라도 똑같을 것 같아 돌리지 않고 바로 물어보았다. 자신 같은 초짜도 알 수 있을 만큼 엉망이었으니 우에다와 구루마자키의 눈에는 더욱 한심하게 비쳤을 것이다.

"바로 훅 들어오네. 역시 키요이군다워. 그렇죠, 구루마자키씨?"

공감해달라고 종용당한 구루마자키는 "나한테 넘기지 마" 하고 휴대폰을 만지기 시작했다. 두 사람은 같은 대학 선후배 사이라고 했다. 흥이 깨져버려 어색한 분위기가 감돌았다. 하지만 주저할 상황이 아니었다.

"부탁드립니다. 어떻게 하면 좋을지 충고해주세요."

우에다는 접이식 의자에 앉아 생글거리며 팔짱을 꼈다.

"어떻게 하면…… 음, 그럼, 어디서부터 말해야 할까?"

어디서부터 손을 대야 할지 모르겠다는 의미일까.

"그전에 키요이군은 어떻게 하고 싶어?"

"그걸 몰라서 여쭤보러 왔습니다."

구루마자키가 속으로 아이구 하는 듯이 눈썹을 찌푸렸고, 우에다는 어깨를 들썩이며 쿡쿡 웃었다.

"소문대로 멘탈이 강하네. 보통은 그런 리딩 후에는 일단 상태가 안 좋아지는데."

멘탈이 강하든 어쨌든 간에, 그 말은 최악의 연기였다는 뜻이었다.

"나는 근성 있는 애 좋아해. 배우들은 사람들 앞에서 울거나 소리지르거나 화내거나, 때로는 벌거벗은 모습을 내보여야 할 때도 있지만, 대개가 예민해. 세상이 다 끝난 것처럼 너무 침울해하는 배우 앞에서는 다음을 생각해서 심한 말도 주저하게 되거든."

"하잖아. 항상 마구마구."

옆에서 구루마자키가 중얼거렸지만, 우에다는 못 들은 척했다.

"그러니까 키요이군처럼 긍정적이고, 맞아도 맞아도 나가떨어지지 않는 사람이라면 괜찮지."

지금부터 심한 말을 할 테니까 나가떨어지지 말라는 뜻이다.

"하지만 키요이군, 질문에 대답하기 전에 키요이군이 먼저 내 질문에 대답해볼래?"

"네."

키요이는 자세를 고쳤다.

"여기가 어디지?"

"네?"

허를 찔렸다. 역할을 어떻게 해석했나 같은 질문을 예상하고 있었다.

"연습실입니다."

"그럼, 나는 뭐지?"

"우에다씨입니다."

"누구냐가 아니라, 뭐냐고."

"아, 연출가이십니다."

위험하다. 어울리지도 않게 긴장하고 있다.

"그럼, 자네는 뭐지?"

"배우입니다."

"다 알면서, 왜 질문을 하러 왔어?"

우에다는 접이식 의자에 등을 깊게 기대더니 과장스럽게 한숨을 쉬었다. 실패한 것 같아 초조했다. 표정에 드러내지 않으려고 애쓰는데, 우에다의 눈꼬리가 서서히 치켜올라갔다.

"여기는 학교가 아니고, 나는 교사가 아니고, 자네는 학생이 아니야. 무슨 뜻인지 알겠어?"

우에다는 키요이가 대답할 틈도 주지 않고 곧바로 말을 이었다.

"나는 연출가이고, 자네는 배우고, 여기는 프로들이 모여서 하나의 연극을 만들기 위해 연습하는 곳이야. 그런데 여기서 자네가 해야 할 일은…… 이런 말을 하는 것도 다 시간낭비야."

우에다가 눈앞에 손을 들어 손가락 사이로 찌릿 노려본다. 연극적인 동작이었다. 우에다는 연출가이자 각본가이며, 지금까지도 무대에 서고 있는 배우다.

"여기가 학교라고 쳐도 그렇지, 모르는 부분이 어디라고 구체화하지도 않고, 교과서를 통째로 들고서 전부 모르겠다며 학생이 쳐들어오면 제아무리 베테랑 교사라도 당황하지 않을까?"

"……아."

"백번 양보해서, 내가 교과서를 통째로 설명해준다고 해보자. 그러면 자네는 자기 소신도 없이 내가 이래라저래라 한 대로 할

생각인가? 그런다면 키요이 소가 이 역할을 맡는 것에 무슨 의미가 있지? 자네는 내 인형이 되고 싶은 건가?"

무슨 말이라도 해야 한다. 하지만 식은땀만 흘렀다.

"그런 마음가짐은 버렸으면 해."

잘못을 저질렀다는 낙인이 떨어지자, 키요이는 똑바로 선 채 굳어버렸다.

"우에다씨, 인터뷰하실 기자님이 왔습니다."

스태프가 주뼛주뼛하며 부르자, 우에다가 자리에서 일어섰다.

"이래봬도 나는 꽤 바빠. 다음부터는 바보 같은 질문으로 시간낭비하게 하지 말아줘. 아, 어이없을 만큼 쓸데없는 시간이었어. 구루마자키씨, 다음을 잘 부탁해."

우에다는 서둘러 연습실을 빠져나갔다. 키요이는 죄송합니다 하고 초조하게 고개를 숙였다. 한쪽 어깨를 칼에 베여 절벽 아래로 굴러떨어진 패잔병이 된 기분이었다.

"정말 저 녀석은 옛날부터 뒤처리는 전부 나한테 떠넘긴다니까."

구루마자키는 껄끄러운 듯이 우에다를 눈으로 배웅하더니 키요이에게로 시선을 돌렸다.

"에구에구, 우에다는 젊을 때부터 저랬어. 악의도 가득할걸."

악의가 있구나. 키요이는 땅속으로 깊이 처박히는 듯했다.

"뭐, 처음에 으레 있는 일이라고 생각하고 받아들여. 일종의 체질을 하는 거야."

"체질이요?"

"촘촘한 체로 최대한 거르고 걸러서 남은 녀석들만 고르는 거지."

그럼 일부러 심한 말로 나를 시험한 건가?

"우에다는 젊을 때부터 어딘가 조금 삐뚤어진 구석이 있었어. 직접적으로 지적하면 그나마 나을 텐데 꼭 에둘러서 비꼬거든. 나도 여러 번 당했어. 내 대학 후배인데, 처음 만났을 때부터 정말 심술궂었어. 나도 좋아서 실수하는 게 아닌데 입버릇처럼 시간낭비, 시간낭비 했거든. 저 녀석은 진짜로 자기 시간만 빨리 흐르는 거 같다고 생각해. 그래서 시간 개념에 관한 이런저런 책을 찾아 읽길래 내가 바보 같다고 비웃어줬어. 자기가 아인슈타인도 아니면서, 연구해도 알 수 없는 걸 조사하는 것이야말로 시간낭비라고. 그래도 그걸 조사하는 와중에 〈메피스토 턴〉의 영감도 얻었다니까 좀 열이 받기도 해."

국내에서 상을 휩쓸고, 공연도 대성공을 거둔 우에다의 대표작이다. 구루마자키의 이야기가 이어졌다.

"우에다는 이 근처에 있는 가정식 밥집에 자주 가는데, 그 이유가 주문하면 음식이 이 분 만에 나오기 때문이래. 하지만 맛도 없고 음식도 늘 미지근해서 나는 우에다가 같이 점심 먹자고 하면 정말 괴로워."

키요이는 아아…… 하며 희미하게 고개를 끄덕였다. 처음에는 위로해주는 거라 생각했지만 듣다보니 단순한 개인적 투정 같았다.

"뭐, 이러니저러니 해도 어쩔 수 없지. 녀석 주위에는 돌멩이들과 보석들이 마구 뒤섞여 있으니까."

구루마자키가 크게 한숨을 쉬었다.

"저 녀석 눈에 들고 싶어서 주변의 돌멩이들이 교묘하게 보석인 척하거든. 어차피 바로 들키면서도 겉모습만 꾸미고 큰 소리로 떠들어대. 그럴 때마다 저 녀석의 사고가 끊기는 거야. 돌멩이들이 내는 소음 때문에 보석이 빛을 잃어버리는 격이지. 그러면 주객전도잖아?"

말인즉슨, 키요이는 우에다라는 보석의 발목을 잡는 돌멩이라는 뜻이었다. 주먹을 움켜쥐고 견디는데, 구루마자키가 복잡한 웃음을 지었다.

"하지만 상대가 정말 돌멩이인지 보석인지는 실제로 오랫동안 지켜보지 않으면 몰라. 대기만성형도 있으니까, 한 사람 한 사람 차분히 관찰해보면 좋겠지만, 우에다의 눈은 두 개뿐이고 그런 천재에게조차도 신은 공평하게 하루 이십사 시간밖에 주지 않거든. 아, 그 녀석은 지금도 자신한테 주어진 하루가 열일곱 시간밖에 안 된다고 믿고 있지만. 그러니까 시간을 절약하려고 체로 거르는 거야. 본인은 그래서 미움을 받아도 어쩔 수 없다고 생각해."

타이르는 듯하면서도 농담이 섞인 말투다. 바보라고 대놓고 혼나는 편이 차라리 더 나을 것 같다.

"아니면 단순히 사람 괴롭히기를 좋아하는 엄청난 사디스트라는 설도 있지."

키요이가 눈을 들어 바라보자, 구루마자키가 크게 웃더니 자리에서 일어났다.

"키요이군이 귀신 멘탈이라고 하니, 더 기분좋게 두들겼을 거야. 여기서 나가떨어지지 말고 버텨. 나도 일일이 뒤처리하러 끌려나오는 건 사양하고 싶으니까."

구루마자키는 그렇게 매듭짓고, '소년이여, 야망을 가져라'라고 말하듯이 클라크 동상 같은 포즈를 취하고 방에서 나갔다. 농담처럼 가볍게 말해주었지만 아무 위로도 되지 않았다. 사람들이 멀찍이서 두 사람의 대화를 엿듣고 있었다. 딱하게 바라보는 시선들에 어찌해야 좋을지 막막한 기분이 배가되었다.

"너무 신경쓰지 마."

이마무라가 말을 걸었다.

"연습이 시작되면 우에다씨가 엄청난 사디스트 기질을 발동한다는 거, 한 번이라도 같이 일해본 사람은 모두 뼈에 사무칠 정도로 알고 있어. 즉 모두가 이미 한 번쯤은 처형당한 적이 있단 거지. 나도 몇 번이나 창피를 당했고 식은땀도 흘렸어."

"설마요. 이마무라씨가."

조금 전 대본 리딩 때는 정말 깜짝 놀랐었다.

"아냐, 아냐, 그때는 나도 비참한 기분이 들었지. 나만 혼자서 수십 번 같은 장면을 연기해야 했고, 다른 배우들이 나를 둘러싸고 지켜봤어. 솔직히 짓뭉개지는 것 같았어."

상상하니 오싹했다. 나도 그런 꼴을 당하게 될까.

"아, 미안, 겁주려는 건 아닌데."

키요이는 괜찮다고 고개를 끄덕였다.

"우에다씨 연습이 엄격하다는 건 들었어요."

"그러니까 너무 침울해할 것 없어."

"네, 침울해하고 있을 시간도 없으니까요."

이마무라가 약간 눈을 크게 떴다.

"대단하네. 나는 처음 당했을 때 일주일간 다시 일어설 수도 없었는데."

"침울해한들 아무것도 해결되지 않으니까요."

이마무라는 감탄한 듯 숨을 내쉬었다.

"그렇지. 그럼 다행이야. 괜히 오지랖 떨어서 미안."

이마무라는 부끄러운 듯이 웃었다. 하나의 작품을 함께 만들어가는 동료지만 동시에 라이벌이기도 하다. 서로 견디고, 깎아내리기도 하고, 남의 실패를 비웃기도 하면서 연극의 성공에 온 힘을 다한다. 복잡하고 진득한 감정이 교착되는 연습실에서도 이마무라는 호감이 느껴지는 사람이었다.

"고맙습니다."

"뭘. 다음에 같이 한잔하자."

키요이도 꼭 같이 한잔하자고 대답하고, 번호를 교환했다. 그리고 다음 스케줄이 있다며 배우들과 스태프들에게 인사하고 연습실을 나왔다. 등뒤로 문을 닫은 순간, 키요이의 얼굴에서 웃음기가 싹 사라졌다.

분함과 비참함이 산사태처럼 덮쳐온다. 곧장 십 분 전으로 돌아가 바보 같았던 자신을 말리고 싶다. 어떻게 하고 싶냐는 물음에 모르겠다고 답하다니, 바보스러움의 극치다. 이마무라와 다른 사람들 앞에서는 어떻게든 참았지만, 속으로는 주저앉아 웅크리고 싶을 정도였다.

너무 꼴사나워.

조금 더 잘할 수 있으리라 생각하고 있었다. 노조무 역할을 파악했다고 생각했고, 연출가와 동료 배우들에게 칭찬받는 자신을 상상하고 있었다. 이마무라에게 빼앗긴 '교만' 역 역시 자신이 하면 누구보다 잘할 거라고 생각했고, 이렇게 됐으니 이마무라가 얼마나 연기하는지 한번 봐볼까 하는 마음도 있었다. 지금 생각하면 너무 창피한 우쭐함이었다. 본래의 이마무라는 '교만'이라곤 한 조각도 없어 보이는 사람이었지만, 역할에 몰입한 순간 딱 맞아떨어지는 듯 느껴진 건 연기력의 증명이었다. 완전히 겼다고 생각했고, 솔직히 질투심도 들었다. 하지만 지금은 그것보다 스스로에 대한 실망이 더 컸다.

오늘 나는 모든 게 엉망이었어.

느릿느릿한 걸음으로 매니저 대기실로 향할 때였다.

"키요이군은 좀 큰일이야."

앞서 계단을 내려가는 스태프들의 말소리가 들려 키요이는 발을 멈췄다.

"그런가? 그만하면 괜찮지 않나? 긴 대사도 잘하고, 발성도 제대로고."

"그게 잘하는 건가? 가까스로 기본만 하는 거지. 그래도 자기 대사만 제대로 하면 그다음은 다른 배우들이 받쳐주겠지. 걔 말고는 다 실력파들이니까."

"그런데 애초에 걔를 왜 캐스팅했을까?"

"오디션 때 연기 보고 우에다씨가 마음에 들어서 뽑았다고 하는데, 그냥 하는 말일 거야. 작년에 엄청 화제가 됐던 애니까 표는 잘 팔릴 것 같아서 캐스팅했겠지."

"그래, 지금은 그것밖에 기대할 게 없을지도 몰라."

"얼굴 좋잖아. 말도 안 될 만큼 미인이지."

"그렇게나 예쁘면 배우로서는 좀 그렇지 않나."

심장이 철렁했다.

"여자면 몰라도 남자 배우가 너무 예쁘면 방해만 될 뿐이야. 어차피 나이들수록 '관록'을 요구당할 거고, 길게 보면 좀 안됐어."

"아니, 이미 현재진행형으로 불쌍하지. 그런 예쁜 얼굴로 광대 역할을 하면 딱해 보이기만 할 테고, 보는 우리가 더 부끄러워질걸. 뭐, 우에다씨가 어찌어찌 만들어주긴 하겠지만."

"굳이 연극을 할 게 아니라 TV 드라마 쪽이 나을 텐데. 간판인 '얼굴'을 살릴 수 있게 현실과는 동떨어진 왕자님 같은 역할을 맡으면 말이야. 요새 가슴 콩닥거리는 만화 원작 드라마가 유행하니까, 위에서 아래서 옆에서 아주 질리도록 클로즈업으로 찍어주면."

"그런 역할도 계속해서 할 순 없잖아."

"한정적이지."

"미녀도 미남도 소비되고 마니까."

"그렇게 생각하면 불쌍해."

하하하 웃는 소리가 울려, 키요이는 이를 악물었다. 조금 기다렸다 갈까 생각했지만, 생각을 고쳐 아무렇지 않은 듯 계단을 내려갔다. 두 사람이 키요이를 보고 깜짝 놀라 입을 다물었다.

"수, 수, 수고하셨습니다."

키요이는 웃는 얼굴로 고개 숙이는 둘을 지나쳐 두 계단 아래서 걸음을 멈췄다.

"저……"

키요이가 고개를 돌려 올려보자, 두 사람은 움찔 몸을 굳혔다.

"다음번에는 더 열심히 할 테니 잘 부탁드립니다."

키요이가 고개를 숙이며 말하자, 두 사람이 놀라 눈을 크게 떴다. 그러고는 "아니, 그런, 저희도"라고 말하며 따라서 고개를 숙였다. 키요이는 먼저 실례하겠다며 인사하고 계단을 내려갔다.

싸움에 진 개처럼 꼬리를 늘어뜨리고 돌아가기는 싫다. 화가났다고 밉살스럽게 어필하고 싶지도 않다. 실력도 경력도 없는 초짜가 한 사람분의 자존심을 내세우며 스태프들을 위협하는 꼴 사나운 짓을 할 수 있겠는가.

두 사람이 한 말은 심술도 악의도 아닌, 그저 현실이었다. 지금은 잘생긴 배우로 알아주지만, 이 년쯤 지나면 후배들이 그 자리를 대신하게 될 것이다. 한때 잘생긴 배우의 대명사로 마구 치켜세워진 만큼 몰락을 겪게 될 것이다. 큰 상을 받은 개그맨이 일 년쯤 사회현상처럼 붐을 일으키다 그다음다음 해쯤 너덜거리는 걸레처럼 버려지는 것과 같은 구조다.

그 안에서 살아남으려면 어떻게 해야 할까.

솔직히 소속사가 크면 살아남을 가능성은 커진다. 하지만 그것만으로는 끝까지 도망갈 수 없다. 나이들수록 실력 차는 서서히, 그러나 여지없이 드러난다. 회사는 더이상 성장 가능성이 없다고 판단하면, 그만큼의 애정을 다음의 유망주에게 쏟아부을 것이다. 그렇게 되기 전에 꼭 주연이 아니더라도 맡은 배역에서 좋은 연기를 보여주면, 감독이나 연출가의 눈에 들 수 있다. 그

러나 그렇게 운좋게 실력파 배우로 명성을 이어간다 해도, 주연
자리까지는 올라가지 못하고 만년 조연이 된다는 함정이 기다리
고 있다. 최근에는 명품 조연이라는 말도 생겼지만, 그건 사십대
이후에나 받는 칭호다.

소속사, 실력, 운의 삼박자가 다 맞지 않으면……

그렇게 쉽게 다 맞출 수 있다면 고생은 하지 않겠지. 매니저들
이 대기하는 방으로 돌아갔다. 수고했어, 연습 어땠어? 스가의
물음에 키요이는 말없이 엄지손가락을 들어 보였다.

"다행이다. 잘했나보네."

기분좋아 보이는 스가의 뒤를 따라 차 뒷좌석에 올랐다. 다음
스케줄은 TV 토크쇼 녹화다. 게스트가 많아서 아마도 시간이 오
래 걸릴 것이다.

"이참에 뭐 좀 먹을래? 방송국 도시락 질렸지?"

"괜찮아요, 식욕도 없어요."

초조와 굴욕이 온몸에서 소용돌이치는 상태인데 밥이 목에 넘
어가겠는가. 그런 상태여도 아귀아귀 잘도 먹는 사람이고 싶다.
예민하다는 건 남자에게 칭찬이 되지 않는다.

"왜 그래? 컨디션 안 좋아?"

"아니요, 요즘 날씨가 너무 더워서."

"아, 올여름에 많이 더울 거라고 하더라. 지금부터 체력 키워
둬야 해."

그래야죠, 대답하고는 휴대폰으로 뉴스를 보는 척하며 대화를 끊었다.

뉴스는 눈에 들어오지도 않았고, 머릿속은 연기 생각으로 가득했다. 내 연기가 모두에게 폐를 끼쳤다. 다시 처음부터 뜯어고쳐야 한다. 역할에 깊이 파고들고, 연기력도 향상시켜야 한다.

말로 하기는 간단하지만, 첫 공연까지 넉 달도 남지 않았다. 역할을 해석하는 건 둘째 치고, 연기력이란 하루아침에 몸에 배는 게 아니다. 연기 레슨과는 별도로 배우 자신의 경험에서 나오는 것도 있다. 설령 내일 신이 내려와서 나를 천재 배우로 다시 태어나게 해준대도, 문제는 여전히 남아 있다.

그만큼 예쁘면, 배우로서는 좀 그렇지 않나.

남자 배우에게 너무 예쁘다는 간판은 방해만 될 뿐이다. 그런 예쁜 얼굴로 광대 역할을 하면 딱해 보이기만 할 것이다. 내세울 건 얼굴뿐이고 팔랑팔랑 휘날리는 평범한 천쪼가리 같은 아이돌 스타일 배우. 키요이 소라는 대량 티켓 판매기…… 엑스트라 엑스트라.

이 녀석도 저 녀석도 얼굴, 얼굴, 얼굴 한다. 예뻐서 미안할 지경이네. 아니, 뭐가 미안하지. 이 얼굴로 태어난 덕분에 연예계에 들어올 수 있었다. 이런 얼굴이어서 다행이라며 감사해왔기 때문에 설마 이것이 발목을 잡는 날이 올 거라곤 생각도 하지 못했다.

아무리 연기력을 키운다 해도, 얼굴은 어떻게 할 수 없다. 도 대체 어떻게 해야 할까. 고민하면서 아무 생각 없이 화면을 내리 던 중 기사 하나가 눈에 들어왔다.

—다카야마 겐지, 혼신의 역할 만들기, 17킬로그램 감량으로 다른 사람 되다.

탐험중 사고로 좁은 동굴에 갇혔던, 실존 모험가의 인생을 그 린 영화다. 기어서밖에는 앞으로 나아갈 수 없는 상황에서도 희 망을 버리지 않고 소량의 비상식량과 떨어지는 빗물로만 연명하 다가 19일 만에 생환하는 기적을 만들어낸 남자의 이야기. 그 역 할을 만들기 위해 엄청난 체중 감량에 도전한 모양이었다. 사진 을 보니 굉장했다. 볼이 핼쑥해지고 눈빛이 날카로워져 정말 다 른 사람 같았다.

응? 다른 사람?

키요이는 사진을 뚫어지게 바라보다가 검색어로 '다이어트'와 '비포 애프터'를 입력해보았다. 체중 감량으로 몰라보게 변한 사 람들 사진 천지였다. 5킬로그램, 10킬로그램 정도로는 그렇게 인상이 변하지 않지만, 15킬로그램, 20킬로그램이면 형상이 변 한다.

검색하던 중, 세기의 미남이라 칭송받던 레오나르도 디카프리 오의 젊은 시절과 폭풍처럼 체중이 불어난 시절을 비교한 사진 을 발견했다. 셔츠 위로도 드러나는 뚱뚱하게 부푼 허리. 이 모습을 본 팬들은 분명 절망했을 것이다. 디카프리오, 얼마나 무자비한 남자인가.

이거다.

이만큼 허리둘레를 늘리면 키요이에게 미남이라고 할 사람은 없을 것이다. 하지만 얼마나 살이 쪄야 할까. 지금은 179센티미터에 61킬로그램인데, 살을 찌워도 10킬로그램 정도면 옷으로 어물쩍 가려질지도 모른다. 그러면 안 된다. 더 확실하게, 말랑말랑하고 푹신푹신하게 변해야 한다. 그렇다면 최소 20킬로그램인가. 하지만……

"연극 끝나면 다음 스케줄은 뭐예요?"

매니저에게 물어보았다.

"연극 다음? 음, 10월 마지막 주가 연극 첫 공연이고, 두 달 동안 전국 공연, 연말에는 특별방송 녹화도 병행해야 하니까, 어쨌든 올해는 그걸로 꽉 찼지. 그래도 작년부터 거의 쉬는 날이 없었으니까 해 바뀌면 좀 길게 휴식 기간 잡으려고 해. 1월은 짧은 거 몇 개만 하고, 2월쯤부터 시동 걸고 짧은 거랑 병행하면서 정규 편성되는 봄 드라마 준비해야지."

"봄 드라마는 언제부터 촬영이에요?"

"시작은 3월. 아니면 2월 말일걸."

"어떤 역할이죠?"

"아직 대본은 안 나왔는데, 키요이는 주연을 보좌하는 역이야. '아저씨 붐'을 노려서 주연 에조켄씨와 브로맨스 노선으로 간댔어. 인상은 험상궂지만 묘하게 허술한 아저씨 탐정과 건방진 냉미남 대학생 조수 설정이라니까 계속 등장하긴 할 거야. 키요이의 귀신 멘…… 아니, 아름다움을 한껏 자랑할 수 있겠지."

"그럼 연극 끝나고 드라마 할 때까지 두 달 있는 거네요. 그 정도면 살도—"

"응?"

"아니, 두 달이나 되면 재충전할 수 있겠다고요."

"혹사시켜 미안해. 키요이도 꽤 피로가 쌓였겠지."

그래도 힘을 내달라며 달래주는 매니저에게 키요이는 알았다고 대답했다.

두 달 동안 죽을 각오로 다이어트해서 봄 드라마 촬영 전까지 돌려놓자.

두고 봐. 예쁜 얼굴이 연기에 방해가 된다면 바꿔주지. 성형할 수는 없으니까 지방의 힘으로 자연스럽게 바꿔주겠어.

지지 않겠다고 다짐하며 고개를 빳빳이 들고 있는데, 팬이라는 존재가 머릿속을 스쳐지나갔다. 디카프리오의 팬들이 절망한 것처럼 키요이의 팬들도 경악할 것이다. 안나와 밀회 보도가 나서 마구 공격받을 때 떨어져나간 팬이 많았다. 그래도 계속 응원해주고, 복귀하는 날 출근길에 나와 기쁨의 눈물을 흘리며 이름을 연호해준 팬들도 있었다(그 속에 히라도 있었다).

안티들에게 건방지다느니 오만하다느니 욕을 먹기도 하지만, 키요이는 팬을 소홀히 여긴 적이 단 한 번도 없다. 팬들에게 늘 최고의 모습을 보여주고 싶고, 실망시키고 싶지 않고, 오로지 외모 덕에 일어난 붐으로 끝내고 싶지 않다. 그러기 위해서라도 우에다의 연극은 승부처라 생각한다.

그러나 아무리 단단히 벼른다 해도, 그 수단이 '뚱뚱해지는 것'이라면 칭찬받을 만한 일은 아닐 것이다. 정신까지 역할에 파묻힐 정도의 변화에 비해, 외양을 바꾸는 건 쉬운 일이다. 헤어스타일이나 메이크업, 체중 같은 외양의 변화는 알기 쉬우니 미디어에서 떠들어주겠지만.

그래도 자신이 할 수 있는 일이 지금으로선 이것밖에 없다.

역할을 만드는 일도, 연기력도, 끝까지 열심히 한다 해도 완벽하게 해내지 못할 정도로 아직은 미숙하다.

그뿐만 아니라 다른 연기자들에게 짐이 되고 있다. 그런 자신을 용서할 수 없다.

반드시 20킬로그램을 찌워서 최소한 모두가 선입관을 갖고 지적하는 외모부터 깨부술 것이다.

노조무를 연기하는 일에선 그게 출발점이다.

조용히 투지를 불태우는 사이, 히라에게서 문자가 왔다.

―노구치씨랑 옷가게 파티에 가게 됐어. 늦을 것 같아.

짧은 문장이지만 히라다움이 넘쳐흘렀다. 노구치와 같이 간다

고뇌하는 그 1

면 일류 의류 브랜드 매장일 텐데 촌스러운 히라에게는 그냥 옷 가게인 것이다. 어떤 의미에선 엄청나게 거만한 남자다.

제대로 꾸미기만 하면 미남이 되는 히라에게 기회가 생길 때마다 패션 스타일링을 가르쳐주고 있지만, 히라는 조금도 달라지지 않는다. 몇 번을 가도 살롱이나 숍에 가기를 겁내고, 지금도 여전히 전에 살던 동네의 이발소를 애용하고, 체크무늬 셔츠를 걸치고 다닌다. 하지만 패션에 눈을 떠서 멀끔한 상태로 나돌아다니다 여자들 눈에 띈다고 생각하면 그것도 찝찝하니 그냥 촌스러운 편이 나을 수도 있다.

응?

문득 위기감이 덮쳐왔다. 중요한 걸 잊어버리고 있었다.

연극 첫 공연 전까지 20킬로그램을 찌울 생각이다. 전 세계 팬들을 절망시킨 디카프리오처럼, 내 팬들도 실망하겠지. 그리고 나의 1호 팬은…… 히라 카즈나리?

살찌기 위해 주구장창 기름진 음식을 먹고, 설탕 폭탄 주스를 마시고, 칼로리를 소비하지 않으려고 소파에서 뒹굴뒹굴할 것이다. 날이 갈수록 포동포동해지고 얼굴도 커질 것이다.

그런 모습을 히라에게 보인다?

바보 같은 히라 앞에서 나는 항상 아름답고 고고한 왕이어야 하는데.

어, 키요이, 살쪘어?

어느 날 히라가 고개를 갸웃한다.

이중턱이 됐는데?

어라 하며 눈을 깜박인다.

뱃살이 출렁출렁하네?

당황하고, 경악하고, 낙담하고, 슬퍼하는 표정을 짓다가,

이런 건 나의 왕이 아니야.

멸시하는 눈으로 키요이를 내려다보고,

안녕. 나는 새로운 왕을 찾으러 떠날 거야.

집을 나가버린다.

기다려! 내년 3월까지는 뺄 거야!

지방을 덕지덕지 붙이고 둥글둥글해진 몸을 바닥에 굴리며 꼴 사납게 손을 뻗는 키요이.

"말도 안 돼."

뒷좌석에서 자기도 모르게 중얼거리자, 스가가 놀라서 돌아보았다.

"뭐가 말이 안 돼?"

"아무것도 아니에요."

진정해, 진정해, 그렇게는 되지 않을 거야. 키요이를 향한 히라의 사랑은 평범한 것이 아니다. 간단히 헤어지는 일은 없을 것이다. 그렇다 쳐도, 왠지 자존심이 허락지 않는다.

팬을 실망시키고 싶지 않은 마음에 앞서 히라가 있다는 걸 자

각하게 되었다. 연인이자 1호 팬인 남자 앞에서 키요이는 늘 연인이면서 그가 동경하는 왕이고 싶다. 노블레스 오블리주. 지위에는 책임이 따른다. 왕국의 규율을 따르기에 왕은 계속 왕일 수 있는 것이다.

그날 밤 키요이는 히라가 돌아올 때까지 자지 않고 기다렸다. 한시가 지나자 문을 여는 소리가 들려 현관으로 갔다. 수고했다며 맞아주자, 히라는 깜짝 놀라 뒷걸음쳤다.

"다, 다녀왔어. 어쩐 일이야?"

평소에 하지 않던 일이기 때문이다.

"할 얘기가 있어서 기다렸어."

"아, 그렇구나. 미안, 그런 날 늦어버려서."

히라가 현관에 선 채 차렷 자세로 들으려 한다. 키요이도 이런 이야기는 되도록이면 하고 싶지 않다. 하지만 어쩔 수 없다. 언제까지나 히라의 빛나는 별이 되기 위해서는.

"너랑 오늘밤부터 별거할 거야."

용건만 잘라 말했다. 서론이나 사족을 늘어놓긴 싫다.

히라는 입을 떡 벌리더니 그대로 굳어버렸다.

"다시 한번 말할게. 너랑 오늘밤부터 별거할 거야."

히라가 천천히 주저앉는다. 현관문에 등을 기댄 채 스르륵 미끄러진다. 키요이는 완전히 기겁한 남자를 왕의 눈으로 내려다보았다.

　미안해, 히라, 지금은 이 방법밖에 없어.

　연애도 일도 둘 다 폭풍이 몰아치는 바다에 내던져진 느낌이
었다.

천문학자

너랑 오늘밤부터 별거할 거야.

세상이 무너졌다.

아아, 결국…… 납득이라는 커다란 파도가 앞바다에서 밀려
온다. 키요이와의 관계는 지속되고 이별 같은 건 오지 않는다고,
그렇게 믿어야 한다고 몇 번이고 다그치고 마음을 굳게 다잡고
있었지만, 역시 망상이었던 것이다. 물가에 지은 모래성처럼 파
도에 휩쓸리며 어이없게 무너져내렸다.

신의 심판이 결국 내려진 것이다.

감내하고 받아들여야 한다.

지금껏 누린 과분했던 행복에 감사하자.

키요이, 안녕. 그동안 고마웠어. 안녕. 고마워. 반복하는 도중

정신이 혼미해지면서 뒤로 휘청했다. 현관문에 등을 기댄 채 스르륵 바닥으로 주저앉았다.

"아, 히라, 정신 차려."

멀리서 키요이의 목소리가 들린다. 아니, 틀렸다, 저건 나를 천국으로 데려가려는 천사의 목소리다. 파트라슈, 나는 이제 지쳤어 같은. 아니, 그것도 틀렸다. 이건 지금까지의 과분했던 행복의 대가를 지불하라며 웃어젖히는 악마의 목소리다. 그렇다. 틀림없다.

밑바닥을 기어다니던 내가 키요이의 연인이라니, 역시 이상한 이야기였던 것이다. 스스로는 알아채지 못했지만 나는 악마와 계약을 했었는지도 모른다.

아, 그렇다면 지금 내 눈에 비치는 저 키요이는 변신한 악마일까. 그렇다고 하기엔 너무 아름답다. '빛을 발하는 자'라는 이름을 가진, 천사장으로서 경애를 받으면서 타락천사가 된 루시퍼, 마왕 사탄 같은 건가.

"고마워, 루시퍼…… 마지막으로 키요이를 보여줘서."

"루시 뭐……? 헛소리하지 말고 일어나. 내 말 좀 들어보라고."

키요이를 잃는다면, 무슨 이야기를 들어도 의미 없다.

키요이를 잃는 순간, 세상은 소실되기 때문이다.

히라는 키요이로 변신한 루시퍼에게 억지로 이끌려 휘청휘청

거실로 걸어갔다. 분명 이 거실로 이어지는 문은 지옥의 입구일 것이다. 루시퍼가 앉으라고 소파를 가리켰지만, 저건 소파로 보이는 바늘산이 틀림없다. 무서워서 바닥에 무릎을 꿇고 앉자 "왜 바닥에 앉아?" 루시퍼가 물었다. 히라는 완고하게 침묵으로 일관했다.

"너 또 뭔가 기분 나쁜 생각 하지?"

키요이로 변신한 루시퍼가 언짢은 듯이 히라를 내려다본다.

"뭐 됐어. 네가 기분 나쁜 건 어제오늘 일도 아니니까."

루시퍼는 소파에 앉아 긴 다리를 꼬았다.

"별거하자고 말은 했지만, 헤어지자는 건 아냐."

히라는 눈을 깜박였다.

"연극 첫 공연에 맞춰 오늘부터 역할 만들기에 온 힘을 쏟을 거라서 그래. 회사에 말하면 분명히 반대할 방법이지만, 나는 우에다씨 연극에 모든 걸 걸고 있어. 앞으로의 배우 인생에 대해 열심히 고민하고 결정한 도전이야. 이 과정을 통해 나는 확실하게 변할 거야. 그러니까 혼자 있게 해줘."

무서울 정도로 진지한 얼굴이다. 아, 이건 루시퍼가 아니다. 진짜 키요이다. 키요이 말고는 누구도 이 정도로 맑고, 오싹할 정도로 박력 있는 눈을 할 수 없다. 장인이 벼린 검 같은 날카로움.

"……신이시여."

히라는 몹시 감동해서 중얼거렸다. 다행이다. 아직 신의 심판은 내려지지 않았나보다. 고마워, 고마워, 고마워…… 속마음을 무심코 중얼거리자, 키요이가 좀더 자기 이야기를 들어보라고 말했다.

"그런 이유로 별거하자는 거니까 오해는 하지 마. 우리는 확실한 연인 사이니까."

"……응. 응, 응."

히라는 환희로 떨면서 고개를 끄덕이고 말했다.

"그럼 내일이라도 용달차 부를게."

"용달차?"

키요이가 눈썹을 찌푸리며 되물었다.

"짐을 옮겨야 하잖아."

"왜?"

"어, 동거가 끝났으니까."

"끝난 거 아니라니까."

"아니야?"

"별거해야 하는 이유는 방금 말해줬잖아. 일단락되면 다시 같이 살 거야."

할렐루야! 천상에서 빛이 쏟아져내리며 부서져 흩어졌던 세상이 순식간에 복원되어간다.

"고, 고마워. 아, 그래도 혹시 헤어지고 싶으면 언제든지 말해줘. 절대로 싫다고 하지 않을게. 나가라고 하면 언제든지 나갈

천문학자

수 있어."

키요이의 눈빛이 변했다.

"너는 그런 게 나에 대한 배려라고 생각해?"

"내가 키요이를 배려하다니, 그런 주제넘은 짓을 할 리가 없잖아."

이번에는 얼음같이 차가운 눈으로 노려본다. 키요이, 왜 그래? 지금 한 말에 무슨 문제가 있었던 걸까? 아니, 없다. 그렇게 단정지으려다가 히라는 다시 생각을 고쳤다.

헤아려!

지난번 안나와 키리야의 화보 촬영장에서 촬영 문제를 두고 말다툼을 했을 때 키요이가 소리쳤었다. 그때까지는 길바닥에 굴러다니는 돌멩이가 밤하늘에 빛나는 별의 기분 같은 걸 알 수 있을 리 없다고 생각했었다. 그런 자신이 키요이의 마음을 헤아리거나 생각해주는 것 자체가 주제넘은 일이라 생각했었다.

하지만 그렇지 않다고 키요이는 말했다.

키요이는 자기 마음을 헤아려주길 바란다. 생각해주길 바란다. 히라에게는 무례한 듯하고 밀쳐지고 버려져도 불평도 할 수 없는 일 같지만, 키요이가 원하는 일이라면 그렇게 해야만 한다. 죽음을 하명받을 각오로 밤하늘의 별의 마음을 읽어내야……

"미안, 키요이. 조금만 기다려줘."

히라는 눈을 감았다. 이번 별거는 키요이가 역할 만들기를 해야 하기 때문이다. 키요이의 일에 방해되는 행동은 죽어도 할 수 없고, 내가 사라지는 것으로 협력할 수 있다면 기쁘게 사라지리라 생각했다. 그렇게 생각해서 한 말이 키요이를 불쾌하게 만들어버렸다. 즉 기뻐하며 사라지면 안 되는 것이다. 그럼, 나가고 싶지 않다고 말해야 하는 건가? 설마, 그럴 리가. 키요이에게 반기를 드는 건 신에 대한 반역이다. 역시 죽음을 하명받게 될까. 하지만 그것 말곤 떠오르지 않는다.

"……싫……은……지도…… 몰라."

엄청나게 목소리가 작아졌다.

"어? 뭐라고?"

미간이 찌푸려지고 심장의 위치가 어딘지 확연히 느껴질 정도로 쿵쾅거렸다. 다시 한번 말해보라는 키요이의 재촉에 히라는 각오했다. 이번에는 큰 소리로 또박또박 말했다.

"별거하기 싫어. 키요이와 떨어지고 싶지 않아."

키요이가 눈을 크게 떠서 '아, 이제 죽겠구나' 하고 각오했다. 키요이의 아름다운 눈썹이 분노를 참는 듯 꿈틀하더니 두 뺨이 빠르게 장미색으로 물들었다.

"……처음부터 그렇게 말해."

키요이가 눈시울을 붉히며 중얼거렸다.

"응?"

"……그러니까, 싫다고 말해주길 바랐다고."

천문학자

이번에는 히라가 눈을 크게 떴다.

어? 어? 정말? 설마 이게 정답이었어?

자신의 의견에 반대하면 보통은 화가 나지 않나? 굉장하다. 역시 밤하늘의 별이다. 사고가 너무 고차원이어서 평범한 일반인의 사고로는 이해할 수 없다. 역시 키요이는 신이다. 음, 그 말인즉 인간이 아니라는 거지.

왠지 불안해져서 키요이가 정말 눈앞에 있는지 확인해보고 싶어졌다. 무릎으로 바닥을 기어가 소파에 앉은 키요이의 손을 잡아보았다. 다행이다. 만져진다. 키요이는 여기 실재하고 있다.

"키, 키요이, 나는 안 떨어질 거야."

손톱 끝까지 아름다운 손에 입을 맞췄다. 올려다보자 미소 짓는 키요이와 눈이 마주쳤다. 왜 기뻐하는 것처럼 보이지? 솔직히 자신으로선 이해하기 어렵지만, 이것이 밤하늘의 별에게는 정답이었다.

"네 마음은 알았어. 그래도 별거는 할 거야."

"웅?"

"나도 너랑 같은 기분이야. 하지만 이번에는 안 돼. 죽어도 별거는 할 거야."

죽어도? 그렇게까지 말하면 따를 수밖에 없다. 하지만 키요이의 사고는 우주 같은 스케일이어서 인류의 상식으로 추측하면 안 된다. 평소라면 절대로 따라야 할 상황이지만, 이번에는 다시 한번 밀어붙여보자.

"싫어."

키요이의 서늘하고 날카로운 눈에 놀라는 기색이 비쳤다.

"정말 미안해. 그래도 이해해줘. 내년 3월까지만."

"싫어. 떨어지지 않을 거야."

키요이의 의견에 반항하기가 괴롭다. 하지만 키요이의 마음을 헤아려야만 한다.

"이해해줘. 나도 힘들어."

"싫어."

"히라, 제멋대로 굴지 마."

키요이가 안절부절못하는 것처럼 보인다. 하지만 상대는 별이다. 우주다. 상식은 버려야 한다.

"죽어도 싫어."

"내 기분도 헤아려달라고!"

헤아렸는데!

결국 마음이 꺾였다. 역시 밤하늘에 빛나는 별의 생각은 나 따위가 알 수 없다. 히라는 당황해서 잡고 있던 손을 놓고, 미안하다며 강아지처럼 고개를 푹 숙였다.

"아, 아니야, 달라. 싫은 건 괜찮아. 그래도 이번에는 어쩔 수 없어."

"응, 미안해. 이제 싫다고 하지 않을게. 바로 나갈게."

천문학자

"그러니까 그런 게 아니라고. 싫다고 말해줘서 기뻐. 그래도 이번에는 내가 좀 심하게 비참해질 거라서, 그런 모습을 너한테 보여주고 싶지 않아서라고 할까⋯⋯"

이상하다. 항상 무슨 말이든 분명하게 하는 키요이가 말끝을 흐린다.

"무슨 일 있어?"

조금 더 다가가 키요이의 손을 다시 잡고 올려다보았다.

"비참해진다니, 무슨 일이야? 뭔가 큰일이 생긴 거야?"

"그런 거 아냐."

"물건이든 사람이든 키요이를 힘들게 하는 건 내가 어떻게든 할게."

"어떻게든 한다니?"

"바로 사라질 수 있도록 최선을 다할게. 물론 나도 포함해서."

"그게 무슨 불길한 소리야? 지금의 너는 노구치씨한테도 기대를 받는 장래 유망한 크리에이터야. 고등학생 때처럼 갑자기 폭력을 쓰거나, 칼을 든 사람한테 달려들거나, 이제 그런 바보 같은 짓은 하지 마. 다치기라도 하면 어쩔 거야?"

"그런 걸 키요이와 비교할 순 없어."

키요이는 몹시도 곤란한 표정을 지었다. 그런데도 기쁜 듯 입꼬리가 살짝 올라갔다가 곧바로 처지더니 한숨을 쉬고 고개를 숙였다. 히라는 키요이가 털어놓고 이야기해주길 기다렸다.

"비참하다고 할까, ……지……가 될 거거든."

"지?"

"……돼……지가 된다고 할까."

데지? 디 이 제이 이? 무슨 약자인가? 밤하늘의 별과 같은 스케일로 생각하려다보니, NASA며 UFO 같은 것이 먼저 떠올랐다. 혹시 돼지라면, 뚱뚱해진다는 건가.

"혹시, 뚱뚱해진다는 거야?"

"그럼 그것 말고 뭐가 있는데?"

"아, 역시 그렇구나. 그게 뭐 어때서?"

키요이는 더는 말하고 싶지 않다는 표정을 지었다.

"너한테 보이고 싶지 않아."

"왜?"

"그걸 왜 몰라?"

"밤하늘에 빛나는 별의 마음을 길바닥의 돌멩이 따위가 알 리 없잖아."

"한 바퀴 돌아서 또 원점이냐!"

키요이가 다시 한번 소리를 질렀고, 히라는 자책하며 고개를 숙였다. 나름대로 노력해봤지만 역시 하루아침에 키요이의 마음을 헤아릴 순 없다. 천릿길도 한 걸음부터라지만, 키요이는 우주 끝에 위치하는 신들의 행성 올림포스에 있다. 인류에게는 너무 멀다. 다다를 수 있을 것 같지 않다.

천문학자

"어, 그러니까, 역할 만들기를 위해 살을 찌운다는 거지?"

"으응, 최소 20킬로그램."

"단기간에 20킬로그램이나 찌우면 건강에 안 좋지 않아?"

"좋지는 않겠지. 그래도 난 할 거야. 조금이라도 노조무에 가까워져야 하는데, 내 얼굴이 방해가 돼. 인상을 바꾸고 싶은데 지금으로선 20킬로그램쯤 찌우는 방법밖에 없어. 건강을 망치든 회사에서 반대하든, 나는 할 수 있는 일을 전부 할 거야. 안 하고 나중에 후회하기는 싫어."

굉장하다.

무서울 정도로 강한 박력에 히라는 자기도 모르게 침을 삼켰다. 연기를 위해 체형과 인상까지 바꾸겠다니, 그것도 첫 공연까지 넉 달 사이에 20킬로그램을 늘린다니, 웬만한 결심이 아니고는 할 수 없는 일이다.

"……나도 도와주고 싶어."

"응?"

"그렇게 힘든 시기니까 더욱더 내가 할 수 있는 건 해주고 싶어. 고칼로리면서도 영양도 두루두루 신경쓴 식사를 만들게."

"거절한다."

"왜?"

"얼굴이 빵빵해질 거라고. 곧 이중턱이 될 거고, 살에 눌려 눈도 작아질 거야. 배가 나와서 단추가 안 잠길지도 몰라. 그래도 난 계속 먹을 거야."

"보고 싶어."

"하아?"

"이중턱 키요이도, 배 나온 키요이도, 살에 눌려 눈이 작아진 키요이도 두 번 다시 못 볼 모습일 거잖아. 키요이가 20킬로그램 살이 쩌가는 과정을 한 장 한 장 찍고 싶어. 그래서 앨범이랑 데이터로 영구 보존하고 싶어."

"거절한다."

"그럼 내 눈에 새기는 건?"

"그것도 거절이야."

"그럼, 어떤 식으로 남길 수 있을까?"

히라가 흥분해서 숨을 몰아쉬며 다가가자, 키요이는 벌떡 일어섰다.

"내 말은! 어떤 방식으로도 싫다고! 반한 남자한테 추한 모습 보이기가 싫다고. 그건 배우로서의 각오랑은 다른 거야! 좀 이해해! 이 기분 나쁘고 짜증나는 녀석아!"

언제나 냉정하던 키요이가 흥분으로 목소리를 높인다.

셔터를 누를 귀중한 기회인데 머릿속이 새하얘져서 움직일 수가 없다.

반한 남자……

핼리혜성급 거대한 화살에 심장을 관통당하자, 히라는 참지

천문학자

못하고 우훗 웃음이 새어버렸다. 키요이가 퍼뜩 정신을 차리는 듯하더니, 이내 쿠션에 얼굴을 묻고 쓰러졌다.

"거짓말이야! 너 같은 녀석한테 반할 리가 없잖아! 기분 나빠! 짜증나! 엄청 싫어!"

키요이가 비난을 퍼붓는 동안 히라는 강아지처럼 소파 앞에 꿇어앉은 채 '반한 남자'라는 과분한 말의 여운에 푹 잠겼다. 아, 이 자리에서 죽어도 좋을 만큼 행복하다.

한참이 지나서 키요이가 뾰로통한 채 일어났다.

"나 그렇게 당황한 거 아냐."

키요이가 냉정함에 냉정함을 빈틈없이 칠한 것 같은 무표정으로 말했다.

"커피 진하게 내려줘."

히라는 끄덕이고 주방으로 달려갔다.

"아무튼 별거는 결정된 사항이야. 네 의지 같은 건 헤아려줄 수 없어."

한밤중에 주방에서 마주보고 서서 키요이는 무자비한 왕답게 말했다. 고등학생 시절의 키요이를 떠올리고 히라는 문득 오싹해졌다. 부드러운 비단 같은 키요이는 아름답고, 온정이 일절 배제된 금속 같은 키요이는 소중하고 고귀하다. 그런 존재에게 종속되었다는 사실이 기뻐 히라는 넙죽 엎드리고 싶어졌다.

"응. 키요이 말에 따를게."

감동에 전율하며 대답했다. 20킬로그램이 찌든 50킬로그램이 찌든 모래사장의 모래가 조금 늘어난 것과 마찬가지로 키요이의 아름다움에는 아무런 영향도 끼치지 못할 것이다. 애당초 키요이는 지고한 존재다. 모래 몇 알에 집착하는 높은 미의식. 완벽하지 않은 모습은 결코 보이지 않으려는 자신에 대한 엄격함. 키요이는 겉모습뿐만 아니라 마음까지도 고결하다. 이 세상의 기적이다.

"그래도 유예 기간은 줄게."

히라는 고개를 갸웃했다.

"조금 전 네가 내 마음을 헤아리려고 애썼다는 건 알겠어. 나도 그건 인정해줘야 한다고 생각해. 어차피 하루이틀 사이에 살이 찌지는 않을 테니까. 2킬로그램 찔 때까지는 이대로 같이 있어도 좋아."

"……2킬로그램? 최소한 10킬로그램까지는 안 돼?"

"그게 뭐가 최소한이냐?"

"10킬로그램 정도는 모래 한줌도 안 돼."

"그건 무슨 계산법이냐?"

"그럼 8킬로그램은?"

"안 돼."

"5킬로그램."

"안 된다고."

천문학자

"4.9킬로그램."

"잘게 나누지 마."

그후로도 계속 그램 단위로 줄이다 2.5킬로그램에서 겨우 합의를 보았다. 키요이가 바라는 바를 이루도록 온 힘을 다해 돕고 싶다. 하지만 도울수록 별거가 빨라질 거라 생각하니 머리가 복잡하다. 아니, 주제넘은 생각이다.

그렇다, 지금이야말로 가전의 자세로 활약할 때다. 스스로를 던질 각오로, 나 자신을 멸할 각오로 키요이에게 모든 것을 바쳐야 한다. 필사적으로 자제하려는 히라에게 키요이가 문득 생각난 듯 말했다.

"아, 맞다. 별거 이후로는 내 출퇴근길에 나타나는 것도 금지야."

"응? 그건 왜?"

"변한 모습 보여주고 싶지 않으니까. 당연히 내가 나오는 방송도, 인터넷에 내 최근 사진 검색하는 것도 금지야. 물론 연극도 보러 오지 마."

"그, 그, 그, 그, 그, 그런……!"

설령 별거하게 되어도 스타와 팬의 관계로 견딜 수 있다고 생각하고 있었다. 그런데 그것까지 금지라면, 내년 3월까지 과연 살아 있을 수나 있을까. 처음 만난 고등학생 시절부터 지금까지 통틀어 가장 큰 시련이 닥친 듯했다.

"아무튼, 그러는 걸로."

키요이가 자리에서 일어나 다가왔다. 충격으로 굳어버린 히라를 뒤에서 끌어안고 머리에 키스해준다. 히라는 관자놀이가 욱신거릴 정도의 달콤함을 견뎌야 했다.

"저기, 할래?"

키요이가 달콤하게 속삭였다.

"이런 모습의 나는 오늘밤으로 끝이니까."

내일부터 키요이는 살을 찌우기 위해 많이 먹을 것이다. 원래 모습으로 돌아오는 건 내년 3월이다. 대략 여덟 달. 이제 조금 있으면 키요이를 볼 수도 없다. 전부터 수없이 찍고 모아둔 사진으로만 봐야 하는 나날이……

"침대로 갈까?"

키요이의 가는 손가락이 아래로 뻗어온다. 평소 히라는 빛의 속도로 준비가 되었지만, 오늘은 왠지 그것이 조금도 반응하지 않는다. 식은땀이 흘렀다.

"……미, 미안. 오늘밤은…… 아, 안 될지도……"

물론 키요이와 닿고 싶다. 하지만 여러 가지 큰 충격이 너무 연달아 닥쳤다.

키요이가 아름다운 눈썹을 날카롭게 치켜올린다. 키요이에게 미안하고 스스로가 한심하고 부끄러워 이대로 눈앞에서 사라져버리고 싶었다. 하지만 같은 남자라서 이해하는 건지, 아니면 무

천문학자

사가 내려주는 자비인지 키요이는 아무 말 없이 물러났고, 그날 밤은 더블베드에서 그냥 맑은 잠에 들었다.

최악의 하루였다. 어젯밤에는 별거한다는 충격으로 악몽을 꾸었고, 강의실에서는 정신이 멍해 아무것도 머리에 들어오지 않았고, 전철을 잘못 타서 스튜디오 촬영에 지각했고, 인원이 많은 아이돌 그룹 촬영을 하는 동안 아기 새들처럼 떠드는 십대 여자들 목소리에 넋이 나가 노구치의 지시를 잘못 알아듣고 서두르다 넘어졌고, 그러다 가까이에 있던 한 아이돌 치마 속을 엿봤다는 뭔가 기쁘지 않은 의미의 변태로 오해를 사 그쪽 매니저에게 심한 비난을 받았다.

촬영이 끝나고 왠지 심란한 표정의 노구치에게 이끌려 식당에 갔다. 노구치는 카운터 자리에 앉아 작고 섬세한 수제 그릇을 툭툭 치며 오늘 왜 상태가 좋지 않은지 추궁했다.

"너희, 바보냐?"

스승의 추궁에 어쩔 수 없이 어젯밤 일을 털어놓자, 노구치가 어이없다는 표정을 지었다.

"저는 바보지만, 키요이는 아니에요."

노구치 옆에서 히라는 우롱차를 홀짝였다.

"객관적으로 보면, 이번에는 키요이가 더 바보 같아. 성인 남자가 살찐 모습을 보이기 싫다고 별거하겠다니, 자기가 무슨 소

녀야? 이미 이 년이나 같이 살았는데, 서로 방귀도 다 튼 사이
아냐?"

"네? 저는 가족이랑 같이 살 때도 그런 일은……"

"뭐 얼마나 고귀한 집안인 거야? 우리 가족은— 아, 됐어. 어
쨌든 별거가 싫으면 남자답게 방귀 한번 뿡 꿔어. 그러면 20킬로
가 찌든 50킬로가 찌든 아무렇지도 않을 거야. 두근거림 같은 건
산산조각이 나서 아주 편안한 황야에서 지내게 될걸."

"노구치씨는 사귈 때 그런 식으로 행동하시나요?"

"아니, 역시 그건 못하지."

"직접 못하는 일을 다른 사람에게 권하지 말아주세요."

"그래도 너희는 너무 섬세해. 그런 시시한 일 때문에 일하는
동안 정신 놓지 말라고."

죄송합니다…… 히라는 풀이 죽었다.

"노구치씨, 젊은 애들 연애는 원래 섬세한 거예요. 노구치씨
도 옛날에는 그랬잖아요."

카운터 안에서 회를 썰던 셰프가 웃었다. 노구치는 이 가게 단
골이다.

"글쎄, 어땠었지? 너무 옛날이라 잊어버렸어요."

"본인은 잊어버려도 주위 사람들은 똑똑히 기억하죠. 내가 삼
십대 때 일하던 가게였나요? 노구치씨는 항상 애인이랑 카운터
끝자리에 앉아서—"

천문학자

"삐이— 네, 거기까지—"

노구치는 심판처럼 입으로 휘슬 부는 시늉을 했다.

"뭐 너희 연애 사정은 둘째 치고, 키요이의 결연한 태도는 훌륭하네."

"네."

"20킬로를 늘린다니 건강에도 영향이 있겠지만, 키요이의 지금 위치를 생각하면 리스크가 너무 크지 않나. 미남 배우로 인기에 발동이 걸렸는데, 소속사에는 말했대?"

"아니요. 말하면 반대할 거라고요."

"그렇겠지. 그래도 앞으로가 큰일일 텐데. 살쪘다, 말랐다, 못생겨졌다 하며 사람들이 반쯤 재미삼아 악의 가득한 사진을 여기저기로 퍼 나를 거고, 사람들 입방아 때문에 거식증 걸린 여배우도 있잖아."

자주 듣는 이야기다. 촬영하러 온 모델의 팔다리가 너무 가늘어서 아름다움을 넘어 공포를 느낀 적이 있다. 모델들은 말할 것도 없이 연예인은 대부분 소식하고, TV와 잡지 인터뷰에서 웃으며 디저트를 즐긴다고 말해도, 실제로는 익힌 채소나 수프 정도만 먹고, 그마저도 여차하면 손가락으로 목구멍을 찔러 억지로 게워내곤 한다. 겉으로 드러내지 않을 뿐이지 고행에 가까울 만큼 혹독하게 체중을 조절하는 것이다.

"키요이도 평소에 관리해왔을 거잖아?"

"그렇죠. 바빠도 늘 헬스장에 가고, 집에서 따로 근육 운동도 하고, 과식하면 반드시 그다음 식사를 조절해왔어요. 자신을 컨트롤하는 의지가 대단해요."

"그런 아이가 체중을 늘린다는 걸 보면, 어지간히 막다른 곳에 몰린 거겠지."

"막다른 곳에 몰렸다고요?"

"요전에 연습하는 거 보고 위험하단 생각 들지 않았어?"

"……사진 찍는 데 정신이 팔려서……"

파인더 안의 키요이를 좇느라 정신이 팔려서 좋다 나쁘다 판단할 겨를도 없었다. 애당초 키요이를 평가한다는 자체가 불경한 일이지만.

"그렇게 한 가지에 몰두하는 게 네 장점이기도 하고 족쇄이기도 하지."

노구치가 한숨을 쉬더니 먼눈을 했다.

"키요이가 하는 건 그저 곁에서 지켜봐주는 수밖에 없어. 하지만 예전의 그 사건 때문에 단숨에 인기를 얻었으니까 이번에는 상당히 좋지 않게 떠들썩해질 거야. 사람들은 재밋거리라도 찾은 양 SNS에서 추해졌다고 조롱할 거고, 몇몇 매체에서는 그런 내용으로 저속한 기사를 쓰겠지. 미남 배우로 잘나갔기 때문에 인기도 떨어질 거고."

"인기 같은 건 연극이 성공하면 되돌릴 수 있잖아요."

천문학자

"성공한다는 보장은 어디에도 없어."

철렁했다. 히라는 키요이의 성공을 의심한 적이 없었다.

"우에다씨는 국내 톱클래스 연출가잖아요?"

"연극의 성공과 배우의 성공이 꼭 일치하는 건 아니야. 아무리 좋은 창작물이어도 100퍼센트 찬사를 받을 순 없어. 반드시 비난이 나올 거야. 인기 있는 콘텐츠나 인물을 그저 트집잡고 싶어 달려드는 쓰레기들도 있고, 같이 출연하는 배우들을 보면 이번에는 키요이가 주로 욕을 먹게 될 것 같기도 해. 그런다 해도 우에다씨는 전혀 곤란할 게 없을 거고, 오히려 화제성만 늘어났다고 좋아할걸."

"무슨 뜻이에요?"

"지금의 키요이는 화제성 발군, 최고의 티켓 판매기라고 요전에도 말했잖아. 국내에서 연극을 보는 인구는 정말 소수야. 우에다씨 정도 되어도, 아니 그 정도 클래스이기 때문에 관객층을 더욱 넓혀보려고 사명감을 갖는 거야. 지금까지 연극에 흥미가 없었던 사람들까지 끌어들이려는 거지. 그게 우선이고, 연기력은 처음부터 기대조차 하지 않았을 수도 있어."

"그게 뭐예요? 이용하는 거잖아요."

"그게 뭐가 나빠?"

노구치는 짓궂은 웃음을 지었다.

"이상만 품고서, 미모로만 자리매김할 수 있을 정도로 만만한 업계가 아니라고."

"그, 그래도 우에다씨는 더 올라서려고 애써야 할 수준이 아니잖아요."

"맞는 말이야. 우에다씨가 성공한 사람이란 건 자명한 사실이지. 하지만 그렇게 되기까지 단 한 번도 좌절하지 않고 올라갔다고 생각해? 재능이 있어도 그걸 제대로 쓸 수 있는 요령이 없으면 보물을 들고도 썩히는 거야. 싫어하는 사람과도 웃는 얼굴로 악수할 수 있는 처세술, 다른 사람을 이용하지만 죄의식이나 자기혐오, 시기나 질투나 뒷말에 꺾이지 않는 강한 정신력, 그럼에도 사람을 끌어당기는 인간적인 매력. 그런 게 전부 모여야 비로소 그 수준의 상업적인 성공을 거둘 수 있는 거라고."

".................."

납득할 수밖에 없었다. 키요이처럼 왕으로 태어났어도, 처음부터 왕좌가 준비되어 있는 건 아니다. 진흙투성이 손에 망토를 붙잡혀 더럽혀지는 일도 있다. 고등학생 때 시로타 녀석들도 그랬고, 안나와 스캔들이 났을 때도 사람들은 일제히 키요이를 공격했고, 지금도 SNS에서는 안티라고 불리는 한가한 자들이 매일 하찮은 비난과 악플 공격을 반복하고 있다.

"전에 우에다씨를 찍었는데, '항상 무섭다'고 말하면서 웃던 게 인상적이었어."

"무섭다고요?"

천문학자

"TV도, 영화도, 책도, 한 작품이 히트한다고 다음 게 잘되리란 보장은 없어. 잘된 작품과 비슷한 작품을 이어서 내놓는 방법도 있긴 해. A가 유행하면 A와 비슷한 뭔가, B가 유행하면 B의 후속 같은 거. 물론 그런 걸 탐탁치 않아하는 크리에이터도 있고, 새로운 아이디어를 내도 생소하다는 이유로 기획 단계부터 틀어지기도 해."

"새로운 일인데 익숙할 리가 없잖아요."

"그렇지. 그래도 그런 바보 같은 이유로 거절당하는 게 현실이야. 뭐 비즈니스니까 어쩔 수 없는 일이지. 너무 크게 승부를 걸었다가 실패하면 관련됐던 많은 사람들의 생활에 영향을 미치니까. 그러니 반드시 이익을 내야 해. 하지만 기존의 유행만 따라가면 대중도 어느새 지겨워하고, 무엇보다 본인 스스로가 지겹지. 그건 크리에이터에게 죽음이나 마찬가지야. 즉, 우에다씨는 새로운 일에 계속 도전하고 있어. 그러니까 항상 무서울 수밖에."

새로운 곳에 가는 건 무섭다. 잘할 수 있을까. 실패하지 않을까. 지금 위치에서 성공했을수록 그런 도박을 할 마음이 들지 않을 것이다. 하지만 히라의 두 발은 성공의 보장도 없는 곳을 향하고 있다. 발 앞에 항상 공포의 먹구름이 펼쳐져 있다.

"우에다씨는 젊었을 때부터 늘 새로운 일에 도전해왔고, 엄청나게 두들겨맞고 몇 번이나 안 좋은 일을 당하면서 발판을 다져

온 거야. 그런 도박을 계속 해오다 결국은 이긴 사람이지. 보살 같은 얼굴이지만 본성은 지독한 승부사이고, 키요이 이상으로 귀신 멘탈이거든."

"그래서 키요이를 티켓을 팔 목적으로만 캐스팅하는 것도 정당하다는 뜻인가요?"

알고 있어도 억울한 감정이 치민다.

"그런 일도 있다는 말이야. 우에다씨가 어떤 마음인지는 모르지."

"키요이는 정말 열심히 하고 있어요."

"모두가 열심히 하고 있어."

"전부터 우에다씨 연극에 출연하고 싶어 몇 번이나 오디션을 봤고요."

"기회가 왔으니까 좋은 일이잖아."

"그런 취급을 받아도요?"

"형태가 어떻든 간에 기회는 기회지. 우에다씨가 어떤 의도로 키요이를 발탁했는지는 모르지만, 결과를 내면 되는 거잖아. 과정 같은 건 상관없어."

"그래도."

"키요이가 '그래도'라고 말했어?"

노구치가 바라본다. 엄격한 눈이었다.

"그런 취급을 받을 바에 기회 같은 건 필요 없다고 키요이가

천문학자

말했어? 내가 엉망이라고 심하게 말했는데도 한번 더 해보겠다고 바로 달려든 아이잖아. 자신이 어느 정도 수준인지 알고 있고, 기회를 제 걸로 만들려고 노력하고 있는 거 아닌가? 잘생긴 얼굴로 잘나가던 젊은 배우가 20킬로그램이나 체중을 늘린다니, 잘못하면 배우 생명이 끝날 수도 있어."

히라는 아무 대꾸도 할 수 없었다. 키요이는 결코 물릴 수 없는 모 아니면 도의 도박을 하고 있다. 자기 기분을 헤아리라고 말하던 키요이를 떠올리자 히라는 심장이 조여드는 것 같았다. 대체 얼마만한 각오였을까. 키요이가 하는 일이니 반드시 성공할 거라고 멋대로 확신하고 있었다.

"키요이는 대단한 남자네."

"……네."

"얼굴은 예쁜데 내면은 억센 남자야."

"……네."

"너도 본받는 게 좋겠어."

"……네."

"그럼 그 시작으로 개인전을 할까?"

"……네. ……예?"

무심결에 고개를 끄덕이려다 정신을 차렸다.

"개인전요?"

"너도 남자친구를 본받아서 슬슬 각오를 다져야지."

노구치가 갑작스럽게 히라의 어깨를 감싸안고 끌어당겼다.

"키요이의 그런 모습을 보고도 너는 부끄럽지 않아? 지금도 잘생긴 얼굴로 남들보다 머리 하나는 더 위에 있는데 더욱 위로 올라가려고 위험한 도박을 하잖아. 키요이의 남자친구로서 지금의 너는 어때? 그저 개인전 하나에 겁먹기나 하고. 설령 실패한다고 해도 잃을 게 아무것도 없는 일개 대학생일 뿐이면서 말이지. 자의식과잉도 적당해야 한다고."

스승의 말이 송곳처럼 히라의 심장을 쿡쿡 찔렀다.

"이미 지금도 둘이 왜 사귀는지 미스터리할 정도로 격차가 있지만, 최소한 마음가짐 정도는 비슷해져야겠다는 생각은 안 들어? 사랑에도 겁쟁이여서 어제는 세우지도 못했다니, 정말 쓸모없는 남자친구네. 이대로라면 분명 조만간 버려질걸. 내가 120퍼센트 보장한다."

깊숙이 들어온 송곳이 심장을 푹 도려낸다.

"이번 별거가 진짜 이별의 계기가 될지도 모르지."

여기저기 찌르는 송곳이 등뒤로 관통할 것 같다.

"너는 그래도 괜찮아?"

"아, 아니요."

"그럼 개인전, 올해 할래?"

"그, 그, 그건, 조금만 더 생각하게 해주세요."

"뭘 생각하는데?"

"여러 가지로."

"상이랑 상관없이, 개인전은 언젠가 하는 거잖아."

"그래도 저는 지금 상황만으로도 벅차요."

"모두가 그래. 매일 해야만 하는 일을 해내기도 벅차고, 새로운 일을 할 여유 같은 건 없어. 그래도 하는 거야. 모두가 똑같아. 너만 간신히 하고 있는 게 아니라고."

"그래요?"

"그래. 너만 특별한 게 아니야. 그래도 넌 그렇게 생각하지 않잖아?"

무슨 뜻인지 알 수 없었다.

"좋든 나쁘든 너한텐 스스로가 '특별'하다는 의식이 있어."

"어, 없어요, 그런 건."

초조해하는 히라에게 노구치는 비웃듯 입가를 일그러뜨렸다.

"아닌 척해봐야 소용없어. 사실은 이미 80퍼센트 정도 자각하고 있잖아. 스스로 인정하면 도망칠 데가 없어질까봐 두려운 거지. 뭐, 숨기고 있다고 해도 여전히 두렵겠지. 두려운 마음에서 도망치고 싶다면 달려. 두려움이 쫓아오지 못할 만큼 죽을힘을 다해 달리는 수밖에 없어."

"노구치씨, 오늘도 고생했어!"

새로운 손님이 들어왔다. 오늘 촬영장에도 왔었던 대형 광고 대행사 직원이다. 이 식당에서 만나기로 약속했는지 그가 "일단 맥주" 하고 외치더니 노구치 옆자리에 앉았다.

"히라군도 고생했어."

노구치 너머로 말을 걸어와, 히라도 인사했다.

"개인전 언제 할지 정했어?"

"네? 아, 아니요."

"정해지면 바로 알려줘. 아는 사람들에게 소문내야 하니까."

이 아저씨가 대체 무슨 말을 하는 거지?

곤혹스러워하는 히라를 대신해 노구치가 그에게 적당히 하라고 말했다.

"알았어. 하긴 너무 메이저인 데서 반응이 오면 오히려 촌스러우니까."

"비판밖에 할 줄 모르는 바보에게 걸려 장애물만 높아지고 말이지."

"알 만한 사람들만 아는 노선으로 차근차근 알리는 게 지금은 멋있지."

"히라는 성격적으로도 그쪽이 맞아."

자신에 대한 이야기를 하는데 히라는 현실감이 없었다. 그런 스스로가 한심해서, 고마운 일이라고 일부러 속으로 되뇌었다. 굉장한 사람들이 나를 여러모로 생각해주고 있어. 고맙다. 고맙다. 고맙다. 고맙다. 가전의 자세로 열심히 해야……

그래도 기대에 어긋난다면?

천문학자

가슴이 크게 고동쳤다. 온몸이 쥐어짜이는 듯해 카운터 밑에서 면바지를 꽉 움켜쥐었다. 갈증이 나서 남은 우롱차를 전부 마셨다.

"저, 저, 저는 이만 가보겠습니다."

"응, 수고했어."

히라는 꾸벅 인사하고 식당을 나왔다.

역으로 향하는 인파에 섞여들자 그제야 겨우 진정되었다. 오가는 사람들 누구도 나 같은 건 보지 않는다. 그 사실에 안심이 되어 안쪽에서 단단하게 닫아걸었던 마음이 서서히 풀어지는 듯했다. 그런 스스로가 한심했다. 그러고 보니 처음 개인전에 대해 들었을 때도 그랬다.

개인전 언제 할지 정했어?

개인전을 여는 걸 전제하는 그 물음에 입이 떡 벌어져버린 히라를 보며 노구치도 입을 떡 벌렸다. 기무라이헤이사진상을 노린다면 당연한 일이라는 말을 듣는 순간 히라가 느낀 건 후회였다. 노구치의 제자가 된다는 건 그런 의미였다고 뒤늦게 깨닫게 되었다.

말도 안 되는 일이 벌어지고 있다는 생각이 들었다. 노구치라는 사람에게 호감을 느끼고 이 사람 옆에서 사진을 배우자고, 그것만으로 앞으로 나아갈 수 있다고 생각했던 자신이 너무 안이했던 것이다. 허용치 이상으로 휘발유가 들이부어지고 흘러넘쳐, 당장에라도 불이 붙어 불덩어리가 될 것 같은 공포.

나는 왜 이따위일까.

빌딩들 사이로 노을 진 하늘을 올려다보았다.

자유롭게 할 수 없는 말들. 히라 카즈나리라는 자기 이름조차
더듬기 일쑤였다. 잔물결처럼 퍼져나가는 숨죽인 조소. 말을 걸
어주는 아이가 줄고, 안녕 하고 인사해도 무시당하다가 마지막
에는 존재가 통째로 사라진 듯한 취급을 받았다. 초등학교, 중학
교, 고등학교 시절 내내 계속되어온 밑바닥 생활은 자기주장과
자기표현의 용기를 뿌리째 빼앗았고, 그 자리에 열등감과 체념
과 관망을 심어놓았다.

히라에게 사진은 저주와 똑같았다.

주머니에서 휴대폰을 꺼내 고등학생 때 찍은 사진을 한 장씩
넘겨보았다. 도시의 풍경에서 사람들만 사라져 있다. 거리를 달
리는 차 안에는 운전자가 없다. 인도를 지나가는 유모차 안에는
아기가 없다. 유모차를 미는 사람도 없다. 마치 신에게 벌을 받
아 멸망을 기다리는 도시처럼 스산한 풍경. 온 세상을 저주하며
찍었던 미숙한 사진들.

히라를 없는 것처럼 취급하던 세상을 자신 안에서도 없애갔던
것이다. 풍경에서 사람을 지워내는 행위는 세상을 향한 저주이
자 복수였고, 그러는 동안 히라는 세상을 장악하는 신이 될 수
있었다. 현실에서 빠져나와 환상의 정점에 서서 세상을 내려다

보고 있었다. 그런데 그 모순이 지금 눈앞에 들이밀어졌다.

비굴함 덩어리이면서도, 사실은 자신감을 숨기고 있었다. 하지만 그 자신감에는 전혀 근거가 없다. 그래서 도전하기가 두렵다. 도전했다가 부서져버리면, 아직 전력을 다하지 않았을 뿐이란 우스운 변명조차 할 수 없게 되기 때문이다. 노구치와 그 주위의 뛰어난 사람들 앞에서 부끄러워지는 것은, 그런 연극의 소품에 불과한 나를 그들이 꿰뚫어보는 것 같기 때문이다. 무엇보다 기대에 부응하지 못하고 엉망인 나를 내보이게 될까봐, 그래서 버려질까봐 무섭다.

노구치가 히라에게 기대를 거는 이유는 히라의 사진이 자신이 예전에 찍던 사진과 비슷하기 때문이다. 사람만 사라진 도시의 풍경. 그 사실을 알았을 때는 깜짝 놀랐다. 물론 과정도 다르고 사진의 퀄리티도 전혀 다르지만.

젊은 시절 노구치는 기무라이헤이사진상을 노렸다. 하지만 수상하지 못했고, 이후 풍경 사진에서 주로 인물을 찍는 상업 사진으로 전향해 성공했다. 노구치는 밝게 빛나는 곳에 있는 사람이다. 원래라면 길에서 스쳐지날 일도 없을 정도로 히라와는 전혀 다른 세계에서 살아가는 사람이다.

그런 사람이 왜 나 같은 걸 옆에 두고 있을까.

노구치가 왜 인물 사진으로 전향했는지 히라도 자세한 이유는 모른다. 기무라이헤이사진상을 받지 못한 것과 관계있는 걸까.

하지만 만약 과거에 꿈을 이루지 못하고 미련이 남아 나에게 투영하는 거라면.

어깨에 멘 가방이 묵직하게 무게를 더했다.

소중한 사람의 꿈, 희망, 기대.

나처럼 힘없는 사람은 짊어질 수 없는 것들이다.

죄송합니다. 사과하고 도망쳐버리고 싶지만, 나 같은 사람에게 호의를 베풀고 힘을 빌려준 사람은 지금까지 없었다. 그러니 그 기대에 부응해야 할 것 같다. 세상을 저주하던 시절에 비하면 이런 생각을 하는 지금은 얼마나 행복한가.

기대를 받는 건 무거운 일이다.

하지만 열심히 해야겠다는 생각이 든다.

한편으로는, 해봐야 분명 안 될 거라는 생각도 든다.

현역 대학생, 최연소 수상은 너무 현실감이 없다.

내가 박살나는 것으로 끝난다면 괜찮다. 항상 있었던 일이다. 하지만 노구치까지 실망시키게 될 것이다. 그렇게 된다면 이제 이곳에 있을 수 없다. 도전했던 것을 후회하겠지.

그럼, 이대로 계속 겁을 집어먹고 같은 자리에 계속 서 있는 것은 괜찮은가? 그것도 아니다. 앞으로 나아가다 부서지는 방법도 있고, 가만히 움직이지 않고 썩어가는 방법도 있다.

어떡해야 하지.

마음이 흔들리는 추 같다. 오른쪽으로 왼쪽으로 격렬하게 흔들리기만 하며 어느 쪽으로도 치우치지 않는다. 안에 틀어박힐 것인가. 밖에서 깨질 것인가. 나는 어떻게 해야 하는 걸까.

두려움이 쫓아오지 못할 만큼 죽을 힘을 다해 달리는 수밖에 없어.

노구치씨도 그렇게 전력으로 계속 달려왔겠지.

키요이도 그렇다. 내가 소중하게 여기는 사람들은 모두가 목표를 향해 온 힘을 다해 달리고 있다.

최소한 마음가짐 정도는 비슷해져야겠다는 생각은 안 들어?

그러고 싶다. 비슷해지고 싶다. 현실에서 비슷한 수준에 서는 것까지는 기대하지 못해도, 그래도 키요이가 문득 아래 세상을 내려다보았을 때, 아, 저 돌멩이는 아직 저곳에 있구나 하고 알아차릴 수 있을 곳에는 있고 싶다. 하지만 이대로라면 보이지 않는 곳으로 멀리 떠밀려버리겠지.

히라는 서쪽 하늘에서 빛나는 금성을 올려다보았다. 저물어가는 초저녁의 밝은 별, 밝아오는 새벽의 밝은 별. 키요이 그 자체다.

어떻게 해야 저만큼 아름답게, 강하게, 혼자서도 빛날 수 있는 걸까.

히라의 고뇌와 평행선을 달리듯 키요이의 과식 생활이 시작되었다. 좋아하는 새우 크로켓도 평소라면 칼로리를 신경써서 두

164 165

개만 먹었겠지만, 오늘밤에는 벌써 네 개나 먹었다. 평소라면 채소 샐러드에 소금과 레몬을 곁들이는데, 오늘은 삶은 달걀이 들어간 마카로니 샐러드를 먹었다.

"디저트로 초콜릿 케이크 준비했어."

키요이가 다섯 개째 새우 크로켓을 먹으면서 긴 한숨을 내쉬었다. 히라가 묵직한 초콜릿 케이크를 내려놓자, 키요이는 힘껏 미간을 좁히고 포크를 들었다.

"엄청난 헤비급이네."

생초콜릿이 가득 채워진 것 같은 케이크를 포크로 가른다.

"미안. 첫날부터 너무 많은가?"

"아니, 더 가져와. 위부터 늘려야 해."

푸드파이터가 할 것 같은 말을 했다.

"그리고 밥이랑 별도로 배불러도 먹을 수 있는 거, 포만감은 적고 칼로리는 높은 걸 준비해줘. 과자나 빵 같은 거 있잖아."

인터넷에 찾아보니 한 개에 500킬로칼로리짜리 폭탄 같은 멜론빵이 나왔다. 키요이에게 보여주자 잔뜩 사달라고 말했다.

"아…… 속이 안 좋아."

키요이가 케이크 접시를 들고 일어나 느릿느릿 소파로 향했다. 구르듯이 눕더니 TV를 보며 케이크를 먹기 시작했다. 이런 긴장감 없는 키요이의 모습은 처음 봐서 앞으로 어떻게 변해갈지, 아기의 성장일기처럼 체중 그램 수 변화까지 사진과 함께 기

천문학자

록해두고 싶어졌다. 하지만 찍으면 안 된다고 했으니까 울고 싶은 마음으로 할 수 없이 눈으로 각인했다.

키요이는 케이크를 다 먹더니 한숨을 쉬고는 감자칩…… 하고 중얼거렸다. 주방으로 달려가 여태까지 이 집에는 한 번도 사둔 적 없었던 과자를 꺼내왔다.

"엄청 맛없어."

키요이가 얼굴을 찡그리며 감자칩을 씹고 환타를 마셨다. 일반적인 대학생 또래의 입맛이라 과자도 패스트푸드도 탄산음료도 좋아하지만 그동안은 배우의 의지로 참아왔었다. 이제는 먹고 싶은 대로 맘껏 먹어도 되는 상황이 되었지만……

히라는 애잔한 마음을 억누르며, 칼로리가 더 높은 음식을 검색했다. 고칼로리 하면 미국이지. 검색한 결과, 어마어마한 걸 발견해버렸다.

"키요이, 내일은 버터 어때?"

"응?"

"버터 덩어리에 튀김옷을 입혀서 튀긴 음식이 있어."

지방을 기름에 튀긴다는, 일본인은 감히 상상도 할 수 없는, 광기마저 풍기는 음식이다. 키요이가 슬금슬금 눈을 돌려버린다. 역시나 이건 너무하지. 히라는 반성했다.

"그건 최후의 수단으로 남겨둘게."

자신이 권해놓고도 키요이의 대답에 놀랐다. 키요이는 이 음

천문학자

식에도 도전할 마음이 있는 것이다.

감자칩을 다 먹은 키요이는 아이스크림을 먹으면서, 출연 예정인 방송 자료를 훑어보기 시작했다. 방송 주제는 '요즘 미남 배우가 추천하는 데이트 맛집 특집'이라는 것 같다.

"녹화할 때쯤 나는 몇 킬로그램이 되어 있을까?"

키요이가 나직이 중얼거렸다. 젊은 인기 배우가 많이 모이는 방송이니까 주시청자는 젊은 여자들일 테고, 싫어도 외모를 비교당할 것이다.

"몇 킬로그램 불었다고 해도 키요이는 누구보다 매력적이야."

"너한테만 그렇겠지. 20킬로그램 불면 팬들은 다 떨어져나갈 거야."

평소라면 그런 일은 없을 거라고 단언했겠지만, 노구치의 이야기를 떠올리고 주저했다.

"하지만 노조무 역을 완벽하게 연기하고, 실력으로 새로운 팬을 만들 거야."

'만들고 싶어'가 아니라, '만들 거야'라고 키요이는 단호하게 말했다.

"작년 사건과 드라마 덕분에 예상보다 훨씬 빨리 미남 배우로 유명해졌지만, 이삼 년만 지나면 사람들 생각이 바뀔 거고, 그다음은 폐기를 기다리는 반찬 같은 취급을 받게 될 거야. 어쨌든 연기파로 거듭나지 않으면 살아남을 수 없어."

"……그렇구나."

히라는 키요이만 보기 때문에 다른 연예계 사정에는 어둡다.

"소속사도 그걸 알기 때문에 대책을 세워주고는 있지만, 역시 20킬로그램 체중을 불린다고 하면 반대할걸. 너무 거친 방법이긴 해. 하지만 내 인생이니까 선택권은 나한테 있는 거잖아. 현재 진행형으로 하고 싶은 연극이 있는데, 전력을 다하지 않고 지면 안 되지."

듣는 사람까지 흥분될 것 같은 강한 의지였다. 노구치의 표현을 빌리자면, 절벽 끝에 서서 강력한 말로 스스로를 격려하며 퇴로를 막는 것 같다. 그야말로 왕이다. 자신과는 그릇 자체가 확연하게 차이 난다.

"……키요이, 나도 키요이의 괴로움을 같이 나눌 수 있게 해줘."

히라가 스푼을 들고 다가가 키요이가 안고 있는 패밀리 사이즈 아이스크림에 꽂으려 했다.

"안 돼!"

바로 손목을 붙잡혔다.

"그러면 너까지 못생겨지잖아."

"괜찮아. 나는 원래 못생겼으니까."

"기분 나쁜데다 못생겨지기까지 하면 싫어할 거야."

그 말에 히라는 앞으로도 죽을 때까지 지금의 체형을 유지해야겠다고 결심했다.

"날 위하고 싶으면 고칼로리 아침식사를 준비해줘."

히라는 당장 주방으로 달려갔다. 먼저 캔에 든 토마토소스를 끓이고 살라미를 얇게 잔뜩 잘랐다. 아침은 치즈를 두 배로 올린 피자로 하자. 피자에 곁들여 감자튀김, 치킨 너깃, 아이스 스트로베리 셰이크. 읍……

저녁, 디저트, 야식에 이어 생각만 해도 속이 느끼해지는 것 같았다. 키요이는 괜찮은가 하고 소파로 시선을 돌리자, 아이스크림통을 끌어안은 채 꾸벅꾸벅 졸고 있다.

"키요이, 이제 잘래? 침대에서 자."

"……아, 응."

키요이가 비틀거리며 소파에서 일어났다.

"배가 부르니까 바로 잠이 와."

키요이는 양치질만 하더니 잘 자라고 히라에게 인사하고 침실로 향했다.

"샤워는 안 해?"

"아침에 할래. 샤워하면 신진대사가 좋아져서 모처럼 채운 칼로리가 소비되니까. 이대로 배부른 상태로 잠들어서 쌓은 칼로리를 효율적으로 지방으로 바꿔야지."

히라는 침실로 사라지는 무섭도록 기백이 어린 키요이의 뒷모습을 그저 바라만 보았다.

키요이는 말라 보이지만 평소 꾸준히 운동해서 잔근육이 많고 속칭 누워 있기만 해도 칼로리가 소비되는 체질이다. 살이 찌려면 그 근육부터 없애야 한다. 현재는 마이너스 상태에서 시작하는 것과 마찬가지라 그 여정이 만만치 않을 것 같았다.

언제나 찍는 사람이던 노구치가 오늘은 찍히는 사람이었다. 남성 잡지에서 인터뷰를 요청해온 것인데, 촬영을 끝낸 잡지 스태프들이 다음은 우에다 히데키의 연극 연습 장면을 취재하러 간다고 했다.

"아, 그럼 나도 따라가볼까. 이후로 스케줄 없고, 오랜만에 우에다씨한테 인사도 하고 싶고."

"그럼 노구치씨도 찍으실래요?"

"개런티 주면 그럴 수도 있지."

"노구치씨 개런티 비싸잖아요."

노구치가 스태프들과 웃으면서, 너도 가자 하는 눈빛으로 히라를 바라보았다.

"아, 이 녀석은 내 어시스턴트 히라 카즈나리."

"소문 들었어요. 노구치씨가 몰래 숨겨둔 제자라고요."

한 명이 명함을 건네자 히라는 당황하며 받았다. 히라는 명함이 없다. 노구치가 만들어야 한다고 성화였지만, 학생에게 명함이라니 부끄러웠다.

천문학자

"촉망받는 제자로군요. 개인전도 열겠죠? 열심히 하세요."

히라는 식은땀을 흘리며 고개를 숙였다. 자신을 신경써주는 스승의 마음은 너무나 고맙지만, 한심하게도 히라는 그저 부담스럽기만 하다.

"노구치씨, 저기, 저는 사무실로 돌아가서 데이터 정리를……"

"키요이 연습하는 장면, 볼 수 있을지도 모르는데."

꼭 데려가주십시오, 라고 바로 말했다.

처음 보는 연극 연습실은 먼지 쌓인 텅 빈 창고 같았다. 암막이 걸렸고 구석에 접이식 의자와 긴 테이블이 어지럽게 놓여 있다. 국내에서 내로라하는 연출가와 실력파 배우들이 연습하는 곳이라고 해서 좀더 화려한 공간을 상상했다. 사진작가는 곧바로 촬영에 들어갔고, 노구치와 히라는 방해가 되지 않도록 복도에서 구경했다.

"노구치씨, 오랜만이에요. 요전 촬영 때는 감사했습니다."

우에다의 매니저가 알아보고 종종걸음으로 다가와 노구치에게 인사했다.

"지금 한창 에튀드 하는 중이니까, 조금 기다려주시겠어요?"

"예고 없이 불쑥 찾아온 거니까 신경쓰지 마세요."

인사를 주고받는 사람들을 곁눈으로 보면서도 히라의 의식은 줄곧 연습실을 향하고 있었다. 연예계를 잘 모르는 히라에게도 낯이 익은 배우가 많았는데, 히라의 눈은 그 속에서도 재빨리 키요이를 포착했다.

아, 오늘도 아름답다……

그늘진 곳에서 몰래 바라보며 쫓아다니던 과거의 영혼에 불이 반짝 들어온 듯, 남자친구 모드에서 팬 모드로 바뀌었다. 꿈꾸는 듯한 눈을 한 히라 옆에서 노구치와 매니저가 작은 목소리로 이야기한다.

"그런데 에튀드가 뭡니까?"

"즉흥 상황극이에요. 우에다씨가 주제를 주면, 배우가 각각 그 역할을 대본 없이 즉흥적으로 연기하는 거죠."

"대본 없이요? 와, 저게요?"

"네, 오늘의 주제는 '너무 배고파서 벌레를 먹어버렸다'예요."

"무섭네요."

노구치가 꺼림칙하다는 듯이 말했다.

—아무리 그래도 날로 먹지는 마. 좀 익히는 편이 나을 거야.

—그런 문제가 아니잖아. 인간으로서의 존엄은 없어?

—존엄? 그게 뭔데? 먹을 수 있는 거야?

—싫으면 저 녀석을 먹어봐. 벌레보다는 맛있을 거 같은데.

—그만해. 동료들끼리 먹는다느니 먹힌다느니 그런 거 이제 질색이야.

—못 먹게 할 거면 안게 해줘. 지금 상태에서 여자란 건 그 정도 가치밖에 없잖아.

천문학자

—남자라는 생물이 최악이라는 건 잘 알겠네.

—나는 여자라는 생물이 얼마나 무력한지 알았는데 말이지.

—아저씨, 멋지다. 그렇게 강하다면 메뚜기도 처리해줘.

끊임없이 이어지는 대사의 향연. 저게 모두 즉흥이라니 믿을 수 없다. 누가 어떤 대사를 할지 예상할 수 없는데, 순간순간 받아쳐야 하는 것이다. 그것도 자신이 연기하는 배역에 맞춰서. 역할의 핵심을 이해하지 못하면 할 수 없는 일이다.

—모두들, 조금 진정해.

키요이가 한발 앞으로 나왔다.

—쓸데없는 일로 말싸움할 때가 아니잖아. 배가 고파서 짜증나는 건 알겠지만, 뭔가 재미있는 이야기를 하자고. 지금은 내가 개그라도 해서……

"그만!"

갑자기 짝 손뼉 치는 소리가 끼어들었다. 우에다다.

"키요이군, 먹을 게 없는 상황이야. 죽음과 직결된 일이 '쓸데없는 일'일까? '짜증나는' 정도가 아니라 극한의 상황에서 재미있는 이야기나 하려는 발상은 바보 아니면 신이나 할 수 있는 거 아닌가? '질투'의 노조무는 어떤 사고의 흐름을 거쳐 그 대사에 이르렀지?"

"개그가 노조무의 유일한 존재의의이고, 극한의 상황이야말로 그를 개그에 매달릴 수밖에 없게 한다고 생각했습니다."

"매달려? 그렇게 궁지에 몰린 것처럼 보이지는 않았는데? 오히려 모두를 진정시키려고 했잖아. 그런 건 할리우드영화에나 나오는 히어로 아닌가."

키요이는 아무 대답도 하지 못했고, 연습실은 조용해졌다.

"그럼, 오바나자와씨, 구루마자키씨, 3막부터."

우에다의 말에, 호명된 배우 외에 모두가 안심한 듯 흩어진다. 땀을 닦거나 수분을 보충하면서 두셋씩 모여 잡담을 한다. 키요이는 혼자서 연습실 바닥에 책상다리를 하고 앉아 고개를 숙이고 있다. 아무도 말을 걸지 않는다. 말을 걸 수 있는 분위기가 아니다.

"이번 제물은 저애 같네."

잡지사 사진작가가 돌아와 딱하다는 듯이 중얼거렸다.

"우에다 팀에 처음 합류한 배우는 반드시 저렇게 된다던데."

노구치가 대답했다.

"요구하는 수준이 너무 높은 거야. 드라마밖에 해본 적 없는 젊은 애한테 갑자기 사고의 흐름이 어쩌고저쩌고 하니 멍해질 수밖에 없잖아. 그래도 이 과정을 거쳐 나아지면 배우로서 보증받게 되니까 버텨야 해. 못하면 마구 두들겨맞고 비참해지겠지만."

"업계에도 우에다씨에게 열광하는 팬이 많은데다, 관객들도 눈이 높으니까요."

천문학자

"우에다 팀에 합류하는 초대장은 천국이냐 지옥이냐 두 가지 선택밖에 없다는 게 정설이지."

"이번에는 아무래도 지옥행인가."

사람들끼리 숙덕이는 소리를 견디지 못하고 히라는 걸음을 돌렸다. 열이 받은 채 건물을 나서려다가 직전에 생각을 바꿨다. 일단 지금은 자신도 일하는 중이다. 로비에서 기다리자, 노구치가 내려왔다.

"아쉽네. 우에다씨 연습을 보는 건 귀중한 기회인데."

"못 보겠어요."

"왜? 우에다씨 연극에서 젊은 배우가 쩔쩔매고 있다는 소문이 돌아서 혹시 키요이인가 싶어 일부러 너도 데려온 건데."

"일부러 보여줬다는 말인가요?"

히라는 처음으로 노구치에게 반발심이 일었다.

"응. 흔하지 않은 기회잖아. 아니면 멋있는 키요이만 보고 싶은 건가?"

"그런 건 아니지만, 왜 이런 걸 일부러 보여주는 거예요?"

고등학교 때 아이들에게 괴롭힘을 당했을 때도, 작년에 그 사건이 터졌을 때도, 키요이가 괴로워하던 모습은 몇 번이나 봤다. 그런 일 따위로 키요이에 대한 자신의 마음은 변하지 않는다. 히라가 입술을 앙다물고 있자, 노구치는 한심하다는 표정을 지었다.

"너는 사진작가야. 그렇다면 혼자 결론짓지 말고 대상을 제대로 살펴야지."

"키요이는 신이에요. 신 앞에서 제가 무슨 존재인지는 관계가 없어요."

"대체 언제까지 그렇게 우쭐거릴래?"

갑자기 노구치가 얼굴을 불쑥 들이밀며 말하자, 히라는 흠칫했다.

"키요이가 네게 신이라면, 네 영혼을 다 바쳐서 그걸 바라보란 말이야. 키요이가 무슨 생각을 하는지, 무엇과 싸우고 있는지, 아무리 괴롭고 고통스러워도 도망치지 말고 구석구석 샅샅이 들여다봐야지. 자신을 바친다는 건 그런 거야."

노구치가 가까운 거리에서 노려보자, 히라는 숨이 막혔다. 촬영할 때와 같지만 차원이 다른 압박감이었다. 노구치가 자기 속을 전부 꿰뚫어보고 폭로해버릴 듯한 공포를 느꼈다.

"키요이가 신이라면, 너는 성서를 읽어야지."

"성, 성서요?"

"그건 신에 대한 설명서야. 신을 깊이 이해하고 싶어서 신자들은 모두 필사적으로 그걸 읽고 또 읽지. 너에게 설명서는 카메라잖아. 파인더 너머로 확실히 보고, 너만의 신을 올바르게 이해해봐. 좋은 부분만 보고 편할 대로만 해석한다면 그건 동조일 뿐이야."

천문학자

그때 노구치의 휴대폰이 울렸다. 이미 잡지에 들어갈 사진 촬영이 끝났는데, 해당 연예인에게 갑자기 불미스러운 일이 터져 급히 다른 사람으로 대체한다는 연락이었다.

"히라, 나는 회의하고 올게. 오늘밤에 다른 사람으로 추가 촬영한다니까, 촬영 장소가 어디로 잡히든 대응할 수 있도록 장비 전부 챙겨서 준비해둬. 장소는 나중에 연락해줄게."

노구치는 택시를 타고 잡지사로 향했다.

히라는 사무실로 돌아와 장비를 챙기면서, 노구치에게 들은 말을 되새겼다.

제대로 볼 것.

대상을 올바르게 이해할 것.

키요이가 제발 헤아리라고 했던 말과 호응한다.

하지만 처음 만났을 때부터 키요이는 언제나 히라에게 경애와 두려움의 대상이었다. 이해 같은 건 당치도 않을 뿐만 아니라, 이해해보려는 마음 자체가 불경한 것이었다. 키요이 소라는 존재는 기무라이헤이사진상보다 더 높게 솟은, 사람들이 능선에 발을 디딘 흔적조차 없는 금기의 산맥이다.

그 압도적인 빛을 앞에 두고 어떻게 태연히 눈을 뜨고 있을 수 있겠는가.

저녁 늦게 시작된 촬영을 끝내고 집으로 돌아오니 한밤중이었다. 키요이가 깨지 않도록 조용히 현관문을 열었는데 거실에서 목소리가 들려왔다. 연습중인 것 같아 방해되지 않도록 더욱 발소리를 죽이고 살금살금 들어가 복도를 지나 살짝 거실 안쪽을 보았다.

"너희, 가끔은 내 말에 귀를 기울이라고."

등을 돌린 채 손짓 발짓을 해가며 대사 연습을 하고 있다. 똑같은 대사를 톤을 낮춰 다시 작은 목소리로 읊조린다. 또 한번, 다시 또 한번, 조금씩 미묘하게 차이를 주며 짧은 대사를 반복한다.

그래도 만족스럽지 않은 듯 혀를 차더니 테이블에 있는 칼로리 폭탄 멜론빵을 집어들어 그 자리에 선 채 한입 베어 물었다. 시선은 여전히 대본에 가 있다. 그저 필요해서 입에 넣을 뿐이다. 원시적이다 싶을 정도의 비장함과 늠름함이었다.

갑자기 키요이가 입가에 손을 가져다댔다. 목 안쪽에서 쿨럭거리는 소리가 났고, 키요이는 입을 막고 주저앉았다. 구토가 치민 것 같았다. 히라는 서둘러 거실로 뛰어들어가 키요이를 부축했다.

"화장실 가자. 토하면 편해질 거야."

키요이는 히라의 손을 뿌리쳤다.

"……힘들게 먹었는데 헛일이 되잖아."

구토감을 애써 잠재우고 키요이는 크게 숨을 내뱉었다. 그러고는 떨어뜨린 대본을 들고 비틀거리며 일어섰다. 먹다 만 멜론빵을 다시 집어든다.

"키요이, 이제 무리야."

"시끄러워!"

히라는 깜짝 놀라 몸이 굳었다.

"……미안. 그래도 보지 마. 저쪽에 가 있어."

오른손에 빵을 든 채 키요이의 눈은 이미 왼손에 든 대본을 향하고 있다. 무리하지 않는 편이 좋다거나 건강에 해롭다거나 충고할 수 있는 차원은 이미 초월한 모습에 히라는 멍해졌다.

히라는 조용히 자리를 피해 자기 방에 틀어박혔다.

도망쳤다는 것이 맞다.

그저 압도당한 채 온몸에 소름이 돋았다.

고등학교 때부터 봐왔지만 히라는 저런 키요이를 모른다. 최후의 일병이 되어도 왕을 지키겠다고 얄팍한 맹세를 했던 자신이 맹렬하게 부끄러워졌다. 저런 키요이를 어떻게 지키겠다는 거냐. 걸리적거리기만 하다가 쫓겨난 주제에.

뭔지 모를 초조감이 차오른다. 노구치 히로미의 제자라며 업계에서는 부러움을 받는 위치에 있게 됐지만, 자신의 노력으로 얻은 것이 아니라 우연히 노구치의 눈에 들었을 뿐이다. 지금의 자신은 아무런 노력도 하고 있지 않다. 그뿐만 아니라 개인전을 준비하라는 독려에도 뒷걸음만 치고 있다. 키요이를 지키기는커녕 자신을 마주보는 일조차 못하는 주제에.

어릴 때부터 지금까지 끝도 없이 날아든 부정적인 말과 시선이 수백만 마리 벌레의 날개 소리처럼 머릿속을 온통 휘젓는다. 아무리 떨쳐내려 해도 멈추지 않는다.

두려움이 쫓아오지 못할 만큼 죽을힘을 다해 달리는 수밖에 없어.

무수한 날개 소리를 뚫고 노구치의 말이 들려왔다.

저녁때 키요이를 만나 노구치의 생일선물을 사러 갔다.

노구치와 친한 사람들이 오늘밤 클럽을 통째로 빌려 생일파티를 열어준다고 했다. 노구치는 "나이 먹을 만큼 먹은 아저씨 생일 같은 건 전혀 축하할 일이 아니야. 하지만 내 이름을 걸면 여자 배우와 모델이 우르르 몰려오거든. 그게 메인이야"라고 했던 것 같다.

"노구치씨랑 작업하고 싶어하는 연예인이 항상 줄을 서 있으니까. 그 스캔들이 없었으면 내 첫 사진집도 작년에 나왔을 텐데."

키요이의 사진집은 한 번 백지화된 후로 노구치와 스케줄을 잡기가 어려운 것 같았다.

"제자의 힘으로 좀 밀어붙여봐."

"응, 알겠어. 노구치씨 일정을 조정해볼게."

"진지하게 받아들이지 마."

천문학자

함께 들른 편집 매장에서 키요이가 선반에 있는 작은 유리잔을 집어들었다. 잘 연마되고 세공되어 반짝반짝하는 작은 유리잔에 2만 4천 엔 가격표가 붙어 있었다.

"이렇게 작은 잔이 2만 4천 엔이야?"

"노구치씨한테 주는 선물인데 이 정도는 돼야지."

"그러고 보니 사무실이랑 집에 있는 그릇들도 전부 다 비싸보였어. 그래도 거기 담는 건 해장하려고 먹는 인스턴트 라면이나 내가 만든 미소국 같은 것뿐이지만."

"그래도 술은 좋은 걸 마시잖아. 전에 위스키 좋아한다고 했었고."

"그랬나?"

"스승의 취향 정도는 파악해둬."

정곡을 찔려 반성했다. 사람을 사귀는 데 필요한 안테나가 키요이 외의 다른 사람에게는 작동하지 않는다. 타인에게 관심이 없는 키요이가 오히려 주위를 잘 본다.

태어나서 지금까지 애초에 생일파티와는 인연이 없던 인생이었다. 초등학생 때부터 반 친구들의 생일파티에 한 번도 초대받지 못했고, 누가 생일에 찾아와주는 일도 없었다. 항상 축하는 가족에게 받았고, 엄마가 직접 구운 커다란 케이크는 고독만 더 키웠다.

"이탈리아 장인이 디자인한 유일한 거예요."

갑작스러운 목소리에 놀라 뒤를 돌아보자, 직원이 얼굴 가득 웃음 짓고 있었다. 직원이 상품과 브랜드에 대해 설명해주었지만 낯선 사람이 말을 거는 것을 좋아하지 않는 히라는 그저 아아, 네 하고만 답했다.

"이거 록 글라스도 있나요?"

키요이가 묻자 직원은 "진열품만 남았을 텐데, 잠시만 기다려주세요" 하고는 확인하러 갔다. 히라가 한숨 놓고 있자, 키요이가 쳐다보았다.

"선물은 내가 고를 테니까, 너는 머리 하고 와."

키요이가 하라면 어쩔 수 없다. 히라는 단념하고 헤어살롱으로 향했다. 멋이 폭발하는 듯한 헤어살롱은 몇 번을 와도 위화감이 엄청나다. 능란한 미용사의 질문 공세를 네, 그렇네요, 부탁드립니다 세 단어로 겨우 극복하고, 키요이가 골라준 옷으로 갈아입고 다시 만나기로 한 장소로 향했다.

"오, 스타일링 괜찮네. 셔츠에 잘 어울려."

히라는 쓴웃음으로 대답을 대신했다. 세련된 헤어스타일에 세련된 옷을 입은 자기 모습에는 절대 익숙해지지 않는다. 아무리 칭찬을 받아도 '이건 내가 아니다'라는 생각만 든다.

"고, 고마워. 하지만 노구치씨 생일파티인데 이렇게 꾸미지 않아도……"

노구치가 생일파티를 빙자한 그냥 술자리라고 했기 때문에 평

천문학자

소처럼 체크무늬 셔츠에 면바지를 입고 갈 생각이었는데, 키요이가 바보냐며 혼을 냈다.

"노구치 히로미의 생일파티이고, 고급 브랜드 아니면 취급도 안 하는 셀럽 잡지 〈벤트〉 편집장이 주최하는 자리야. 네 예상보다 만 배는 더 세련된 분위기일걸."

키요이의 말이 맞았다. 초대장을 보여주고 들어간 클럽 안은 말로 형용하기 어려울 정도로 최첨단의 세련된 별세상이었다. 블랙과 실버로 통일한 메탈릭 인테리어에 올해 유행하는 핑크색 미러볼, 여기저기서 터지는 고급 샴페인들, 소리치지 않으면 대화가 되지 않을 정도로 쾅쾅히 울리는 음악소리, 여기에 맞춰 부드럽게 몸을 흔드는 열대어 같은 모델들.

세상의 빛나는 것을 모두 모아놓은 신들의 연회에 히라는 심한 현기증을 느꼈고, 체크무늬 셔츠에 면바지를 입고 오지 않아서 다행이라며 마음속 깊이 키요이에게 감사했다.

노구치를 찾으려고 두리번거리는데 키요이가 셔츠를 끌어당겼다. 이층에 일층 플로어가 내려다보이는 통유리 VIP룸이 있었고, 노구치 일행은 그 안에 있었다.

"노, 노구치씨, 생일 축하드립니다. 오늘 초대해주셔서……"

문이 닫히며 굉음에 가까웠던 음악소리가 순식간에 끊기자 히라는 순간 긴장했다.

"매일 보는 사이에 격식 차리지 마. 뭐해, 둘 다 이쪽으로 와."

노구치가 자기 옆자리를 가리켰다. 딱 달라붙어 어깨를 기대고 있던 여자 모델이 옆으로 자리를 비켜주면서 눈총을 날렸지만, 키요이는 얼음 같은 시선으로 되받아쳤다. 연예계는 싸움 선수들의 세상이다.

"노구치씨, 생일 축하드립니다. 이건 저희 선물이에요."

키요이가 고른 록 글라스는 호평 일색이었다. 이탈리아 브랜드의 하나밖에 없는 디자인이란 걸 알고는 센스가 좋다며 모두 한마디씩 거들었다. 세련됨이 곧 지성이라는 듯한 분위기에 그 방면에 문외한인 히라는 한층 더 주눅이 들었다.

"그리고 이건 제가⋯⋯"

키요이가 추가로 종이가방을 내밀었다. 고급 인스턴트 미소국 세트였다.

"고마워. 그런데 이 선물의 의미는?"

"해장할 때 늘 미소국을 드신다길래요."

"즉 '내 애인 부르지 말고, 네가 직접 해 먹어라' 그거야?"

"순수한 뜻이에요."

"키요이를 '질투' 역에 캐스팅한 우에다씨는 역시 사람 보는 눈이 있어."

두 사람이 생글거리며 이야기하는 사이, VIP룸 문이 열리더니 몇 번인가 본 적 있는 노구치의 지인이 얼굴을 내밀었다. "생일 축하해" "한 살 더 먹은 아저씨 되는 건데 축하는 무슨" 하는 틀

천문학자

에 박힌 인사가 오간 뒤, 그 지인이 옆에 서 있는 젊은 남자를 소개했다.

"노구치씨, 이 친구는 내 친척 아주머니의 조카인데 사진을 전공했어."

"아, 그래?"

"꽤 소질 있는데, 한번 봐주겠어?"

그가 등을 떠밀자 젊은 남자는 잘 부탁드린다며 노구치에게 인사하고 포트폴리오를 내밀었다. 노구치가 한 장 한 장 넘겨보고는 곧 별 감흥 없이 "응, 좋은데, 앞으로도 열심히 해" 하더니 돌려주었다. 성에 차지 않은 듯한 반응에 젊은 남자는 절망하는 얼굴이 되었다.

젊은 남자가 VIP룸을 나서면서 갑자기 히라가 있는 쪽을 돌아보았다. 히라는 자신을 향한 듯한 시선에 당황해 고개를 숙였다.

그후에도 인사하려는 사람들이 계속해서 들어왔다. 친한 친구와 업무상 관계자 모두 노구치에게 잘 보이고 싶어하는 사진작가나 모델을 데리고 왔지만, 노구치는 누구에게도 관심을 보이시 않았고, 모두들 낙담하며 사라졌다. 노구치는 익숙한 듯 적당히 대응하고 술을 마셨다.

"노구치씨, 생일 축하해. 한 살 더 먹은 아저씨가 됐네."

활기차게 들어온 사람은 키요이의 소속사 사장 야마가타였다.

"나보다 나이 많은 아저씨한테 아저씨라고 불리고 싶지 않은데요."

"하지만 같은 사십대잖아."

"같은 사십대라고 퉁치면 곤란하죠."

젊은 시절부터 알고 지낸 노구치와 야마가타는 스스럼없이 대화했다. 야마가타 옆에는 키요이의 매니저인 스가, 동그란 얼굴에 세련된 안경을 쓴 남자가 있었다.

"이야, 키요이군을 이런 데서 만나다니."

남자가 만면에 생글생글 웃음을 지었지만, 키요이는 형식적인 인사만 건넸다. 아는 사이인가?

"우에다씨 연습이 여러 가지로 힘들다며? 이런 데 놀러와도 되는 거야?"

"노구치씨에게 평소 신세 지고 있어서요."

키요이가 대답했다.

"그렇구나. 그래, 사람들과 잘 어울리는 것도 중요하지. 연예계는 인맥이 중요한 세계니까. 실력은 별로 없어도 사람들과 잘 어울리면 어떻게든 되더라고."

히라는 눈살을 찌푸렸다. 웃는 얼굴과는 반대로 심하게 빈정거리고 있었다.

분개하는 히라 옆에서 키요이는 희미하게 웃었다.

"그렇죠. 모두 자기 기준으로 세상을 보니까, 쓰카하라씨 눈에 그렇게 보인다면 그게 쓰카하라씨를 둘러싼 세계겠죠. 제게는 없는 시점이라 공부가 되는데요."

키요이는 거침없이 말했고, 쓰카하라는 남자의 얼굴이 붉게 물들었다. 두 사람의 대화를 옆에서 듣던 노구치가 작게 웃음을 터뜨렸고, 주위 사람들도 재미있다는 듯 히죽거렸다.

"잠깐 바람 좀 쐬고 올게요."

키요이가 말하고 VIP룸을 나갔다.

"……이거 이거, 요즘 젊은 친구들은 정말 콧대가 높아."

쓰카하라는 쓴웃음을 지으며 애써 여유 있는 척했다. 하지만 동요한 기색이 역력했다. 꼴사나운 아저씨라고 생각하는 히라 옆으로 야마가타가 다가와 앉았다.

"히라군, 오랜만."

"아, 안녕하세요."

꾸벅 고개를 숙여 인사하자 야마가타가 더 가까이 다가왔다.

"저, 저기, 히라군, 키요이한테 요즘 무슨 고민 있는 것 같지 않아?"

야마가타의 나직한 물음에, 히라는 움찔했다.

"사실은 연말에 올릴 연극 연습이 잘 안되고 있어. 요즘 들어 묘하게 몸도 좀 붓는 것 같고, 혹시 스트레스인가 싶어서 말이야. 집에서 식사는 어떻게 하고 있어? 중요한 시기라서 우리도 걱정하고 있거든."

히라는 침묵했다. 고민은커녕, 사태를 해결할 방법을 찾기 위

해 키요이는 열심히 몸을 불리는 중이다. 하지만 사실대로 말할
수는 없었다.

"오늘 보니 괜찮던데, 별걱정 안 해도 될 것 같은데요?"

사정을 아는 노구치가 거들어주었다.

"그래 보여?"

"그럼요, '내가 해내고 말겠어' 다짐하듯이 안광이 번뜩번뜩
해서 좋던데."

"……응. 노구치씨 눈에 그래 보인다면 걱정 없지."

사진작가로서 노구치의 안목은 신뢰도가 높다. 야마가타는 납
득한 듯했지만, 히라는 질문을 더 받으면 난처해질 것 같아 방을
탈출했다.

빛과 음악이 흘러넘치는 플로어에서 키요이를 찾는데 누군가
가 어깨를 붙들었다. 조금 전 노구치에게 인사하러 와서 포트폴
리오를 건넸던 젊은 남자였다. 히라는 그에게 고개 숙여 인사
했다.

"노구치씨 제자라고요?"

"네, 그렇습니다."

"아직 대학생이라던데, 정말이에요?"

누구한테 들었지? 왠지 꺼림칙했다.

"대단하네요. 아직 대학생인데 노구치 히로미씨 제자라니. 어
떻게 노구치씨 어시스턴트를 하게 됐어요?"

천문학자

"······노구치씨가 먼저 제안해주셨습니다."

남자가 잘 들리지 않는다고 손짓을 해서 히라는 어쩔 수 없이 큰 소리로 다시 말했다.

"노구치씨가 먼저 제안해주셨습니다."

남자의 얼굴이 일그러졌다. 아마 웃으려고 했던 것 같다.

"그렇군요. 큰 기대를 받는다던데, 당연히 재능이 있겠죠."

"아니요, 그렇지는······"

남자가 갑자기 바짝 다가왔다.

"겸손한 척하기는. 사실은 엄청 기고만장하면서."

나지막하게 속삭이는 목소리가 커다란 음악소리를 비집고 들어와 악의의 창검으로 히라의 고막을 찔렀다. 남자는 악의 같은 건 요만큼도 없다는 듯 환하게 웃으며 가볍게 인사하고 자리를 떠났다.

히라는 한 발짝도 움직이지 못하고 굳은 채 서 있었다. 빛도 음악도 사라지고, 남자의 말만 계속 머릿속에 울려퍼졌다. 겸손한 척하기는. 사실은 기고만장하면서. 그 말이 되풀이될 때마다 잘깍잘깍 마음이 깎여나간다.

······당신이 뭘 안다고 그래.

정말로 기고만장하다면 왜 내가 그렇게 괴로워하고 비참해하겠어. 내 자리가 아닌 듯한 곳에서 매일 반짝거리는 사람들 틈에 끼여 바들바들 떨면서도 가전의 자세로 봉사한다는 각오를 다지며 마음을 다잡고 살아가고 있는데. 당신들은 상상도 못할 마음으로 살아가고 있는데.

사람들은 내가 더없이 좋은 처지라고 생각하겠지. 어쩌다 노구치의 눈에 들어 제자가 되고 조금 전 그 남자가 원해 마지않는 포지션을 차지했다고. 히라가 정말 그걸 누릴 만한 자격이 있는 인간인지 심술궂은 눈으로 지켜보는 사람이 많았다.

정말 그렇게 재능 있대?

그저 운이 좋았던 거 아냐?

그러거나 말거나, 실패해라. 실패해라. 실패해라.

그 속에는 노구치를 향한 야유도 섞여 있었다. 노구치가 데려간 모임에서 히라는 업계 사람들 사이에 떠도는 소문을 들어버렸다. 노구치와 제자가 연인 관계이고, 노구치가 억지로 들이댄다, 노구치도 이제 끝났다 하는 소문. 물론 노구치의 귀에도 들어갔을 것이다.

노구치는 밑바닥을 기던 히라를 처음으로 인정해준 어른이고, 과장이 아니라 정말 굉장한 사진을 찍는 사람인데, 히라가 실패한다면 노구치의 얼굴에까지 먹칠하게 될 것이다. 그것만은 안 된다.

그럼 어떻게 해야 하지?

최악의 결말을 피하기 위해 나는 역부족이라고 말하고 지금 바로 도망쳐야 하나?

천문학자

히라는 답을 찾는 듯 멍하니 플로어를 바라보다가, 벽에 혼자 기대 선 키요이를 발견했다. 음식이 수북이 쌓인 접시를 들고 묵묵히 한입 한입 먹고 있다. 무서울 정도로 진지한 옆얼굴을 보면서, 이런 곳에서도 키요이는 싸우고 있구나 생각했다. 히라는 키요이를 가만히 바라보았다.

"히—라."

그때 뒤에서 누군가 히라의 어깨에 턱을 올렸다.

"주인공이 빠져나와도 돼요?"

"괜찮아. 무슨 알현식도 아니고."

그건 그렇다. 노구치에게 인사하러 오는 사람이 끊이지 않았고 계속 그러면 사람들과 제대로 대화를 나눌 수도 없을 것 같았다. 노구치는 히라의 어깨에 턱을 올린 채 코럴 핑크색 샴페인을 홀짝거렸다. 비싼 술이다.

"키요이는 신기하게도 벽의 꽃*이네."

"키요이는 어디 있든 거기서 가장 아름다운 꽃이에요."

"예, 예, 아무렴 그렇고말고요, 그런데 저 녀석 잘 먹네."

하하하 웃던 노구치에게서 문득 날카로운 기색이 느껴졌다.

"조금 전 했던 말 진심이었어. 지금 저런 모습의 키요이는 번뜩번뜩해서 엄청 멋있어."

* 무도회에서 벽 근처에만 서 있는 사람을 지칭하는 말.

"네."

"저런 키요이라면 일이 아니어도 찍고 싶을 정도로."

"네."

"지금의 너라면, 키요이의 마음을 알 수 있지 않아?"

"알 수 없어요. 길바닥의 돌멩이 따위는 밤하늘에 빛나는 별의 마음을……"

"그런 시는 좀 내버려두고."

노구치가 쿡쿡 웃었다.

"너희 재미있어. 처음 만났을 고등학생 때는 성격도 처지도 접점이 하나도 없었을 거야. 지금도 그렇긴 하지만. 그런데 가끔 둘 사이에 뭔가가 아주 깊숙이 철컥 들어맞는 것 같단 말이지."

어디가요? 뭐가요? 노구치의 이야기가 무슨 뜻인지 알 수 없었다.

"키요이도 너도 지금까지의 자신을 부수지 않으면 다음 단계로 넘어갈 수 없어. 키요이는 아름다움, 너는 과잉된 자의식을 버려야 새로운 일을 할 수 있어. 파괴와 재생이랄까. 그런 점에서는 일치하지. 자석의 N극과 S극처럼 같지만 정반대이고 정반대이면서 같아. 무슨 말인지 알겠어?"

"……모르겠습니다."

"그렇구나. 푹 빠져 있을 때는 안 보이는구나."

푹 빠져 있다는 표현은 이해할 수 있었다. 지금의 히라는 주위

천문학자

의 기대와 악의와 정체를 알 수 없는 미래라는 거대한 바다에 깊이 빠져 수면이 어디쯤인지도 모르는 채 무작정 떠오르려 허우적대고 있을 뿐이다. 노구치의 눈에는, 이런 한심한 자신과 키요이가 똑같아 보이는 걸까.

"너한테는 아직 안 보이겠지만 나한테는 보이거든."

노구치가 말할 때마다 히라는 어깨에서 진동을 느꼈다.

"너는 스스로를 믿을 수가 없는 거잖아?"

"네."

"그럼 나를 믿어봐."

이번 진동에 히라의 마음이 세게 흔들렸다. 눈부신 빛, 음악소리로 귀가 먹먹한 플로어에서 선남선녀들이 물고기처럼 흔들흔들 춤을 추고 있다. 그 속에, 유일하게 키요이만 이질적으로 서 있다. 빛나는 한 지점을 노려보며, 그저 집중해서 접시 위의 음식을 씹어 삼키고 있다.

지금 이 순간에도 키요이는 자신과 싸우고 있다.

보장되지 않은 성공을 바라며 리스크를 감수하고 있다.

키요이는 지금 무슨 생각을 하고 있을까?

나처럼 문득 두려워진 건 아닐까?

그런 의문을 품은 건 처음이어서, 결코 발을 디디면 안 되는 영역에 들어간 듯 공포가 밀려왔다. 키요이를 자신과 같은 수준에서 생각한 것이다. 진흙투성이 손으로 감히 높디높은 왕이 두른 망토를 건드린 것 같은 죄악감. 스스로가 가장 혐오하는 인간이 되어버린 듯하다.

"무서워? 돌아갈 거야? 그래도 이젠 늦었어."

금단의 과일을 먹으라고 꼬드기는 뱀 같아서, 히라는 노구치가 처음으로 무서워졌다.

그런데도 유혹은 달콤해서, 그 앞을 생각하지 않을 수 없다.

4월의 교실에서 처음 키요이 소의 존재를 알게 된 날, 히라는 그의 아름다움에 곧바로 마음을 빼앗겨버렸다. 아무리 괴로운 처지에 놓여도 그의 아름다움은 변하지 않았다. 변하기는커녕 괴로울 때일수록 키요이는 더 곧고 높게 고개를 들었다. 혼자 있을 때도, 아니 혼자일 때 더 고귀했다.

키요이에게 스스로를 투영하는 건 너무 불경해서 감히 생각조차 할 수 없는 일이다.

하지만 히라의 진흙투성이 손은 키요이에게 닿아버렸고, 주뼛거리면서도 호화롭게 반짝이는 왕의 망토를 들춰버렸다. 그리고 망토 아래의 모습을 엿보며 히라의 심장은 번번이 파열할 것 같았다.

시로타 녀석들에게 괴롭힘에 가까운 짓을 당했을 때.

안나와 스캔들이 나서 미디어와 사람들에게서 비난과 악플이 쏟아졌을 때.

스토커에게 납치됐을 때.

천문학자

연극 연습실에서 지적당했을 때.

키요이는 항상 곧고 높게 고개를 들고 있었지만, 사실은……
무섭지 않았을까. 히라의 눈에는 폭풍우 속에서도 늘 올곧게 서
있는 아름다운 모습만 각인되어 있지만, 사실은 누구에게도 보
여주지 않을 뿐, 키요이도 평범한 사람처럼 울고 싶었던 건 아
닐까.

처음으로 손을 뻗어 들춰버린 왕의 망토 아래에서 히라는, 자
신이나 남들과 다르지 않은, 여느 인간처럼 흔들리는 그의 감정
을 본 것 같았다. 착각일지도 모르지만.

"키요이는 매일 굉장히 노력하고 있어요."

"그렇겠지."

"매일 한계 이상으로 먹고, 토할 것 같아도 그동안의 노력이
허사가 될까봐 계속 억지로 음식을 삼켜요."

"무시무시하네."

"그냥 지켜보기만 하고 아무것도 해줄 수 없는 제가 한심해
요. 그래도 키요이와 저를 비교하는 것 자체가 주제넘은 일이고,
키요이는 신에게 선택받은 왕이니까 특별하다고, 나 같은 건 키
요이처럼 할 수 없어도 어쩔 수 없는 일이라고 도망치려고……"

"울지 마."

눈물이 멈추지 않고 흘러내렸다. 플로어는 여전히 빛으로 가
득하고, 키요이는 계속 벽에 기댄 채 묵묵히 음식을 입에 밀어넣

고 있다.

"……노구치씨."

"응?"

"……저, 개인전, 하겠습니다. 하게 해주세요."

히라가 딸꾹질하며 말했다.

"좋아."

노구치가 한마디로 대답하고는 덥석 히라의 머리를 끌어안았다.

눈물이 흘러넘치고 콧물까지 흘리면서 히라는 "신이시여……" 하고 중얼거렸다.

아, 신이시여, 키요이가 내뿜는 빛에 사로잡혀 결국 여기까지 와버렸습니다. 나 같은 인간에게 자격이 있을 리 없는데도 이제 나는 빛나는 사람들의 왕국을 목표로 하려 한다.

미러볼 불빛이 눈을 찌른다.

하지만 눈을 감지 않았다.

무모한 도전을 하다 설령 눈이 멀게 된다 해도, 키요이가 내뿜는 빛이라면 기꺼이 받아들이겠다.

도망치지 말자. 공포에 몸을 내던지자. 감각을 맑게 깨우고 마지막까지 바라보자.

여기서 눈을 돌려 피한다면, 나는 언젠가 키요이를 잃어버릴 것이다.

천문학자

그것만은 죽어도 싫다.

나에게는 키요이 소라는 빛이 필요해.

이날 아침, 결국 두려워하던 일이 일어나고 말았다.

키요이의 체중이 2.5킬로그램 불어, 오늘부터 따로 살게 된 것이다. 키요이는 계속 이 집에 살고 히라는 일단 본가로 돌아가기로 했는데, 갑자기 상황이 다르게 전개됐다.

"노구치씨랑 동거한다고? 뭐야, 그런 얘기 안 했잖아."

키요이가 한껏 눈썹을 치켜올렸다. 너무 무섭다.

"음, 아, 나, 나도 어제 들었어. 그리고 동거하는 게 아니라 내가 그 집에서 살면서 일하는 거야."

"한 지붕 아래라는 건 똑같잖아. 20킬로나 찌고 나면 원래 체중으로 돌아올 때까지 반년 이상 걸린단 말이야. 그동안 계속 같이 살겠단 소리야? 노구치씨랑? 둘이서?"

키요이가 맹렬하게 추궁해오자, 히라는 짐을 꾸리다 말고 바닥에 넙죽 엎드렸다.

"미, 미안해. 본가에서 다니려면 막차를 타야 하는데, 촬영이 길어지기라도 하면 전철도 끊기고 오가는 데 시간이 너무 많이 걸려서, 학교 수업도 그렇고, 노구치씨가 어시에 개인전까지 준비하려면 그렇게 쓸데없이 길에 버릴 시간은 없다고 해서……"

히라가 횡설수설하자, 키요이는 미간을 꾹 좁혔다.

천문학자

"개인전 하기로 했구나. 그래. 확실히 지금 너는 쓸데없이 버릴 시간 같은 건 없지."

"응, 그래서 그런 거야. 나도 노구치씨한테 배우고 싶은 게 산더미처럼 많고."

"그래, 좋아. 나도 네 일을 방해하려는 건 아니야."

"고, 고마워. 한 지붕 아래라고 해도 노구치씨 집은 넓고, 노구치씨는 엄청 바쁘고 엄청 놀기 좋아해서 집에는 잠만 자러 들르는 정도야."

"그렇다고 해도 학교 갈 때 말고는 거의 붙어 있는 거잖아."

"그렇게 되는 건가? 저기, 그럼 역시 거절하는 게 좋을까?"

"……………됐어."

키요이는 모호한 표정으로 팔짱을 끼고 고개를 숙였다.

"지금의 너한테는 최선의 선택이야. 빨리 짐 싸."

그렇게 말하고는 성큼성큼 침실을 나가버렸다.

"뭐야? 보호자랑 같이 왔어?"

노구치의 집에 키요이와 같이 들어서자, 노구치가 현관 앞에서 진저리를 쳤다.

"히라가 신세 지게 됐으니까 저도 인사드리려고요."

"아, 바람피울까봐 점검하는 거구나."

노구치는 히죽히죽 웃고 "그래그래, 마음 놓일 때까지 점검

해" 하며 히라와 키요이를 들여보내주었다. 안내받은 곳은 얹혀 사는 입장에서는 충분히 큰, 4평쯤 되어 보이는 손님방이었다.

"이미 몇 번이나 왔으니까 안내는 생략할게. 뭐든지 편하게 써."

"고맙습니다."

히라가 스페어키를 받는 동안, 키요이는 집안을 체크하고 다녔다.

"어때? 마음은 좀 놓였어?"

돌아온 키요이에게 노구치가 재미있다는 듯이 물었다.

"세면대도 침실도 꽤 깔끔하네요. 애인은 없으세요?"

"애인은 집에 안 데려오는 주의라서."

"왜요?"

"내 영역 침범당하는 거 안 좋아하거든."

"히라는 데려왔잖아요."

"이 녀석은 애인이 아니잖아. 기척도 없고, 편리하고."

"………………"

"그렇게 무서운 얼굴 하지 마. 나와 히라가 그렇고 그런 사이 되는 거, 그거 나한테는 벌칙이야."

"저도 고등학생 때는 그렇게 생각했어요."

"아…… 그랬겠지……"

노구치가 딱하다는 눈으로 바라보자, 키요이는 입술을 시옷자로 일그러뜨렸다.

천문학자

"어쨌든 잘 부탁드립니다."

키요이는 어딘지 납득하기 어렵다는 듯한 얼굴로, 하지만 깊게 고개를 숙여 인사했다. 키요이가 나를 위해 고개를 숙여주다니, 히라는 황송함과 감사함에 심장이 짜부라드는 것 같았다.

"히라, 정신 차리고 열심히 해. 나도 너도 지금이 가장 중요한 시기야."

현관 앞에서 배웅할 때 키요이가 말했다. 나도 너도라니, 키요이가 자신을 같은 선상에 놓고 말해주자, 짜부라들었던 히라의 심장이 산산조각으로 터져 흩어졌다. 그러나 이제 당분간 현실의 키요이와는 만날 수 없다.

"헤어지기 전에 한 가지 부탁이 있어."

"뭐? 키요이가 말하는 건 뭐든지 할게."

"새우 크로켓은 만들지 마."

히라는 눈만 깜박거렸다.

"어차피 또 술 마시면 미소국 만들어줘야 하잖아. 네가 만들면 맛있으니까 노구치씨도 좋아하겠지. 스승의 건강 관리도 제대로 해줘. 그래도 새우 크로켓은 만들지 마."

결국은 한계를 돌파해버려 오므라들었던 한숨이 터져나왔다. 키요이를 향한, 이렇게 호흡이 곤란할 만큼의 벅찬 마음을 뭐에 비유할 수 있을까. 물론 불가능하다. 키요이는 유일무이한 존재니까.

"아, 아, 아, 알겠, 알겠, 알겠……"

알겠어, 그 짧은 한마디조차 더듬는다. 키요이는 어깨를 으쓱하고 괜찮다는 듯 돌아서서 신발을 신었다. 그러더니 문득 무언가 생각난 듯 고개를 돌렸다.

"그리고 약속 잊지 마. 앞으로 점점 외모가 변할 거니까 내 최근 사진 검색하는 거 금지야. 연극도 보러 오면 안 돼. 어기면 용서 안 할 거야."

키요이는 히라를 천상계까지 들어올렸다가 바로 나락으로 메다꽂고 돌아갔다. 지나친 낙차에 히라는 심장에서 붉은 피를 줄줄 흘리며 휘청거렸다.

심한 빈혈 같은 상태로 비틀비틀 손님방으로 가자마자 바닥에 쓰러졌다. 그랬다. 분명히 그런 약속을 했다. 검색도 금지, 연극 관람도 금지…… 절망에 빠져 있는데 문이 열리고 노구치가 얼굴을 내밀었다.

"눈물겨운 이별 제대로 하고 왔어?"

히죽거리는 노구치에게 대답할 기력도 없었다.

"새우 크로켓은 만들지 말라니, 뭐냐 키요이, 엄청 소녀잖아!"

노구치가 방으로 들어와 쓰러져 있는 히라의 엉덩이를 꾹 밟았다. 대체 무슨 일인가. 바로 몇 시간 전까지 이어졌던 키요이와의 동거가 아득히 먼 환상처럼 느껴졌다. 역시 엄청난 꿈을 꾸고 있었던 걸까.

"너한테 홀딱 반해 있잖아."

히라는 일어나보라며 엉덩이를 자근자근 밟는 노구치의 다리에 매달렸다.

"노구치씨, 저, 정말로 키요이와 사귀었던 걸까요?"

지금 상황에서는 노구치만이 두 사람 사이를 아는 산증인 같아 보였다. 노구치는 눈을 둥그렇게 뜨더니 억지로 히라를 떨쳐냈다.

"기분 나빠. 왜 그래? 왜 갑자기 이렇게 됐어?"

"……그건…… 인간이 너무 죄가 깊기 때문이에요."

"죄?"

히라는 두 손으로 얼굴을 감싸쥐었다. 언제부터 이렇게 거만해져버렸을까. 키요이를 좋아하는 것만으로 만족하다가 생각지도 않게 연인이 되었고, 동거까지 하게 되었다. 신이 잘못 배치한 덕분이었다. 그런 게 오래갈 리 없다. 언젠가 신이 과거를 바로잡으리라 생각하고 있었다. 각오도 하고 있었다.

"……대장."

느릿느릿 몸을 일으켜 트렁크로 손을 뻗었다. 인간은 행복에 쉽게 익숙해져버린다. 감사함을 잊어버린다. 반대로 인간은 어떤 불행에도 쉽게 익숙해진다. 지금처럼 내장을 쥐어짜는 것 같은 괴로움에도 곧 익숙해질 수 있을 것이다.

"신이 어떤 행복, 어떤 괴로움을 내리든 바로 익숙해져야 하다니, 인간은 살아 있는 것만으로도 죄가 깊구나."

중얼거리면서 트렁크를 열고, 동거 첫날 키요이에게 받았던 오리대장을 꺼내 침대 헤드보드에 올려놓았다. 그리고 오늘 같은 날을 위해 조금씩 사 모았던 크고 작은 오리대장들도 나란히 늘어놓았다.

"뭐냐 그것들은."

"오리대장입니다."

"그건 알지. 그걸 늘어놓는 이유를 묻는 거야."

"부적입니다."

"무슨?"

"제가 왕이 다스리는 황금빛 왕국의 백성으로 살 수 있게 해주는 부적이에요. 이대로라면 다시 더러운 물로 되돌아가게 돼버릴 것 같아서, 그렇게 되지 않도록 오리대장에게 이끌어달라고 하려고요."

"……아, 뭔 말인지 전혀 모르겠는데."

질색하는 노구치를 무시하고 히라는 계속 오리대장을 올려놓았다.

"말해봐야 소용없을 것 같지만 부탁할게, 그딴 거 우리집에 늘어놓지 마."

"왜요? 대장은 초등학생 때부터 제 스승이에요."

천문학자

"아니, 아니, 아니, 아니야. 네 스승은 나잖아?"

"둘 다 스승인 걸로, 부탁드립니다."

돌아보니 노구치는 충격을 받은 모습이었다.

"내가 오리대장이랑 같은 급이야?"

한동안 멍해 있던 노구치가 벽을 마주보았다.

"위험해. 동거 삼 분 만에 벌써 후회하게 만들다니. 이런 무신경한 '나님'을 남자친구로 두고 같이 산데다 러브러브하기까지 했다니, 키요이의 도량이 정말 장난 아니구나."

"아, 맞아요. 키요이는 고등학생 때부터 특별한 존재였고, 황금빛 강이 흐르는 황금빛 왕국의 왕이었고, 저는 키요이 덕분에 명예롭게 왕의—"

"그만! 앞으로 우리집에서 키요이 얘기 금지야."

"네?"

"어기면 파문이야."

노구치는 재빨리 방을 빠져나갔다. 키요이의 최신 정보 검색도 금지, 게다가 키요이 이야기도 금지라니, 사형선고나 마찬가지다. 히라는 절망의 늪 속으로 깊숙이 잠겨갔다.

세상의 낙원에서 절망의 늪으로 흘러들어온 지도 어언 열흘째. 히라는 오늘도 어두침침한 방안에서 힘겹게 잠에서 깼다. 꽥꽥 울어대는 오리대장 알람을 끄고, 노구치의 침실로 향했다.

"노구치씨, 아침입니다. 일어나세요. 오늘은 아침부터 로케 있어요."

팬티 바람으로 이불을 둘둘 말아 끌어안고 자는 노구치의 어깨를 잡고 흔들었다.

"……하암……"

노구치가 눈을 감고서 고개를 끄덕이는 것을 확인한 뒤 히라는 세수하러 갔다. 간단히 씻고 나와 주방으로 가서 일단 수프를 끓이기 시작했다. 노구치는 전날 술을 마시면 다음날 아침 언제나 국물을 원한다. 가볍게 먹을 수 있는 오믈렛도 만들기로 했다. 컨디션에 따라 먹지 않는 날도 있지만 일단 만들어둔다.

달걀을 풀면서 다시 침실로 가 여전히 잠들어 있는 노구치를 흔들었다. 잠이 덜 깬 채로 다시 고개를 끄덕이는 걸 보고 히라는 에어컨 온도를 4도 내리고 방을 나왔다. 수프를 완성한 후 세번째로 침실로 갔더니, 노구치가 덜덜 떨며 아직도 자고 있었다. 끌어안은 이불을 빼앗으려 하자 저항한다. 에잇 하며 이불을 힘주어 끌어당기자 그제야 노구치가 슬쩍 눈을 떴다.

"너는 스승에 대한 존경심도 없나? 상냥함이란 말을 알긴 해?"

"알고 있고, 존경합니다. 그건 그렇지만, 지금까지는 혼자서도 일어나셨을 거잖아요?"

"……혼자 살면 혼자 일어나지. 그런데 지금은 네가 있잖아."

천문학자

인간은 환경에 따라 변하는 동물이라고 투덜대며 일어나더니 비틀비틀 욕실로 걸어간다. 그사이 히라는 주방으로 돌아와 커피를 내리고, 오믈렛을 완성해 식탁에 차렸다. 노구치가 거실로 나오자 커피부터 가져다주었다.

"수프 먹을 수 있겠어요?"

"……응."

"오믈렛은요?"

"……모르겠어."

숙취로 컨디션이 안 좋은 노구치 앞에 수프와 오믈렛을 내려놓았다. 술자리 다음날 숙취로 고생하는 노구치를 몇 번 챙겨준 적은 있지만, 같이 살기 전까지는 이렇게 손이 많이 가는 사람일지 몰랐다. 그래도 그 덕분에 철저한 타인과 동거할 때 뒤따르는 긴장감이 안개 흩어지듯 금세 사라졌다. 동거 상대가 너무 별로라서 오히려 편했다. 하지만 개인전을 앞두고 가뜩이나 시간을 허비할 수 없는데 이대로 집사 노릇만 하다 끝날 것 같다는 걱정도 든다.

"로케는 치바에서 하지?"

"네. 〈벤트〉 12월호 촬영이고, 퍼 특집입니다. 모델은 미야마 유키히코씨고요."

"유키히코면 편하겠다. 내가 이래라저래라 하지 않아도 알아서 잘하니까."

"네."

"그럼, 그거 보여줘."

노구치가 손을 내밀었고, 히라는 고개를 갸웃했다.

"사진 말이야. 요전에 말했잖아."

"아, 네, 바로 가져올게요."

히라는 방으로 뛰어들어갔다. 개인전을 하기로 한 후, 노구치가 일단은 뭐든 보여달라고 해서 준비해두었다. 잘 부탁드린다며 포트폴리오를 건넸다. 노구치는 한 손에 커피잔을 들고 멍한 눈으로 표지를 넘겼다. 히라는 긴장으로 호흡이 빨라졌다.

개인전을 열기로 했지만 지금까지 찍었던 것을 대충 내놓을 수는 없었다. 먼저 테마를 정해야 한다. 지금 찍고 싶은 건 키요이밖에 없지만. 노구치는 눈을 반쯤 뜬 채로 별 관심 없는 듯 획획 페이지를 넘겼다.

"괜찮네."

포트폴리오를 탁 닫더니 다시 돌려주었다. 그저 그렇다는 뜻이다. 지금까지 절망하며 사라져가는 신인들을 히라도 수없이 보아왔다.

"매력적인 키요이를 실으려는 잡지 정도에는 쓸 수 있겠네."

엄격한 감상이었다. 찍어놓은 사진을 어딘가에 쓸 수 있다고 해도, 잡지도 사진집도 자신에게는 무리다. 하물며 개인전이라니.

"저, 저기, 지난번에 '영 포토 그라피카'에 보냈던 것 같은 게 좋을까요?"

"좋을까요? 그걸 나한테 물어보면 어떡하라고. 네 개인전이잖아."

히라는 대답할 말이 없었다.

"왜 그걸 안 가져왔어?"

"음…… 지금, 찍고 싶은 건 키요이밖에 없으니까요. '영 포토그라피카'에 냈던 사진도 생각해봤지만, 뭐라고 해야 할까요. 다시 보니 조금 다른 느낌이 들어서요."

인간을 위해 만들어진 도시에서 인간을 지워간다. 지나치게 우쭐대다가 신에게 벌을 받은 세계. 어린 히라의 마음을 지켜주었던 저주 같은 사진. 하지만 다시 새롭게 직시해보니 위화감이 들었고, 이유를 생각해보다가 히라는 자신이 변했다는 것을 깨달았다.

과거의 히라에게 세상은 언제 멸망해버려도 괜찮은 것이었다. 하지만 지금은 키요이가 있고, 노구치가 있고, 동아리 친구들도 있다. 세상은 변함없이 괴로운 것이지만, 어느새 멸망해버리면 곤란한 것이 되었다. 사진을 통해 자신의 변화를 생생히 체감하게 된 것이다.

"저는 이제 그런 사진은 안 찍을 거 같습니다."

"그건 다행이네."

노구치가 테이블에 턱을 괴고 웃었다. 히라는 자신의 변화를 겨우 알아챘지만, 어쩌면 노구치는 훨씬 전에 이미 느꼈을지 모른다. 히라는 부끄러워서 안절부절못했다.

"원치 않아도 사진에는 자기 자신이 비치니까."

"네."

"그래도 조금 전 사진에는 네가 비치지 않았어."

히라는 돌려받은 포트폴리오를 강하게 움켜쥐었다.

"키요이 앞에서 너는 나사가 빠지는 거야. 연애라면 좋아. 하고 싶은 대로 해. 하지만 사진작가로서는 최악이야. 네 파인더 안에는 키요이밖에 보이지 않잖아. 술에 완전히 취한 사람처럼 너는 네가 어떤 키요이를 찍었는지 기억도 못하잖아."

히라는 움찔했다. 전에 키요이가 자기 연기가 어땠냐고 물었을 때, 히라는 아무 대답도 하지 못했다. 카메라로 키요이를 좇는 데만 정신이 팔려 자신이 뭘 찍는지 생각할 여유조차 없었던 것이다. 키요이 앞에서는 영혼을 송두리째 빼앗긴다.

"너는 그 사진으로 뭘 전하려고 했어?"

역시 대답하지 못했다.

"나도 피사체로서 키요이가 아름답다고 생각해. 조금 전 사진도 잡지 사진이라면 충분히 쓸 만하고, 네가 잡지 사진을 업으로 삼겠다면 그걸로 좋아. 하지만 다른 피사체도 키요이를 찍을 때처럼 똑같은 열의를 가지고 찍을 수 있어? 피사체가 누구든 퀄리티를 유지할 수 있어?"

천문학자

대답할 수 없어 점점 더 고개가 숙여졌다.

"게다가 잡지 사진이 아니어도 상업 사진작가는 영업 능력이 필요해. 요전 파티에서 누가 그랬잖아. 실력은 없어도 사람들과 잘 어울리면 어떻게든 되더라고. 까놓고 말하면 그래. 너는 술자리도 싫어하고, 붙임성도 부족하고, 대화 기술도 프레젠테이션 기술도 떨어지는데, 상업 사진작가가 될 수 있겠어?"

아무것도, 아무것도 대답할 수 없다. 이제 발밑밖에 보이지 않았다.

"네가 사진으로 살아남으려면 영업 능력 같은 건 마이너스 점수여도, 네 사진을 본 사람들이 '이런 걸 내놓으면 아무 말도 못하겠잖아' 하고 열광할 만한 사진을 찍는 수밖에 없어. 그러기 위해서는 네 세계를 보여줘야 해, 그전엔 아무것도 할 수 없어."

"……내 세계."

"히라 카즈나리의 개인전이잖아. 너를 보여주지 않고 어떡하려고?"

머뭇머뭇 고개를 들자, 노구치는 완전히 질린 표정을 짓고 있었다.

"정말 너는…… 뭐라고 해야 하지?"

노구치는 짜증이 난 듯 자기 머리카락을 쥐어뜯었다. 사진의 퀄리티는 고사하고, 히라는 자신이라는 인간이 바닥에서 구르는 수준이라는 걸 알 수 있었다. 눈앞이 캄캄해졌다. 유일하게 자신을 인정해준 노구치에게까지 버림받는다면, 결국 키요이를 배신하는 결과가 되어버릴 것이다.

"너도 봤잖아. 어떻게든 연줄을 대고 인맥을 동원해서 나한테 사진을 보여주려고 필사적인 녀석들. 크리에이터라면 기본적으로 모두가 자존감이 높고, 속으로는 누구에게도 고개 숙이고 싶어하지 않아. 그래도 그런 마음보다 자기과시욕이 훨씬 더 크니까 어떻게든 자기 재능을 세상에 보여주려고 굴욕감에 얼굴을 붉히면서도 고개 숙이며 부탁하는 거야. 그런 게 보통이지. 그런데 너는 주위에서 칭찬해줘도 계속 숨으려고만 해."

"……죄, 죄, 죄, 죄송, 죄송, 죄송, 합니다……"

흐느낌이 튀어나와 눈 깜짝할 새 히라를 과거로 소환한다.

"그래도, 그게 '너'잖아."

공포에 떨고 있는 히라를 노구치가 들여다본다.

"대부분의 사람들은 너를 이해하지 못할 거야. 이렇게 풍족한 환경에서 지나치게 자학만 하는 네가 역겹다고 생각하는 녀석들도 있을걸. 하지만 너와 세상 사이의 장막이야말로 너를 너답도록 만들어주는 거라고 생각해. 그걸 잃어버리지 마. 잃어버리지 않고 '나'를 표출해봐."

"그, 그, 그런, 어, 어떻게 해야, 그, 그, 그렇게."

"그건 너 스스로 찾아봐야지. 그래야 너만의 사진이 되니까."

"저, 저만의 사진요?"

천문학자

"개성."

어려운 문제를 앞에 두고 가만히 서 있자, 노구치가 벽시계를 보았다.

"촬영 가야지."

히라는 퍼뜩 정신을 차렸다. 억지로 현실로 되돌아와 서둘러 아침을 먹고 노구치와 집을 나섰다.

노구치가 했던 말을 그후에도 계속 생각하고 있다.

나와 세상 사이의 장막. 그것을 잃어버리지 않고 '나'를 표출한다는 것. 그런 상반된 일을 할 수 있을까. 생각이 너무 많아 잠들 수 없었다. 두 시간마다 잠에서 깨는 바람에 잠을 포기하고 컴퓨터를 켰다. 지금까지 찍어둔 사진을 한 장 한 장 확인했다.

처음 사진을 찍은 건 중학교 2학년 때였다. 흠음 때문에 반 아이들과 어울리지 못하고 친구가 없다는 담임선생의 알림에 부모님이 조금이라도 활동적이 되어주길 바라는 마음으로 DSLR 카메라를 사주었다. 그리고 함께 밖으로 나가 백합을 찍었다.

"……못 찍었네."

화면을 보고 웃었다. 클릭해 다음 사진으로 넘긴다. 또 백합이다. 그리고 등나무, 복숭아. 빨간색, 하얀색, 노란색. 분명하게 인간의 손길이 닿은 인공적인 백합 무리를 보자, 완전히 잊고 있었던 그 시절 일들이 되살아났다. 흠음 때문에 아이들에게 괴롭힘을 당하지는 않을까 걱정하며 울던 엄마, 엄마를 달래던 아빠, 아이들에게 따돌림받는 사실을 부모님에게 알린 담임선생을 향한 분노, 부끄러움, 한심함.

생생하게 되살아난 감정을 주체하지 못하고 히라는 고개를 숙였다.

지금 히라는 밑바닥에서 혼자 지내던 중학교 2학년이 아니다. 대학교 3학년이고, 친구가 있고, 아름답고 지고한 연인이 있고, 훌륭한 스승이 있다. 완전히 변했다. 그런데도 내면에는 아직도 이런 감정들이 잠들어 있다. 그 끈질김에 놀라고, 한편으로 납득도 되었다.

한번 마음에 입은 상처는 시간이 아무리 지나도 완전하게 사라지지 않는다. 집중해서 보지 않으면 알 수 없을 정도로 희미해지긴 해도, 여전히 그 자리에 존재한다.

변한 듯하지만 변하지 않았다. 그래도 세상에서 사람을 지워내려는 생각은 이제 하지 않는다. 키요이와 노구치를 통해 세상의 아름다움을 접했고, 눈부심에 당황했고, 동시에 자기 자신이 보잘것없다는 사실을 깨달았고, 지금은 부끄럽고, 무섭고, 너무 눈부신 세상에서 숨어버리고 싶어 견딜 수가 없다.

하지만 언제까지나 고개를 숙이고만 있을 수는 없어서 천천히 얼굴을 들어본다. 과거의 사진을 한 장 한 장 눈에 담는다. 모든 부정적인 감정이 되살아난다.

천문학자

이렇게 진지하게 마주한 적은 없었다. 한 장씩 넘길 때마다 나라는 인간을 알아간다. 그 시절의 어리석음과 유치함과 오만함과 과시욕을 직면하게 된다. 뭔가를 창작하는 일은 창피를 당하는 것과 똑같다. 그런데도 노구치는 더욱 내보이라고 말한다.

이런 한심한 나를 드러내라고?

그것도 개인전에 오는 불특정 다수의 사람들에게?

공포감에 소름이 돋는 순간 휴대폰이 울렸다. 키요이의 문자였다.

—오늘은 아침 일찍부터 로케.

짧은 문장과 함께 도시 풍경 사진이 전송되었다. 새벽녘 푸르스름에 잠긴 고층 건물들.

최근 사진을 검색하는 것은 금지지만 연락은 주고받고 있다. 둘 다 연락을 자주 하는 편은 아니었지만, 떨어져 지내면서부터 학교에서나 일을 하는 사이사이 짧은 문자메시지를 전보다 자주 주고받게 됐다. 고맙고 황송해서 단번에 제7천국까지 끌어올려진다.

—일찍부터 고생하네.

답장을 보내자, 곧바로 또 문자가 왔다.

—일어나 있었어?

—응.

—일하느라?

그 물음에 히라는 조금 생각에 잠겼다.

─나를 찾고 있었어.

같은 자리에서 빙빙 돌아봐도 답은 나오지 않았지만.

조금 지나 답장이 왔다.

─열심히 해. 나도 열심히 할게.

짧지만 한없이 키요이다운 말이었다.

아무리 힘든 상황이어도 언제나 올곧게 뻗어나가는 빛.

방금까지 못하겠다고 생각했던 자신을 쥐어박고 싶어진다. 괴롭다. 이제 더는 싫다. 하지만 이미 도망칠 수 없는 곳까지 와버렸다. 그렇다면 나아가는 수밖에 없다. 밤하늘의 별조차 빛나기 위해 노력하고 있다. 길바닥의 돌멩이가 못하겠다고 말하고 있을 때가 아니다.

지금까지의 나와는 다르게 바뀌어야 한다.

아니, 바뀌지 않은 채, 지금의 '나'를 잃지 않은 채로,

나만의 사진을.

그날 밤도 노구치는 늦게 귀가했다. 회의가 길어지고 그대로 술자리로 이어졌을 것이다. 평소 히라는 먼저 방에 들어가 쉬지만, 이날은 자지 않고 기다렸다.

노구치가 돌아온 건 거의 새벽 무렵이었다. 오토록이 해제되는 소리에 이어 현관문이 열리고, 복도에 센서등이 켜졌다. 다음

순간 노구치가 으악 소리지르며 날쌔게 뒷걸음쳤다.

"왜 여기 이러고 있어?"

"노구치씨를 기다리고 있었습니다."

히라가 복도에 정좌한 채 대답했다.

"기다리려거든 거실에서 기다려. 심장 떨어지는 줄 알았다고."

"죄송해요."

"죄송할 만하지. 대체 뭔데? 드디어 개인전 테마 정했어?"

역시 스승이다. 감이 좋다.

히라는 침을 꿀꺽 삼켰다.

이걸로 정말 괜찮을지, 아직 망설이고 있다.

하지만 나아가는 수밖에 없다고 생각하며 정좌한 채 노구치를 올려다보았다.

"누드 사진으로 할까 합니다."

노구치의 눈이 휘둥그레졌다.

결국 말해버렸다. 이제 되돌릴 수 없다.

두려운 마음에서 도망치고 싶다면 달려.

두려움이 쫓아오지 못할 만큼 죽을힘을 다해 달리는 수밖에 없어.

고뇌하는 그

II

8월도 중순을 향해 가는데 연극 연습은 여전히 잘 풀리지 않고 있다.

전체적인 형태는 잡혔다. 연출가와 배우들이 서로의 호흡을 알아가고 리듬이 생겨났다. 그러나 유일하게 키요이만 유달리 커다란 퍼즐 조각처럼 들어맞지 않고 있다.

"그럼 오바나자와씨, 구루마자키씨, 이마무라씨 외에는 휴식입니다."

무대감독의 말에 흩어지는 배우들과 스태프들 틈에서 키요이는 가방을 들고 무대장치들을 모아둔 방으로 혼자 향했다. 먼지쌓인 바닥에 책상다리로 앉아 가방에서 칼로리가 엄청난 멜론빵을 꺼내 입속에 밀어넣기 시작했다. 하루종일 틈만 나면 먹는다.

아무리 맛있는 음식도 맛을 못 느낄 만큼 이제 질리고 또 질렸다. 하지만 계속 밀어넣는다. 이미 무아의 경지다.

묵묵히 멜론빵을 씹고 있는데 문이 열리며 스태프가 얼굴을 내밀었다.

"아, 죄송해요. 휴식중이셨어요? 잠깐 뭐 좀 가지고 가도 될까요?"

그러라고 대답하자 스태프는 서둘러 베니어합판을 짊어지고 나갔다. 나가면서 키요이의 손에 들린 멜론빵을 흘낏 보고는 딱하다는 표정을 지었다. 키요이 소가 스트레스로 과식증을 앓는다는 소문이 단번에 퍼질 것이다.

연습도 중반에 이르렀지만, 아직까지도 역할의 겉모습밖에 잡지 못한 키요이는 동료들과 스태프들에게 아픈 손가락 취급을 받고 있다. 우에다에게 매일 NG를 받고, 그럴 때마다 여러 가지를 궁리해서 다시 시도해보지만, 돌아오는 건 '이 녀석 전혀 감을 못 잡는데' 하는 표정이다.

텐션을 올려보고, 평범하게 해보고, 톤을 낮춰보고, 동작을 곁들여보고, 이런저런 버전을 너무 하다보니 뭘 더 어떻게 해야 좋을지 전혀 알 수 없는 지경에 이르렀다. 우에다에게 개인적으로 조언을 구하러 가고 싶지만, 첫날 일을 떠올리면 망설여진다. 같은 실패를 되풀이하는 건 바보다.

순조로이 진행되는 것은 체중 증량뿐이다. 처음에는 좀처럼 늘지 않더니, 계속 헬스장에 가지 않으니까 근육이 빠지면서 훅훅 늘어났다. 잔뜩 흐린 기분만큼 몸도 무겁다. 문 너머로 웃음소리가 들려와서 귀를 막는 대신 멜론빵을 입에 밀어넣었다.

연습이 끝나 기다리던 매니저와 지하주차장으로 향했다. 엘리베이터 앞에 무대감독과 음악 담당 스태프가 서서 잡담을 하고 있었다.

"이마무라씨는 점점 좋아지는 것 같아. '교만' 역이라고 했을 때는 우에다씨가 미스 캐스팅한 거 아닌가 싶었는데, 의외로 딱 맞을지도 모르겠어."

"원래부터 실력은 가장 출중했으니까요. 우에다씨 작품이니 업계의 평가는 아마 높겠죠. 데이TV 드라마국에서 내년 여름 드라마를 제안했다는 소문도 있던데요."

"……소문 이야기가 나와서 말인데, 키요이군은 좀 걱정이야."

"아…… 스트레스성 과식증 얘기 말이죠? 조금 전에 스태프한테 들었는데, 휴식 시간에도 무대장치 방에 숨어서 빵을 먹고 있었대요."

"진짜야? 연극 전에 건강이 나빠지면 큰일인데."

"이번에는 우에다씨 생각을 잘 모르겠어요. 보통은 그렇게까지 길을 잃으면 충고를 해주는데 이번에는 철저하게 방치하잖아요."

"포기한 거 같진 않지만, 역시 키요이군 멘탈이 걱정되네."

두 사람은 도착한 엘리베이터를 타고 자리를 떴다.

"……저, 저기, 키요이."

"위로 안 해줘도 돼요."

"아니, 그래도……"

"괜찮아요."

하지만 뜻밖에도 스가는 잠깐 자기 얘기를 들어달라며 물고 늘어졌다.

"솔직히 나도 사장님도 얼마 전부터 걱정하고 있어. 늘 오르고 내리고 부침이 있는 일이잖아. 그래서 쓸데없이 참견하지 않고 지켜보고만 있었는데, 키요이 요즘 진짜 체중 는 거 맞지? 역시 스트레스 때문이야?"

"아니라니까요. 연습이 힘드니까 금방 허기가 져서 그래요."

"정신적인 원인은 아닐까?"

"내 멘탈이 그렇게 약하다고 생각해요?"

그 말에 스가는 입을 다물었다. 사실은 조금 더 파고들고 싶지만 배우의 사기를 떨어뜨리지 않으려고 배려하는 것이다. 키요이는 속으로 매니저에게 사과했다.

집에 도착하고 매니저의 차가 보이지 않을 만큼 멀어질 때까지 기다렸다가 근처 편의점으로 향했다. 선글라스에 마스크까지 쓰는 히라 스타일을 하고서 바구니 가득 먹을 것을 채워넣었다.

군것질거리를 마구 사들이는 모습을 매니저에게 보여줄 수는 없다.

먹을 것을 잔뜩 사들고 돌아온 집은 깜깜했다. 불을 켜니 더러운 접시가 쌓여 있는 테이블이 눈에 들어왔다. 의자 등받이에는 셔츠가 걸쳐져 있다. 히라와 따로 살기 시작하고 보름 사이에 집 안은 몹시 황폐해졌다.

매일같이 학교 수업에 일까지 병행하느라 정신이 없다. 청소도 정리도 나중에 하겠다 다짐하며 한숨을 내쉰 뒤 800킬로칼로리나 되는 컵라면을 전자레인지에 집어넣었다. 그리고 컵라면이 익는 동안 샌드위치를 먹었다. 탄산음료, 초콜릿 과자, 크림 들어간 디저트, 아이스크림.

이젠 뭘 먹어도 맛있지 않아.

배부른 상태로 소파에 털썩 몸을 뉘었다. 요즘은 몸을 움직이기도 귀찮아졌다. 태만과 포만감이 몸뿐 아니라 정신에도 영향을 미친다는 걸 알 수 있다. 명확한 목적이 있다고는 해도, 썩어가는 생물 같은 스스로에게 드는 본능적인 혐오를 견디기 어렵다.

이제는 아무것도 먹고 싶지 않다. 배고픔을 느끼고 싶다. 허기로 감각을 맑게 벼리고 싶다. 몸을 움직여 땀을 흘리고 싶다. 육체가 올바르게 기능하고 있다는 긍정적인 감각과 상쾌함을 느끼고 싶다.

살을 쩌워도 노조무에 가까워지고 있다는 느낌이 전혀 들지 않아.

정말 이 방법이 맞는 걸까. 연극도 실패하고 그저 살만 쩌서 팬들만 다 떨어져나가는 거 아닐까. 키요이는 눈을 꾹 감고 쿠션을 끌어안았다.

그대로 잠들어버렸는지, 눈을 떠보니 새벽 무렵이었다. 잔뜩 배부른 채로 잠들어 속이 더부룩하다. 고요한 방안, 오래전 기억 속 감각이 떠올라 마음이 허전해졌다.

부모님이 이혼하고 엄마와 둘이 살았을 시절, 집에 돌아오면 언제나 혼자였고 벽 너머에서 들려오는 옆집 가족의 화목한 소리가 듣기 싫어 TV 소리를 키울 대로 키웠다. 왜 이럴까. 이제는 다 큰 어른인데. 그 시절 열렬히 바라던 대로 많은 사람들이 선망하는 연예인이 되었는데.

나는 왜 또 이런 데서 혼자 외로워하고 있는 거지?

어린 시절의 고독을 떠올리자, 지금까지 쌓아온 것이 모두 무너져내릴 것만 같다. 거짓말. 이제 와서 그런 옛날 일에 사로잡히다니. 안 돼. 이런 건 나답지 않아. 붙잡고 매달릴 만한 것을 찾았다. 스스로도 처음 마주하는 한심한 나를 구해내기 위해.

나는 키요이의 그런 부분을 존경해.

마구잡이로 내뻗던 손끝에 히라의 말이 스쳤다. 무슨 얘기를 하다 나온 말이지? 아, 아마 히라가 개인전을 할지 안 할지 이야기하던 때 같다. 히라의 마음을 이해할 수 없었다.

나라면 망설이지 않아. 승부해볼 거야.

그렇게 대답했었다. 그렇게 잘난 듯 딱 잘라 말해놓고서, 이제
와서 조금 힘든 일을 마주했다고 약한 소리 하는 거야? 고등학
생 때도, 안나와의 스캔들이 일어났을 때도, 주위의 모두가 적이
되어버린 듯한 상황에서도, 히라는 최후의 일병이 되어도 왕을
지키겠다고 단호하게 말했었다. 그러니까 그런 히라에게 나는
어떠한 상황에서도 지고한 모습을 보여줘야 한다. 힘내, 힘을
내. 힘을 내.

휴대폰 알람이 울렸다. 오늘은 아침 일찍부터 로케가 있어서
다섯시 반에 스가가 데리러 올 예정이었다. 무거운 몸을 일으켜
이를 닦고 샤워했다. 로비로 내려오자 유리문 너머로 이미 도착
해 있는 스가의 차가 보였다. 인사하고 차에 올라탔다.

"안녕. 아침 일찍부터 로케는 힘드네. 키요이 괜찮아?"

"젊으니까요."

"부럽다. 난 너무 졸리네."

스가가 소리 내어 하품하는 동안 키요이는 아직 푸르스름한
새벽녘 도시의 풍경을 휴대폰 카메라에 담았다. 사진에 오늘은
아침 일찍부터 로케, 라고 입력해 히라에게 보냈다.

—일찍부터 고생하네.

히라에게 곧바로 답장이 왔다. 아직 새벽인데 너무 빠르다.

―일어나 있었어?

―응.

―일하느라?

이번에는 조금 간격이 있었다.

―나를 찾고 있었어.

깜짝 놀랐다. 네거티브 덩어리 같은 히라가 자신을 찾는다고? 찾을수록 더 가라앉지 않을까. 하지만 평소 이상한 방향으로만 파고들어가던 히라가 다시 한번 '나를 찾고 있다'니, 지금까지와는 다른 접근 방법일지도 모른다.

노구치씨가 히라를 쥐어짜고 있는 걸까.

문득 마음이 편해졌다. 떨어져 있어도 자신과 히라는 같은 시간을 보내고 있다.

―열심히 해. 나도 열심히 할게.

키요이는 그렇게 답장하고 휴대폰을 껐다. 그렇다. 비극 속 주인공인 척하고 있을 상황이 아니다. 아무리 현실이 힘들어도, 마지막까지 자신을 지탱해주는 건 언제나 자기 자신뿐이다.

"키요이군, 좋은데 ― 그 미소 최고야. 좋아, 허리 조금만 돌려볼래?"

사진작가의 지시에 허리를 살짝 돌린 순간, 팅 소리가 나더니 바지 단추 하나가 튀어 날아갔다. 사진작가가 당황한 사이 스타일리스트가 뛰어들어왔다.

"죄송합니다. 빌린 건데."

"괜찮아, 괜찮아, 이 브랜드가 원래 조금 작게 나와. 한 사이즈 큰 걸로 빌려왔어야 했는데. 우리 실수야. 시간 조금만 줘."

스타일리스트는 키요이가 의기소침해지지 않도록 애써 웃어 보이면서 튀어 날아간 단추를 다시 달아주었지만, 스튜디오에는 범상치 않은 긴장감이 흘렀다. 슬쩍 곁눈질해 보니 스가는 새파랗게 질려 있었다. 배에 힘을 줘 억지로 껴입었지만 역시 무리였나보다.

9월 중순, 늘 유지하던 평소 체중에서 12킬로그램이 늘었다. 헐렁한 셔츠를 입으면 아직 허리 부분은 대충 감출 수 있지만 날렵했던 턱선이 사라졌고, 살에 파묻혀 눈이 조금 작아졌고, 전체적으로 살이 붙으면서 몸의 라인이 무너져 뭘 입어도 어울리지 않았다.

"파우더 좀더 바를게요."

메이크업 담당도 와서 코 주위의 기름을 닦아준다. 체중이 는다는 건 단순히 뚱뚱해지는 것만이 아니었다. 여름에는 전보다 더 땀이 많이 나고, 얼굴엔 유분이 많아져서 더 번들거리고, 조금만 움직여도 쉽게 피곤해지고 지치니까 더 안 움직이게 되고, 그렇게 점점 더 살이 붙는 황금 루프에 빠졌다. 힘들다. 괴롭다. 하지만 모두 계획대로 되고 있다.

어찌어찌 촬영이 끝났고, 여기저기서 수고하셨습니다 하는 소리가 들렸다.

"키요이군, 좋았어. 다음에도 잘 부탁해."

"단추 날아가게 해서 미안해. 앞으로는 신경쓸게."

말을 걸어오는 사진작가와 다른 스태프들에게 고개 숙여 인사했다. 웃는 얼굴로 배웅하는 스태프들의 마음속 목소리가 생생하게 들려오는 것 같다.

저건 10킬로그램 이상 찐 건데.

연극 연습이 잘되지 않아서 스트레스 받고 있대.

바지 단추가 튀어 날아가다니, 코믹 만화냐.

아, 그렇겠지. 잘 알고 있다. 스스로도 말이 안 된다고 생각하고 있는데, SNS에서도 이미 화제가 되기 시작했다. "키요이, 좀 뚱뚱해 보이지 않아? 얼굴 터질 것 같음" 하고 안티들이 활발하게 움직이기 시작했다. 얕보지 마. 아직 시작일 뿐이야.

목표는 20킬로그램. 앞으로 한 달 반 만에 8킬로그램을 더 늘릴 것이다. 여전히 노조무 역할에 맞아들어가지 못하고 있고, 우에다는 충고도 해주지 않아서, 어느새 버려지는 것 아니냐는 소문까지 돌고 있다. 정말로 마음 아픈 건 그 소문이라서, 안티들 악플에 상처받을 여유도 없다.

"……키요이, 괜찮아?"

대기실에서 옷을 갈아입는데 스가가 물었다.

"무슨 고민 있는 거 아니지?"

"없어요. 연극 일로 걱정 끼쳐서 미안하다는 생각은 들지만."

문제라면 산더미처럼 있지만, 해야 할 일이 보이니 고민은 하지 않는다. 그동안 쏟은 노력의 결과가 답보 상태라, 체중을 늘리는 것 말고는 할 수 있는 일이 아무것도 없어서 비참하기는 하지만. 노조무를 연기하는 데 아름다움 따위 1밀리그램도 필요 없다. 아름다움이 키요이 소의 커다란 가치 중 하나라 해도, 필요하지 않다면 미련 없이 버려야 한다. 그것이 앞으로 나아가는 방법이라고 믿을 수밖에 없다.

"일도 그렇지만 내가 걱정하는 건 그거 말고 다른 부분인데……"

스가가 모호하게 말해서, 키요이는 고개를 갸웃했다.

"그게…… 히라군이랑 헤어진 거지?"

"네?"

"사생활에 참견해서 미안해. 얼마 전에 노구치씨가 애인이랑 동거한다는 소문을 들었어. 상대가 제자인 대학생 같다고 하더라고. 그거 히라군 맞지?"

"아, 네. 히라는 노구치씨랑 살고 있어요."

매니저가 속으로 역시…… 하는 듯 안쓰러운 눈으로 바라보았다.

"하지만 히라랑 헤어진 건 아닌데요."

"그럼 히라군은 왜 노구치씨랑 살아?"

본가에서 다니는 것보다 노구치의 집에서 생활하는 편이 학교에 다니기에도 일하기에도, 개인전 준비하기에도 편하기 때문이라는 명쾌한 이유가 있지만, 애당초 둘이 떨어져서 사는 이유를 묻는다면 설명할 수 없다. 계획적으로 체중을 늘리고 있다는 건 회사에도 비밀이다.

아무 말 하지 않자, 스가가 한숨을 쉬었다.

"그냥 대놓고 물을게. 요즘 체중 관리 안 되는 거, 히라군 때문이지?"

"아니에요."

"사장님은 연극 연습 부진한 것도 실연 때문 같다고 생각하셔."

"히라랑 헤어지지 않았다고요."

거듭 부정하자, 스가가 곤란한 얼굴로 입을 다물었다. 그 이상의 설명은 할 수 없으니 어떻게 해야 좋을지 생각하는데, 스가가 흐흐 소리 내어 웃었다.

"……그렇구나. 응, 키요이가 그렇다면 그런 거겠지."

위로하려는 듯 웃는 얼굴을 보니, 더 말해봐야 소용없으니까 그냥 가만히 내버려두기로 노선을 변경한 것 같았다. 헤어지지 않았다고 강하게 부정할수록, 그래, 그렇구나 하며 더욱 안쓰럽게 바라볼 것이다.

고뇌하는 그 II

"그래도 키요이, 무슨 일 있으면 언제든지 이야기해. 들어줄 테니까."

"네, 아무 일도 없지만 고마워요."

"언제든 괜찮아. 한밤중이라도 주저하지 말고, 혼자서 너무 고민하지 마."

"그럴 일은 없을 것 같지만, 아무튼 고마워요."

어쩔 수 없이 감사 인사를 하면서, 혀를 차고 싶은 기분이 들었다. 그렇게 불쌍한 사람 보듯이 보지 마. 왠지 내가 정말 히라에게 차인 것 같잖아.

"수고했어……"

어색한 공기 속에서, 야마가타가 조심스럽게 문을 열고 얼굴을 내밀었다.

"수고하셨습니다. 사장님, 무슨 일이에요? 여기까지?"

"음, 아, 아니 아니, 가끔은 우리 소중한 배우 얼굴도 봐야지 싶어서."

사장이 생긋 웃는 얼굴로 매니저에게 눈짓하고, 매니저가 슬며시 고개를 젓는 모습을 키요이는 놓치지 않았다. 둘은 키요이에게 실연 이야기를 끌어낼 속셈이었을 것이다. 하지만 실패로 끝났다는 사인이다.

"키요이, 사랑이라는 건 평생 동안 몇 번이나, 썩어날 정도로 하는 거야."

"하아, 그래요?"

"특히 첫사랑 같은 건 이루어지지 않는다고 하잖아."

"하아, 그래요?"

마음을 텅 비우고 흘려듣는데, 야마가타가 갑자기 무서운 얼굴로 키요이를 마주보았다.

"지나가는 소리로 들었는데 말이지, 히라군, 개인전 한다며?"

"아, 네. 그렇대요."

"아, 그건 알고 있구나. 그럼 그 이야기도 알고 있어?"

"사장님, 그건 말씀 안 하시는 편이……"

당황한 스가가 끼어들었다.

"그래도 다른 사람에게 듣는 것보다 우리한테 듣는 편이 나을 거야."

"아니 그래도, 아무리 그래도 지금은 충격이 클 거예요."

"대체 뭔데요? 말씀해주세요."

짜증이 나기 시작했다. 히라의 개인전이 어떻게 됐다는 건가. 빨리 말하라고.

"키요이, 진정하고 들어야 해."

"아까부터 계속 진정하고 있어요."

"그게 말이야, 히라군이 개인전을 하려고 누드를 찍는다는 것 같아."

키요이는 너무 놀라서 멍해져버렸다.

"누드를요? 히라가요?"

너무 의외다. 전혀 이미지가 매치되지 않는다.

"히라군 성격상 모델은 아마도 가까운 사람, 연인이지 않을까."

"저요?"

그러자 두 사람은 더없이 안쓰러운 눈으로 키요이를 바라보았다. 왜 저런 눈으로 보나 싶어 부루퉁해졌지만, 두 사람의 머릿속에서 히라는 키요이와 헤어져 노구치와 벌써 사귀는 모양이었다.

"항상 찍기만 하던 노구치씨가 찍히는 입장이 되다니 신기하지."

"연하 애인을 위해서는 노구치씨도 달달해지네요."

쓸데없는 말은 하지 말라고 핀잔하듯 야마가타가 스가의 발을 꾹 밟았다.

"키요이, 마음 다잡아야 해."

야마가타가 키요이의 어깨에 손을 올렸다.

"나도 처음에는 히라군이 바람을 피웠다고 해서 그저 당황스러웠는데, 갈아탄 상대가 키요이도 아는 사람이라니, 그것도 노구치씨라니 정말 의리 없는 녀석이야."

"노구치씨도 노구치씨예요. 대학생 제자랑 연애라니."

"그렇지. 노구치는 그래도 분별 있게 행동하는 이미지였는데,

이번은 좀 의외야. 뭐 오래 알고 지낸 사이라서 나쁘게 말하기는 어렵지만. 그래도 우리는 키요이 편이야."

"아니, 그게 아니라, 히라도 노구치씨도 이상한 짓은 전혀 안 했다고요."

키요이가 답답하다는 듯 하소연하자, 야마가타와 스가는 흐물흐물하게 표정을 무너뜨렸다.

"귀신 멘탈 키요이가, 세상에 이 무슨 갸륵함이야……"

"더 용서할 수가 없는데요."

두 사람이 분노를 드러내더니 갑자기 키요이의 양옆에서 한쪽씩 팔짱을 꼈다.

"키요이, 이대로 얕보이기만 하고 끝내진 않을 거지? 기왕 이렇게 됐으니 우에다씨 연극에서 기필코 실력파로 자리잡아서 그 바람둥이 코를 납작하게 눌러주자."

"그래, 실연 스트레스로 과식증에 걸려 살찌고 있을 때가 아니야."

"그런 매정하고 수상한 애는 하루라도 빨리 잊어버리고 오늘부터 라이잡*에 등록하자."

"라이잡에요?"

"강도 높은 운동으로 아름다운 키요이의 원래 모습을 금방 되

---

*　RIZAP. 고강도 퍼스널 트레이닝 전문 고급 헬스장 체인.

찾게 만들어줄 거야."

두 사람에게 한 팔씩 붙들려 질질 끌려갈 것 같아 당황했다. 바보냐. 모처럼 늘린 지방을 없앨 순 없어. 키요이는 두 사람을 뿌리쳤다.

"전 이대로 괜찮아요. 그럼, 수고하셨습니다!"

"키요이, 도망치면 안 돼. 실연당한 현실을 제대로 마주해야지!"

스튜디오 복도를 도망치는 토끼처럼 달려갔지만, 살이 덜덜거려 뛰기 힘들었다. 이런 지방덩어리는 바로 떨쳐버리고 싶다. 하지만 지금은 그럴 수 없다.

야구모자와 선글라스와 마스크로 얼굴을 가리고 택시에 오른 뒤에야 겨우 한숨 돌릴 수 있었다. 오늘은 어떻게든 도망쳤지만 내일부터는 어떻게 하지? 내키지는 않지만, 실연의 충격으로 다시 일어서지 못할 만큼 약해진 척하는 수밖에 없는 건가?

그건 그렇고, 히라가 누드를 찍어?

전에 히라가 찍은, 사람이 사라진 도시 풍경 사진을 본 적 있다. 기분 나빴지만 히라다운 사진이었고, 이번에도 히라는 그런 사진을 찍으리라 생각하고 있었기 때문에 누드는 정말 뜻밖이었다. 대체 어떤 경위로 누드로 정했는지 수수께끼지만, 히라의 사고 회로는 이해하려 해봐야 소용없기 때문에 그러려니 해야 한다.

모델은 아마도 가까운 사람, 연인이지 않을까.

누드 사진이라니 평소에는 고민할 것도 없이 단칼에 거절할 테지만, 히라가 찍는다면 검토해볼 수도 있다. 히라의 인생이 걸린 승부처가 되는 개인전이다. 연인으로서 도움이 되고 싶다. 만약 그 사진으로 기무라이헤이사진상을 받을 수 있다면 더할 나위 없고, 그러니 더욱 나 이외의 모델은 받아들일 수 없다.

문제는 어디까지 벗느냐다. 전신 누드일까. 개인전에 전시한다면 많은 사람들이 볼 테고, 상을 받으면 더 많은 사람들이 볼 것이다. 배우 일을 하다보면 언젠가는 베드신도 찍게 될 테고, 작품에 필요하다면 벗는 일도 망설이지 않을 생각이다.

하지만 히라의 카메라 앞에 선 키요이는 배우가 아니라 그냥 키요이 소다. 아니, 히라 카즈나리의 연인 키요이 소다. 그렇게 생각하자 조금 꺼려졌다. 키요이와 히라가 보내는 시간과 함께하는 공간은 둘만의 것이다. 누구에게도 쉽게 보여주고 싶지 않다.

하지만 그렇게만 되지는 않을 것이다. 예술가에게는 뮤즈가 필요하다. 히라가 사진작가의 길을 걷는다면, 키요이도 각오해야 한다. 이해하기 힘든 남자의 연인일 뿐만 아니라 그의 창작의 샘이 될 각오.

연인이라고만 해도 기분 나쁜데, 예술 활동으로도 얽히면 분명 상황은 더 혼란스러워질 것이다. 그 기분 나쁘고 짜증나는 녀석을 과연 내가 따라갈 수 있을까. 당장 나는 내 일만으로도 벅차서 별거하고 있는데.

하지만, 그래도, 할 수밖에 없다.

좋아하는 사람을 위하는 일은 나 자신을 위하는 일이기도 하니까.

연기 레슨이 끝나자 한밤중이었다. 인물을 제대로 분석하지 못한 채 시간만 흘려보내는 것 같아 다카하타 강사에게 부탁해서 레슨 시간까지 늘렸는데, 역시 지금도 충분한 것 같지 않다.

"이제 전혀 모르겠어요. 갈수록 혼란스러워요."

자포자기하듯 접이식 의자에 털썩 주저앉자 의자가 심하게 삐걱거렸다. 체중은 순조롭게 늘고 있다. 다카하타가 곤란하다고 말하고 싶은 듯 이마에 손을 짚었다.

"키요이가 연기하는 노조무는 외적으로는 이미 완성됐어. 대사도 완벽하고, 키요이가 연기하고 싶은, 강하고 시끄러운 노조무의 성격도 딱 보여. 다만 뭐랄까, 생생함이 없달까, 지금으로선, 음, 능숙한 그림을 보는 느낌이야."

"인물의 깊이와 리얼리티가 없단 거예요?"

"그래. 뭐랄까, 훅이 없는 느낌?"

"훅요?"

"간간이 그 사람답지 않은 언동이 나오면, 보는 쪽은 '어라?'

하고 놀라게 되잖아. 그게 훅이야. 그런 의외성이 인물에 깊이를 주는 거야. 이야기로 말하자면 기승전결의 전. 하지만 놀라게만 하는 건 실패거든. '그래서 저런 말과 행동을 하는구나' 하고 보는 사람이 납득할 만한 의외성이 필요해."

"하지만 대사는 대본에 전부 나와 있잖아요. 배우가 멋대로 바꿀 수 없어요."

"대사를 읽는 것만이 연기는 아니잖아. TV라면 감독이 컷을 외칠 때까지, 연극이라면 무대 뒤로 퇴장할 때까지 배우는 계속 연기해야 하는 거야. 온몸으로 그 역할에 완전히 빠져서. 작은 손끝 움직임 하나, 시선 하나에서도 그 인물다운 느낌을 내야 일류라고 할 수 있지."

아니, 아니다. 현시점에서 나는 개발도상국 정도의 배우니까……

자신답지 않게 그런 나약한 소리가 머릿속을 스칠 정도로 수준 높은 요구 같았다.

대사가 없는 부분에서도 노조무를 표현한다고? 여기서 더이상 어떻게?

"어쨌든 노조무라는 인물을 더욱더 잘 이해해야 해. 선입견을 전부 걷어내고 완전히 새롭게 대본을 읽어봐. 우에다씨는 필요한 건 전부 적어뒀을 거야."

대본은 이미 수백 번이나 읽었다. 키요이의 대본은 누구의 것보다 너덜너덜해졌고, 밑줄이 가득하다. 그런데 연기가 제일 어설퍼서 수치의 상징이 될 정도다. 하지만 이렇게까지 꼬여버렸다면 다시 출발선으로 되돌아가보는 것도 좋을 것 같았다.

"고맙습니다. 다시 한번 고민해볼게요."

다음 레슨도 잘 부탁드린다며 고개 숙여 인사하고 끝냈다.

"키요이, 힘내! 힘들겠지만 지지 마."

다카하타가 기도하듯이 두 손을 모으자, 키요이는 난처한 미소를 지으며 엄지를 올려 보이고 레슨실을 나왔다. 기죽은 모습 같은 건 누구에게도 보이고 싶지 않다.

탈의실로 돌아가 휴대폰부터 확인했다. 문자가 꽤 많이 와 있었다. 가장 먼저 히라한테 온 문자부터 확인한다. "수고했어, 잘 자." 평소와 다르지 않다.

왜 모델을 해달라고 부탁하지 않지?

키요이는 그 소식을 들은 날부터 계속 기다리고 있지만 누드 모델 이야기는 나오지 않는다.

내 사정을 배려해서 차마 말을 못 꺼내는 걸까. 사실 배우 활동에 지장이 있을지도 모른다고 소속사에서 승낙해주지 않을 수도 있다. 하지만 그건 내가 잘 설득해볼 수 있다. 어쨌든 지금 몸으로는 안 되니까 살을 빼고 나서, 즉 촬영은 빨라도 내년 3월이다.

"키요이, 표정이 험악한데 무슨 일 있어?"

문이 열리고, 스가 매니저가 조심스레 얼굴을 내밀었다.

"히라가 모델을 해달라고 부탁하질 않아요."

솔직하게 대답했다. 회사에는 갑자기 말을 꺼내는 것보다 시간을 들여 지금부터 찬찬히 설득해가는 게 중요하다. 하지만 스가의 표정에 금이 갔다.

"……키요이, 이제 히라군은 그만 잊어. 남자란 쫓아갈수록 더 도망가는 동물이야. 그보다 키요이는 하루라도 빨리 라이잡 다이어트 프로그램을—"

키요이는 등을 획 돌리고, 어깨를 떨며 오열을 터뜨렸다.

"저…… 지금 이미 한계여서, 식단 조절까지 해야 하면 이젠 죽는 수밖에……"

"죽어? 아, 미, 미안, 미안해, 응, 괜찮아. 지금은 키요이 마음 편한 게 가장 중요해. 아, 이거 먹을래? 국내에 처음 들어온 미국식 파이야."

키요이는 울다가 웃으며 먹겠다고 대답하고는 피칸과 시럽 필링을 잔뜩 올린 슈퍼 고칼로리 파이를 입안 가득 밀어넣었다. 좋아, 좋아. 역시 불쌍한 척하는 게 잘 먹힌다고 생각하던 차에, 히라에게서 새로운 문자가 왔다. 이번에야말로 모델 부탁일까?

—다음주부터 일주일간 노구치씨 따라서 오키나와에 가게 됐어.

기대에 어긋나 뾰로통해진 채 답장을 보냈다.

―무슨 촬영?

―요즘 한창 인기 많은 아이돌 그룹 사진집 같아.

자기도 모르게 얼굴을 찌푸렸다. 연기는 처음부터 다시 고쳐야 하고, 모델 이야기는 왜 안 하는지 알 수 없어 아주 기분이 나빴다. 그런 자신을 두고 아이돌들과 오키나와를 간다는 건가. 밤놀이 좋아하는 스승에게 끌려다니면서 젊은 여자들과 남쪽의 밤이라도 만끽하려는 건가.

속으로 짜증을 내고 있는데 다시 문자가 왔다. 히라인 줄 알았는데 엄마였다.

―바쁘지? 가족여행 말인데, 겨우 아빠 휴가 일정이 정해졌어. 다음주부터 일주일간 오키나와에 있는 리조트로 가. 다오랑 사에가 학교를 빠져야겠지만 올해는 별수없지. 너는 어때? 일정 조정할 수 있어?

중학생과 초등학생이 있는 가족은 여름과 겨울에 가족여행을 간다. 학업에다 일로 바쁜 키요이는 그동안 계속 가족여행에 빠졌지만 이번에는 여러 가지로 딱 맞았다.

"다음주에 저 쉬는 날 있죠?"

매니저에게 물었다.

"응, 이틀이지만."

"도쿄 밖으로 나가도 괜찮을까요? 가족들이 오키나와로 여행 간대서요."

"좋지. 가끔은 가족과 느긋하게 보내는 시간도 있어야지."

스가는 안도하는 듯한 미소를 지었다.

9월 중순인데도 오키나와는 아직 한여름이었다. 파란 하늘, 작열하는 태양, 반팔 티셔츠에 반바지 차림의 사람들. 먼저 도착한 가족들은 한창 바캉스를 즐기고 있었고, 키요이는 공항에서 혼자 택시를 타고 새아버지의 회사 리조트로 향했다. 아침부터 끈질기다 싶을 만큼 계속해서 문자가 날아왔다.

—오빠, 지금 어디야? 언제 도착해?

초등학교 5학년인 여동생 사에가 보낸 것이다. 사에는 옛날부터 키요이를 잘 따랐다. 바로 위의 친오빠에게는 눈길도 주지 않고, 매번 뿌리쳐도 소 오빠, 소 오빠 하며 나이 차 많이 나는 키요이 뒤만 아장아장 따라다녔다.

중학생 무렵까지 키요이에게 어린 동생들은 그저 지겨운 존재였다. 키요이에게서 엄마를 빼앗은 존재일 뿐이었다. 하지만 동생들이 말을 하기 시작해 의사소통이 가능해지고 혀짤배기 소리로나마 '형' '오빠'라고 부를 무렵부터는 어느새 지겨움은 사라져 있었다.

가족 가운데 키요이 혼자만 누구와도 닮지 않았다는 사실 때문에 늘 가슴속에 희미한 괴로움을 품고 있었지만, 어느새 그런 생각이 부끄러울 정도로 어른이 되어버렸고, 지금은 여기가 나의 집이라 납득하고 있다. 가족의 형태는 가지각색이다.

―이제 거의 다 왔어.

답장을 보냈다.

―이제 거의라면, 얼마나?

또 물어오길래 "끈질겨" 하고 답장한 후로 무시했다.

사에는 어릴 때부터 '엄청'이란 말을 붙여야 할 정도로 브라더 콤플렉스가 있다. 아마 이번 바캉스 동안에도 계속 들러붙을 것이다. 그런데 미안해, 사에. 이번에 오빠는 가족의 단란함보다 중요한 미션이 있어.

오랜만에 만난 가족은 키요이를 보자마자 혼란에 빠졌다.

"관록이 붙어서 남자다워졌는데."

새아버지가 감탄하듯이 말했다.

"관록이 붙은 건가, 살이 붙어 통통해진 건가?"

엄마는 당황한 듯 계속 눈만 깜박거렸다.

"통통한 수준이 아니잖아. 완전 돼지가 됐어."

중학생 남동생 다오는 터져나오려는 웃음을 참는다.

"소 오빠가 아니야!"

사에는 명탐정처럼 손가락으로 키요이를 가리키며 단정했다.

"시끄러워. 연극 역할 만들려고 일부러 찌운 거야."

"아, 나도 그거 알아. 우에다 히데키씨 연극이지? 내 친구가 그 사람 왕팬이거든. 혹시 마지막 공연날 티켓 좀 구할 수 있을까? 가능하면 좋은 자리로."

"알겠어요. 초대석 준비해둘게."

엄마는 환호하며 기뻐했고, 새아버지와 다오도 "아아, 연극 때문이구나" "무슨 내용이야?" 하고 관심을 보였다. 남자들은 단순해서 편하다. 하지만 사에는 여전히 부루퉁한 얼굴로 계속 키요이를 살펴본다.

"오빠, 얼마나 쪘어?"

"15킬로."

사에의 얼굴이 창백해졌고, 다른 가족들도 굳은 표정이었다.

"……왜 그랬어? 난 오빠랑 오키나와에서 같이 수영하는 거 기대하고 있었는데."

사에의 호흡이 가빠지더니 결국 딸꾹질하기 시작했다.

"수영이야 하면 되지. 모처럼 새 수영복도 샀으니까."

엄마가 사에를 달래려고 끼어들었지만, 사에는 "싫어!" 하고 소리쳤다.

"내가 알던 오빠가 아니야. 우리 오빠는 언제나 반짝반짝하는 왕자님같이 멋있었어. 우리 학교에도 팬이 얼마나 많은데, 난 이 번에 오빠랑 사진 많이 찍어서 애들한테 자랑하려고 했단 말이 야. 우리 오빠 돌려줘!"

사에는 으앙 하고 크게 울면서 침실로 가버렸다. 아아…… 하 고 모두가 키요이를 본다. 그렇게 죄인 보듯이 보지 마. 나도 나름 사정이 있다고.

"계속 그 상태로 있을 건 아니지?"

새아버지가 물었다.

"당연하죠. 연극 끝나면 바로 뺄 거예요. 내년에 새 드라마도 들어가야 하니까요."

"그렇구나. 그럼, 나중에 살 다 빼면 사에 데리고 놀이공원에 라도 다녀와줄래? 경비는 내가 대마."

새아버지는 조금 융통성이 없을 때도 있지만, 자식만은 끔찍이 사랑하고 아끼는 사람이다. 알았다며 고개를 끄덕이자, 이번에는 다오가 "뭐야 모두들, 사에 응석만 받아주잖아" 하고 토라졌다.

"다오는 오빠잖아."

"그래도 불공평하잖아요. 형, 나도 친구랑 놀러갈 테니까 용돈 줘."

"왜 나한테 달래?"

"연예인이니까 돈 많이 벌잖아."

"바보냐. 현실은 그렇게 만만하지 않아."

시끄럽게 구시렁거리는 다오를 무시하고 키요이는 짐을 내려놓았다.

"잠깐 나갔다 올게요."

선글라스와 마스크, 머리에 캡까지 쓰자, 엄마가 깜짝 놀랐다.

"방금 도착했잖아. 다 같이 바다에 가려고 했는데."

"사에가 저런 상태면 못 가잖아."

키요이는 저녁 먹기 전까지는 돌아오겠다고 말하고 리조트를 나섰다.

가족과 헤어져 택시를 잡아타고 노구치 팀이 촬영중이라는 해변으로 갔다. 가이드북에는 나오지 않지만 촬영지로 자주 쓰이는 해변이다. 해변 바로 앞 사탕수수밭에서 준비해온 망원경으로 살펴보니 젊은 여자애들이 비키니 차림으로 모래사장에서 어슬렁거리고 있었다.

"매니저님, 이제 바다에 들어가도 돼요?"

"안 돼. 촬영 다 끝날 때까지 수영복 젖으면 안 돼."

지금은 그룹의 센터 몇 명을 촬영하는 듯했고, 이미 촬영이 끝난 몇몇은 허리까지 오는 얕은 바다에 들어가 놀고 있었다. 매니저가 부탁한 듯 히라가 비치타월을 들고 달려갔다. 히라가 아이돌 멤버들에게 타월을 하나씩 건네는데 그중 하나가 웃으며 도망갔다. 키요이는 계속 멀리서 관찰했다.

"잠깐만요."

"잡아봐요."

화기애애한 광경이다.

히라가 여자애를 겨우 따라잡아 비치타월을 건네자 그애가 타월을 목도리처럼 목에 돌돌 감더니 고개를 기울인 채 히라를 올려다보며 웃는다. 일정상 오늘이 마지막 촬영 같은데, 지금까지 함께하며 많이 친해지기라도 했나……

저 여자애, 히라에게 맘먹고 대시하는 거 아냐?

오랜만에 본 히라는 남쪽의 강한 햇볕에 피부가 그을렸고 많이 자란 머리칼을 반쯤 뒤로 묶고 있었다. 해변이라 흰색 티셔츠에 반바지를 입었는데, 심플한 차림새가 항상 헐렁하고 촌스러운 체크무늬 셔츠 속에 숨겨져 있던 히라의 라인을 드러내주고 있었다. 솔직히 많이 멋있어서, 키요이는 망원경의 배율을 올렸다.

아이돌 그룹의 매니저가 다가와 히라와 여자애를 떼어놓았다. '좋아, 매니저 잘한다' 생각하며 고개를 끄덕이던 것도 잠시, 다른 여자애가 다가왔고, 또다시 매니저가 재빠르게 다가와 둘을 떼어놓았다. 마치 사탕에 떼로 달려드는 개미들 같아서 분노가 뭉게뭉게 피어올랐다.

자신은 평상시의 기분 나쁘고 짜증나는 히라도 감내하는데, 잘생겨졌을 때만 히라를 탐내는 저들의 뻔뻔함을 너그러이 봐줄 수 없었다. 뭐, 저렇게 애교를 떠는 아이돌 여자애들보다는 내가 훨씬 낫고, 히라에게 나는 높디높은 왕이니까.

"어라, 키요이 소 아니야?"

등뒤에서 여자 목소리가 들렸다. 돌아보니 사탕수수밭 주인인 듯한 작업복 차림의 여자 둘이 키요이를 보고 서 있었다. 꼼꼼하게 가렸지만 역시 들킨 건가. 밭에 허락 없이 멋대로 들어간 건 잘못이니 얼른 사과하고 사인이라도 해주려고 생각했다.

"어디? 아니야, 키요이 소는 저렇게 뚱뚱하지 않아."

그러자 다른 한 사람이 "그런가? 그렇구나" 하며 동의하더니 남의 밭에 멋대로 들어오면 안 된다고 소리치며 키요이를 내쫓았다.

햇볕이 쨍쨍 내리쬐는 도로에 가만히 서서 한없는 굴욕감을 견뎠다. 젠장, 젠장. 지금은 좀 이렇지만, 연극을 성공시키고 바로 체중 감량해서 모두 원래대로, 아니 그 이상으로 만들 거야. 그때 가서 사인해달라고 하면 이미 늦었어.

어디 두고 봐.

덮쳐오는 분함을 억누르는데, 해변에 로케 버스가 나타났다. 촬영이 끝난 듯했다. 당황한 키요이는 사탕수수밭으로 다시 몸을 숨겼다. 버스가 떠난 후, 문득 자신이 여기서 뭘 하고 있나 싶었다. 마치 침울해지려고 온 것 같아.

……돌아갈까?

택시를 부르려던 순간, 해변에 남자 하나가 나타났다. 히라였다. 함께 돌아간 게 아니었나. 커다란 륙색과 카메라 가방을 멘 것이 촬영을 하러 가는 듯했다. 아직 촬영할 게 남았나? 하지만 노구치는 보이지 않았다. 히라뿐이었다.

혹시 개인전 사진을 찍으러 가나?

그런데 모델이 누구지?

키요이한테는 아무 부탁도 하지 않았다.

설마, 정말 나 말고 다른 사람을 찍어?

마음속 가장 소중한 곳에 있던 뭔가가 한순간 요동쳤다. 진실을 알게 되는 것이 두려웠다. 하지만 최악의 결과라 해도 직접 제 눈으로 확인하지 않으면 직성이 풀리지 않는다. 그것이 키요이의 천성이다.

히라는 도로 반대 방향으로, 점점 적막한 곳으로 걸어갔다.

갈라진 아스팔트 틈으로 잡초가 높이 자라 있고, 도로 양옆으로는 남쪽 지방 특유의 덩굴이 우거진 나무들이 많이 보인다. 군데군데 옛날 가옥들이 있지만 돌담이 무너져 지금은 아무도 살지 않는 황폐한 마을 같다. 히라는 지도 같아 보이는 종이를 손에 들고, 거의 숲을 이룬 덤불 안쪽으로 더 들어갔다. 커다란 회색 건물이 보였다.

히라는 낮에도 음울한 분위기의 그 건물 안으로 들어갔고, 키요이도 어쩔 수 없이 뒤를 쫓았다. 반쯤 열려 있는 어느 방 안에 침대와 약품 선반이 있다. 아무래도 전에 병원이었던 것 같다.

오키나와의 폐병원이라니 엄청 으스스한데?

귀신을 본 적은 없지만, 어쩐지 기분이 나빠 소름이 돋았다. 히라는 뭔가 확인하려는 듯 건물 전체를 살피며 돌아다녔다. 그러다가 어느 방 앞에서 멈춰 서더니 안으로 들어갔다. 황폐한 방 한가운데에 서서 한참이나 사방을 둘러본다.

뭘 보는 거야?

다오와 사에가 갓난아기였을 때, 둘은 아무것도 없는 빈 공간을 가만히 보곤 했었다. 엄마에게 이유를 묻자, 갓난아기들은 아직 반쯤은 신의 아이라서 천사가 보이는 거라고 판타지 같은 설명을 했었다. 인류와 자기 사이에 선을 하나 긋고 사는 히라의 눈에도 이 세상 것이 아닌 뭔가가 보이는 걸까.

남자친구가 기분 나쁘고 짜증나는데다 영능력자라니, 어째서 전혀 달갑지 않은 옵션만 추가되는 걸까. 복도에서 질색하며 엿보는데, 히라가 가방을 바닥에 내려놓았다.

가방에서 삼각대를 꺼내 조립하고, 카메라를 설치하고, 위치와 각도를 세세하게 조정한다. 사진 촬영은 맞지만 개인전에 쓰는 사진은 아닌가? 누드 사진을 찍는다는 건 잘못된 소문이고, 설마 심령 사진을 찍는 건가? 그걸로 기무라이헤이사진상을 받을 수 있을까?

히라가 천천히 티셔츠를 벗기 시작했다. 이어서 반바지와 속옷도 벗었다. 조용히 지켜보던 키요이의 머릿속에 설마…… 하는 꺼림칙한 예감이 스쳤다.

누드 사진이, 설마 자기의……?

누군가 지켜보고 있다는 사실은 짐작도 못한 채 히라는 셔터

릴리즈를 들고 벌거벗은 상태로 카메라 앞에 웅크려 앉았다. 그대로 가만히 카메라를 바라보더니 괴로운 듯 무릎에 얼굴을 묻었다. 등을 둥그렇게 말고 있다. 마치 겁먹은 아이처럼.

뭘 하려는 거지?

키요이는 조금 전과는 다른 의미로 으스스했다.

히라가 무슨 생각을 하는지 정말 조금도 알 수 없었다.

마른침을 삼키던 중, 갑자기 셔터 소리가 울렸다. 움찔해서 뒷걸음치다 발소리를 내자, 히라가 튀어오르듯 고개를 들었다. 눈이 마주쳤고, 키요이는 반사적으로 뒤돌아 달리기 시작했다.

"키, 키요이? 어, 아, 키요이지? 기다려."

"잘못 봤어."

"내가 키요이를 잘못 볼 리가 없잖아!"

귀신이 나올 것 같은 폐병원에서 벌거벗은 남자에게 쫓기는 상황, 트라우마가 될 것 같은 상황에 키요이는 속으로 비명을 질렀다. 되는대로 달리다보니 출구를 찾을 수 없었다. 달릴 때마다 살이 출렁거린다. 몸이 무겁다. 숨쉬기가 힘들다. 하지만 죽어도 잡힐 수는 없다.

포동포동한 지금의 모습을 절대 히라에게 보이고 싶지 않다.

어쨌든 눈에 보이는 대로 아무 방으로 뛰어들어가 재빨리 문을 닫았다. 문 앞에 털썩 무릎을 껴안고 기대앉아 누름돌처럼 문을 눌렀다. 뒤따라온 히라가 반대편에서 문을 두드렸다.

고뇌하는 그 II

"키요이, 나야. 왜 도망가?"

"도망가는 게 당연하지."

숨을 헐떡이며 대답했다. 이마에 흐른 땀을 거칠게 훔쳐냈다.

"뒷모습 보고 대충 알았을 거잖아. 나 벌써 15킬로나 쪘어."

"그래서?"

"보여주고 싶지 않다고!"

히라에게 소리를 지르고, 이제야 모습을 감추려는 듯 후드를 뒤집어썼다.

"그럼 여기는 왜 온 거야?"

"그건…… 어쩌다보니 가족여행을 여기로 오게 돼서 온 거야. 일부러 온 거 아니라고. 그렇긴 한데, 네가 누드 사진을 찍는다길래, 그런 걸 어떻게 찍으려나 싶어서."

"걱정해준 거야?"

"……………뭐."

"키요이도 바쁜 시기인데 미안해. 그래도, 어쩌지. 너무 기뻐. 고마워."

히라가 울먹이듯 기쁘다고 하자, 키요이는 상대적으로 자신의 하찮음이 두드러지는 것 같아 후회스러웠다.

"사실은, 누가 네 모델인지 신경쓰였어."

키요이는 참지 못하고 진심을 주르륵 흘려버렸다.

"누구라니, 만약 내가 모델을 부탁한다면 키요이밖에 없지."

"……응."

"처음에는 개인전에 키요이의 인물 사진을 내볼까 생각했었어. 하지만 노구치씨가 단칼에 안 된다고 잘랐어. 키요이가 피사체가 되면 나는 나사가 빠진대. 키요이에게 너무 빠져서 자신이 어떤 사진을 찍는지도 모른다고."

"그래?"

"응, 키요이는 언제나 한순간에 내 전부를 휩쓸어가니까."

바보 같은 녀석. 지금의 나를 봐도 그런 생각이 들까.

하지만 히라는 옛날부터 그랬다. 주위에서 손바닥 뒤집듯 태도를 바꿔도, 히라만은 변함없이 뜨겁게 키요이만을 바라보았다. 최후의 일병이 되어도 왕을 지키겠다는 말을 처음 들었을 때는 그게 무슨 말이냐며 질색했지만, 의미를 알 수 없는 그 기분 나쁜 맹세를 지금도 흔들림 없이 지켜오고 있다.

히라는 너무 바보이고, 너무 기분 나쁘다. 세상에 이런 남자는 또 없을 것이다.

"걱정해줘서 정말 고마워. 솔직히 말하면, 매일 불안해서 잠도 제대로 못 자. 역시 지금이라도 노구치씨한테 개인전은 못하겠다고 말해야 하나 망설여지고."

"그게 무슨 소리야? 노구치씨가 장담하니까 자신을 가져."

"응, 그래도 실패해서 실망시키면 어떡하지 하고 이런저런 생각을 해."

그 마음은 너무 잘 알고 있다. 모두가 그렇다. 새로운 도전이 무섭지 않은 사람은 없다. 그래도 하겠다고 결심했으면, 불안에 자신을 길들여가는 수밖에 없다. 자신도 히라도 한 꺼풀 벗겨내면 조금도 다르지 않다. 인간이란 모두가 그렇게 강하지 않은 존재다.

모두?

문득 걸리는 것이 있었다.

모두, 그렇게, 강하지 않아?

위화감의 정체를 끝까지 파고들어보려던 때였다.

"저기, 키요이."

히라가 불러서 잠깐 생각이 멈췄다.

"전에 내가 키요이에게 그랬잖아. 최후의 일병이 되어도 왕을 지키겠다고."

문 너머로 히라가 앉는 기척이 느껴졌다.

"아아."

"미안. 그거, 취소할게."

"하아?"

"왜냐하면 오히려 키요이가 나를 지켜주고 받쳐주고 있다는 걸 깨달았거든."

히라는 개인전을 하겠다고 결심할 수 있었던 경위에 대해 나직이 이야기하기 시작했다. 하기로 했다는 소식만 전해들었을 뿐, 히라의 입으로는 처음 듣는 이야기였고, 히라가 이렇게 속마음을 털어놓는 것도 처음이었다.

어린 시절부터 밑바닥에 처박힌 자신을 반쯤 체념하듯 받아들였고, 쓸데없는 일을 하지 않으면 창피당하는 일도 상처받는 일도 없다는 생각에 늘 도망치는 데 익숙했다. 그러나 알고 보니 자신은 뭔가에 도전하지 않았을 뿐이지 한번 하면 잘할 수 있다는 근거도 없는 자신감을 가지고 있었다면서, 얼마 전 그 사실을 노구치에게 간파당했다고 이야기했다.

"노구치씨가 부추길 때마다 기대에 부응하지 못할까봐 도망치고 싶었는데, 키요이가 우에다씨 연극에 필사적으로 도전하는 모습을 보고 이대로 도망쳐버리면 나는 키요이를 잃을 거라는 생각이 들었어."

"또 부정적인 이야기냐?"

"아니, 확실히 찾아올 미래의 이야기야."

히라는 담담하고도 결연하게 말했다.

"신 앞에서 결혼 서약을 해놓고도 정말 수많은 사람들이 이혼을 하잖아. 아무리 서로 좋아하더라도 늘 영원한 건 아니야. 서로 노력하지 않으면 관계는 이어지지 않아. 내 높디높은 왕인 키요이도 노력을 하는데 길바닥의 돌멩이인 내가 아무것도 하지 않으면 점점 차이가 벌어지겠지. 그러다가 언젠가 서로 보이지도 않게 멀어질 거고. 그렇게 되면 끝이잖아."

굉장하다. 정상이다. 히라가 하는 말을 제대로 다 이해할 수 있었다.

"키요이는 아마 내가 무슨 말을 하는지 이해할 수 없겠지."

"아니, 이해할 수 있어."

"정말?"

"응."

지금까지 들은 어떤 말보다 가장 잘 이해되는 말이었다.

"밑바닥에서 계속 고개 숙이고 지내던 내가 처음으로 똑바로 고개를 들어서 본 사람이 키요이였어. 그때 충격은 평생 지워지지 않을 각인처럼 내 이마에 새겨졌어. 언젠가 키요이의 아름다움을 낱낱이 사진으로 기록하는 게 내 꿈이야."

히라가 금세 풀이 죽은 작은 목소리로 "전혀 실현되고 있지 않지만……" 하고 덧붙였다.

"그러니까 이번 개인전은 꿈을 향해 내디디는 첫발이야. 내 안의 욕망, 지금의 나를 있는 그대로 숨김없이 내보이라고 노구치씨가 말했어."

"그래서 셀프 누드야?"

내보이라고 했다고 누드 사진이라니, 조금 단순한 것도 같았다. 하지만 히라가 하는 일이다. 일반인이 이해하기 어려운 뭔가가 있을 것이다. 이해할 수 있게 설명해주는 건 이젠 바라지도 않는다. 세상에는 자신의 마음을 창작물로밖에 말할 수 없는 사람들도 있다.

"키요이, 나는 키요이가 다스리는 황금빛 왕국에 흐르는 황금빛 강에서 영원히 오리대장과 함께 물위를 떠다니고 싶어. 그러니까, 그렇게 하기 위해서…… 도망치지 않고 열심히 할게."

나는 어떤 왕국도 다스리고 있지 않다. 격렬하게 기분이 나쁘다. 하지만 바짝 말라 쭈그러든 스펀지 같던 키요이의 마음이 히라의 말로 물을 머금은 것처럼 촉촉하게 탄력을 되찾고 있었다.

"너는 정말 나를 좋아하는구나."

"설마 그게 여태 안 전해졌었어?"

"아니, 기분 나쁠 정도로 전해졌었어."

하지만 키요이 소는 정말 히라가 그렇게까지 생각해줄 만한 사람일까.

계속 기다리는데도 모델 이야기를 꺼내지 않는 히라에게 짜증이 나 여기까지 쫓아와버렸다. 일에서도 연애에서도, 아무리 허세를 부려도 불안은 지울 수 없었다. 매일 아침 눈을 뜰 때마다 오늘은 해내고 말겠다며 분발하지만, 저녁에는 힘이 다해 침울에 빠졌다. 계속 그 반복이었다.

하지만 인간은 그런 것이다.

언제 어디서나 강하기만 한 인간이란 없다.

나는 특별히 더 잘나지도 떨어지지도 않은 그저 평범한 인간일 뿐이다.

그러니 계속 빛나는 별이 되려면, 나를 뭉개버릴 것 같은 무거운 부담감도 나를 움직이는 동력으로 바꿔 더 높이 날아올라야 한다. 솔직히, 너무너무 힘들다. 가끔은 노력도 배신할 때가 있다. 그래도 지금 빛나고 있는 별들은 틀림없이 아무 보장 없는 현실 속에서 계속 노력해온 사람들일 것이다.

"있지, 히라."

"응."

"나는 누구한테 배신을 당해도, 원래 세상이 그런 거라고 생각했었어."

"그랬어?"

"너도 알잖아. 고등학생 때도, 안나의 그 일이 있었을 때도, 조그마한 일로 바람의 방향이 바뀌고 사람들은 갑자기 손바닥 뒤집듯 오히려 공격하기도 하잖아. 하지만 스스로에 대해 확신이 없는 사람은 바뀌는 방향에 자신을 맞춰가는 수밖에 스스로를 지킬 방법이 없어. 그것 말곤 자신을 만족시킬 방법을 몰라. 그래서 오히려 가엾고, 한편으로는 당연하다고 생각해. 난 그렇게 하지 않으면 인기로 먹고사는 직업 같은 건 해나갈 수 없다고 생각했으니까. 그래도……"

키요이는 고개를 숙이고 크게 숨을 내쉬었다.

"너는 정말 성가신 남자야."

"응? 나, 나? 내가 뭐 잘못했어?"

아, 정말이지, 바람의 방향 같은 건 바뀌는 게 당연하고, 나는 나답게 있으면 그만이라고 생각했었다. 하지만 히라와 있으면, 그것만으로는 한참 부족하다는 생각이 움튼다. 더욱더 높은 곳으로 향해야 한다는 기대를 받으면 힘들고 견뎌내기도 어렵지만, 역풍이 불 때마다 손바닥을 뒤집는 녀석들이 있는 반면 계속 응원해주는 팬도 있다. 그러니 말로만 준비하는 게 아니라 더 열심히 해야겠다고 생각하게 된다.

　동경하는 눈으로 나를 계속 바라봐주는 이들을 위해, 스스로를 더욱 힘든 곳으로 몰아간다. 팬이란 정말 성가시면서도 그 이상으로 고마운 존재여서, 최고의 나를 보여주는 것으로 보답할 수밖에 없다. 그렇게 생각하게 만드는 팬의 필두가 히라라니.

　"키요이, 미안해. 뭐가 싫은지 가르쳐줘. 키요이가 싫어하는 건 하고 싶지 않아."

　히라가 필사적인 목소리로 말해서, 키요이는 쓴웃음을 지었다.

　히라는 자신의 가치를 앞으로도 절대 알아채지 못할 것이다.

　"이대로도 괜찮아."

　"그래도."

　"하지만 내 왕국에 계속 있고 싶다면, 개인전을 성공시켜. 안 그러면 허락해주지 않을 거야."

　온몸 온 마음으로, 태어날 때부터 왕이었던 듯, 키요이는 왕좌에서 내려다보는 기분으로 말했다.

고뇌하는 그 II

문 너머로 히라가 잠시 숨죽이는 것이 느껴졌다.

"……고마워. 역시 키요이는 나의 왕이야."

바보 녀석. 내가 필사적으로 연기하는 줄도 모르는구나. 불안은 여전히 마음속에 있었지만, 히라가 동경하는 모습의 내가 되고 싶다. 히라를 위해서가 아니다. 좋아하는 사람 앞에서는 언제나 멋있고 강한 모습만 보여주고 싶어하는 남자의 단순한 허세다. 내 연인이 내 1호 팬이라니, 최악이다. 조금도 긴장을 늦출수 없다. 하지만 좋기도 하다. 최악이면서 최고다.

"히라, 문에서 떨어져."

"응?"

"나 방에서 나갈 거야. 너는 눈 감고 있어. 절대로 보지 마. 보면 죽일 거야."

"알았어."

히라가 움직이는 소리가 들렸다. 키요이는 자리에서 일어나 살짝 문을 열었다.

으악, 기분 나빠……

히라가 벌거벗은 채 무릎을 끌어안고 눈을 감고 있었다. 그래, 녀석은 아까부터 벌거벗고 있었지. 히라의 기분 나쁨에 어느 정도 익숙해졌다고 생각했지만, 이렇게까지 초현실적인 광경은 처음이었다. 기분 나쁨의 레벨을 계속 갱신해가는 남자를 보자 웃음이 터지려 한다.

"기분 나빠."

"미안해."

"알았어, 근데 절대로 눈 뜨면 안 돼."

몸을 숙여 천천히 히라에게 다가갔다.

입술을 댄 순간, 히라가 목을 움츠렸다.

"키, 키요, 키요, 키요이……!"

"내년 3월에 보자."

히라는 얼굴부터 가슴까지 빨개진 채 여전히 눈을 꾹 감고 있
다. 고개를 끄덕이고, 입술을 일자로 굳게 다물고, 우리의 이별
을 견디고 있다.

"키요이는 내게 단 하나뿐인 빛나는 별이야……!"

그 말에 키요이는 흥 코웃음치고는 걸음을 돌렸다. 내년 3월,
반드시 최고의 모습으로 히라와 재회할 것이다.

빙의되었던 뭔가가 떨어져나간 것처럼 키요이는 가벼운 발걸
음으로 회색 폐허를 뒤로했다.

오키나와에서 돌아온 이후 첫 연습에서 키요이는 우에다를 찾
아가 연기를 봐달라고 부탁했다. 우에다는 팔짱을 낀 채 키요이
를 곁눈으로 흘깃 바라봤다.

"한층 커져서 돌아왔네."

무슨 의미일까. 여행을 다녀온 사이 더 뚱뚱해졌나 생각하는

데, 가까이에 있던 스태프들이 참지 못하고 웃음을 터뜨렸다. 이미 마음을 다잡고 있었기 때문에 아무렇지 않았다.

오키나와 여행 이틀 동안, 사에가 울면서 말려도 아랑곳하지 않고 대본을 든 채 먹고 먹고 또 먹었다. 식사할 때만이라도 대본은 내려놓으라고 엄마에게 꾸중을 들었지만, 그럴 상황이 아니었다. 키요이는 히라와 헤어지고 나서 더욱 의지가 솟구친 채 리조트로 돌아오자마자 바로 대본을 넘겨보다가, 갑자기 망연자실해졌다. 히라와 이야기하는 동안 한순간 마음에 걸렸던 위화감의 정체가 거기 있었다.

　　노조무　자, 자, 조용, 조용, 일단 포복절도할 내 이야기를 들어봐.
　　노조무　왜 이런 천재적인 센스를 몰라?
　　노조무　세상을 구할 수 있는 건 웃음뿐이야. 바로 내가 만들어내는 웃음.

그런 노조무의 대사에 아주 드물게 붙은 지문을 보았다.

　　(호흡 한 번)
　　(눈을 피한다)
　　(우스울 정도로 오버한다)

강한 대사와는 정반대로 모두 소심한 몸짓이었다. '호흡 한 번'은 대화에 끼어들기 전의 망설임이고, '눈을 피한다'는 자신 없는 모습이고, '우스울 정도로 오버한다'는 자신감 없는 모습을 드러내지 않으려는 허세다. 노조무가 정말로 어떤 남자인지, 이미 힌트가 여기저기 적혀 있었다.

빠뜨리고 안 읽은 것이 아니었다. 다만 집요하게 고민해보지 않았다. 괄호 안 지시대로 키요이는 그저 망설이고, 그저 눈을 피하고, 그저 오버해서 움직일 뿐이었다. 인형처럼.

노조무는 그런 사람이 아닐지도 몰라.

개그맨이니까 활발함을 전면에 살려보려고 의식하며 대사를 읽었을 때, 노구치가 그런 말을 했었다. 그때는 반발했지만, 정말 노조무는 키요이가 생각했던 이미지와 정반대의 남자였다.

개그맨을 직업으로 삼을 정도로 자기과시욕이 강하고, 인정받고 싶어서 언제나 좌중을 떠들썩하게 만들고, 그러다가 얕보이면 자존심이 상해 화를 내고, 침울해하고, 자신의 이상에 가까운 동료들을 질투하고, 그런 자신을 감추려고 다시 허세의 가면을 쓰는 인물이었다.

키요이는 노조무의 활발한 부분만을 강조해왔지만, 그의 본질은 어두운 부분에 있었다. 겉으로 아무리 활발한 척해도, 깊숙한 내면에 쌓여 있는 한심한 자신을 향한 불만, 자신의 가치를 알아봐주지 않는 세상을 향한 울분, 자신이 원하는 것을 손에 넣은 타인을 향한 선망이 항상 노조무에게 그늘을 만들고 있었다. 노조무의 쾌활한 모습은 자신을 지키기 위한 껍질인 동시에 자신을 가두는 감옥이기도 한 것 아닐까?

이 역할, 왠지 모르게 히라군 같아.

아, 그렇구나, 역시 안나는 천재다.

충격적인 사실을 깨닫고 나니 수치심이 솟아올랐다.

키요이는 입체적인 캐릭터의 한쪽 면만을 연기하고 있었다. 망설여야 하는 순간을 무시하고 그대로 돌진하듯 들이받았기 때문에 모두의 타이밍을 망쳐놓은 것이었다. 모두가 알아차리고 있었던 것을 키요이만 모르고 있었다. 수치심에 괴로워 몸을 뒤틀면서도, 마음속 깊이 히라에게 감사했다.

솔직히 말하면, 매일 불안해서 잠도 제대로 못 자.

역시 지금이라도 노구치씨한테 개인전은 못하겠다고 말해야 하나 망설여지고.

실패해서 실망시키면 어떡하지 하고 이런저런 생각을 해.

히라가 말한 것을 키요이도 똑같이 느끼고 있었다. 상황은 비슷했지만, 키요이가 필사적으로 보이지 않는 척 덮어버렸던 불안을 히라가 말로 해주었던 것이다. 그리고 문득 떠올랐다.

처음 이마무라의 연기를 보았을 때, 그때까지 드높던 키요이의 콧대가 꺾였다. '교만' 역은 자신을 위해 만든 역할 같다고 생각했는데, 이마무라는 그 역할에 너무도 딱 들어맞았다.

물론 질투심이 일었다. 하지만 성격적으로 어두운 감정은 키요이와 잘 맞지 않는다. 누군가를 향한 열등감이나 질투심을 동력으로 이용하는 사람도 있지만, 키요이는 집에 틀어박혀 생각하기보다, 일단 할 수 있는 일을 되는대로 해나가는 타입이다. 어느 쪽이 좋은지는 성격에 따라서 다르니까.

그러니까, 그래, 모두, 그렇게 강하지 않아.

사람들에게 보여주지 않을 뿐, 나도 울고 싶을 때가 있어.

그럼, 노조무도 그렇지 않을까?

자신과 아무런 접점도 없다고 생각했던 인물을 이해할 수 있는 실마리를 히라가 주었다.

노조무의 대사는 모두 강한 어조뿐이어서, 노조무의 어두운 부분을 드러낼 수 있는 구체적인 대사나 에피소드는 없다. 그러니까 그 외의 부분에서 노조무의 다른 얼굴을 보여줘야 하는 것이다.

대사를 읽는 것만이 연기는 아니잖아. TV라면 감독이 컷을 외칠 때까지, 연극이라면 무대 뒤로 퇴장할 때까지 배우는 계속 연기해야 하는 거야. 온몸으로 그 역할에 빠져서. 작은 손끝 움직임 하나, 시선 하나에서도 그 인물다운 느낌을 내야 일류라고 할 수 있지.

다카하타의 말을 떠올리자, 새삼 핏기가 가시는 듯했다.

이거 엄청나게 어려운 역할 아냐?

머리로는 이해한다 해도, 내가 이걸 표현할 수 있을까?

불안이 발밑에서부터 기어올라온다. 불안에 잠식당하기 전에 식탁 아래서 쿵 하고 힘껏 발을 굴렀다. 가족들이 놀라서 바라본다. 미안하다고 사과하고, 두꺼운 미국산 스테이크를 입에 넣었다. 해보기도 전에 꼬리를 말고 도망가면 되겠는가.

괜찮아, 나한테는 모델이 있으니까.

자존심이 세서 항상 허세의 껍질을 뒤집어쓰고 약한 부분을 보여주지 않으려는 얼굴의 노조무와, 얇은 껍질 아래서는 늘 불안해하고 부정적인 또다른 얼굴의 노조무. 마치 노조무는 나와 히라 같다. 나만도 히라만도 아닌, 두 사람을 똑같이 나눠 섞어놓으면 노조무라는 남자가 된다.

히라는 키요이를 왕이라고 하지만, 키요이는 마치 벌거벗은 임금님이 된 기분이었다. 두꺼운 고기를 씹으면서 그때 처음으로 노조무를 연기할 수 있다는 조용하지만 강한 자신감이 들었다.

"뭔가 상당히 자신감이 붙은 것 같은데, 그럼 2막 첫 부분부터 해볼까."

우에다가 지정한 부분은 키요이가 보여주고 싶어하던 장면이었다. 연출가가 보고 싶어하는 장면과 배우가 보여주고 싶어하는 장면이 일치하다니 고양감이 들었다. 오바나자와와 구루마자

키, 이마무라 등 메인 배우 여덟 명을 불러모은 뒤 2막 첫 부분을 시작했다.

각각의 역할이 전면적으로 드러나고, 대사는 구슬을 꿰는 것처럼 이어진다. 좋은 속도, 긴박감 넘치는 장면이다. 지금까지는 이 장면을 잘 소화하지 못했다. 모두가 각자 맡은 인물의 성격을 처음으로 드러내는 장면인데, 그동안 노조무라는 캐릭터를 파악하지 못하고 배우들 중에 키요이 혼자만 겉돌았었다.

하지만 오늘은 다르다. 항상 기세 좋게 대사를 치고 들어가던 부분에서는 언제 끼어들어야 할지 머뭇거리는 연기를 했다. 토크쇼에 단체로 출연하는 개그맨을 모델 삼아 금방이라도 고꾸라질 듯한 자세로 모두의 이야기를 듣던 부분에서는 반대로 몸을 뒤로 빼보았다. 그리고 우에다에게서 수없이 NG를 받았던 노조무의 가장 긴 대사 차례가 왔다.

동기인 인기 개그맨을 헐뜯는 장면. 지금까지 계속 큰 소리로 고래고래 외쳤지만, 오늘은 서서히 텐션을 떨어뜨려 마지막에는 고개를 숙이고 중얼거렸다. 허세 가득한 대사 내용과는 반대로, 결코 입 밖으로는 드러낼 수 없는 선망이 질척질척 눌어붙은 듯, 농담처럼 뱉은 대사가 거무칙칙한 질투덩어리로 끈적임을 더해가도록. 전체적으로 어둡게 가다보니 속도도 떨어졌다. 그러나 놀랄 정도로 호흡이 딱 맞아떨어져서, 다른 배우들과 주고받는 대사도 자연스럽게 이어졌다. 무엇보다 스스로 반응을 느꼈다.

우에다는 한 번도 중지시키지 않았고, 결국 2막 끝까지 해버렸다. 팔짱을 낀 채 한결같이 서늘한 표정을 짓던 우에다가 자리에서 일어나 짝짝짝 손뼉을 쳤다. 깜짝 놀랐다. 평소라면 이쯤에서 귀신같이 매서운 질책을 시작하는데.

"브라보— 특히 키요이군, 나도 모르게 빠져들었어."

우에다의 말에 스태프들과 다른 배우들도 박수를 치기 시작했다.

"잠깐 쉬고, 1막 2막 전부 다 해보자."

우에다가 연습실을 나갔고, 구루마자키가 잘했다며 키요이의 어깨를 두드렸다.

"사실은 키요이군이 계속 그런 한심한 수준으로 무대에 서게 될까봐 남 일이지만 초조했었어."

"오래 기다리셨습니다. 뭐, 라스트 스퍼트 같은 거죠."

"오, 젊은 사람이 겸손을 모르네. 전에 말한 그 맛없는 식당에 데려가버린다."

뒷목을 꾹꾹 누르며 장난스레 협박하는 구루마자키에게 웃으며 사양한다고 대답하는데 이마무라가 다가왔다.

"키요이군, 갑자기 무슨 일이야? 대사를 너무 잘 쳐줘서 겁날 지경이었어."

"그렇기도 했고, 후반부에는 진짜로 밀리던데?"

구루마자키가 크게 웃자 순간 이마무라의 얼굴이 굳었다.

"아, 조금 위험했죠."

이마무라는 곧바로 평소처럼 다시 온화한 표정을 지었지만 눈은 웃고 있지 않았다.

"어라, 이마무라군, 내가 아픈 델 찔렀나?"

구루마자키가 한번 더 파고들었고, 이마무라는 좀 봐달라며 웃었지만 매서운 분위기가 감돌았다. 조금 위험하다 싶은 생각이 들었지만, 이마무라는 키요이를 향해 생긋 웃어주었다.

"뭐, 이렇게 되지 않으면 재미없으니까."

지금까지 보여준 상냥한 선배의 인상과는 완전히 달랐다. 다른 사람을 업신여기는 웃음이었다.

아, 역시— 이제야 겨우 납득되었다.

그래서 '교만' 역은 이마무라에게 떨어졌던 것이다.

키요이는 살짝 웃었다. 정말 나는 지금까지 무엇을 보고 있었던 걸까.

"오래 기다리게 해서 죄송합니다. 앞으로 더는 지루하지 않게 하겠습니다."

이마무라 앞에서 미소 지으며 말하자, 그가 입꼬리를 쓱 올렸다. 오싹했다. 공포가 아니라 흥분으로 설레어 몸이 떨리는 느낌에 가깝다. 인사하고 연습실을 나가려 했다.

"에에, 벌써 끝내려고? 젊으니까 좀더 기세 좋게 싸워봐."

구루마자키가 말했다.

"놀리지 말아주세요."

"바보냐, 연습실에선 젊은 배우들 기싸움이 제일 재밌잖아."

구루마자키가 웃는다. 둘러보니 다른 배우들도 흥미롭다는 듯 우리를 바라보고 있다. 모두 이마무라의 본모습을 알기에 키요이와 그의 한판을 기대하는 것 같았다. 연극배우들 특유의 강한 개성은 알지만. 키요이는 그런 분위기에 질려 오히려 더 잘해야겠다는 생각이 들었다.

코웃음치며 연습실을 나서려는데, 등뒤에서 누군가 휘파람을 불었다.

또 건방지다느니 어쩌니 하는 말을 하겠지만, 이미 익숙하다. 그것보다는 걸림돌이었던 자신이 드디어 한 사람 몫을 해내며 대등하게 무리 안에 들어간 것이 기쁘다. 평소처럼 무대장치 방에 들어가 길게 한숨을 내쉬는데 노크 소리가 들렸다.

"아, 역시 여기 있네. 지금 괜찮아?"

우에다였다. 순식간에 다시 긴장해서 일어서려는데 그가 손을 들어 제지했다.

"키요이군, 아까는 정말 좋았어."

우에다가 키요이 옆에 무릎을 끌어안고 앉았다.

"고맙습니다."

"누가 가르쳐주기라도 했어?"

"아니요. 저 나름대로 노조무의 성격을 분석해봤어요."

"응?"

"의외라고 생각하시나봐요."

우에다는 "그거야 뭐" 하고 웃었다.

"나는 필요한 건 전부 각본에 써넣었어. 이야기 구조, 각 인물의 역할, 그걸 바탕으로 생각하면 노조무의 성격도 이해할 수 있으니까. 왜 모르나 싶어 짜증이 났고, 진짜 화도 많이 났어. 이제 내쳐버릴까 생각했을 정도야."

웃는 얼굴로 하는 말에 키요이의 등줄기에 식은땀이 흘렀다.

"나도 이 연극을 망치고 싶지 않고, 더 기다려도 모를 것 같으면 가르쳐줄 수밖에 없다고 생각했어. 하지만 스스로 터득했을 때와 누군가 가르쳐줘서 알게 됐을 때 연기 차이는 설득력 면에서 차원이 다르잖아. 그래서 굉장히 유감이었고, 사람 보는 눈이 없어 시시한 배우를 기용한 것 같아 분통했어. 그래도 가까스로 제대로 따라와줘서 마음속 저 밑에서부터 안심했다고."

우에다가 실눈을 떴다. 부처 같은 얼굴로 쫙쫙 잘라버리는 사람이다.

"걱정 끼쳐드렸습니다."

키요이가 고개를 숙이자, "걱정이 아니고 민폐지" 하고 우에다가 웃는 얼굴로 정정했다. 진심으로 무섭다.

"나는 같은 실수를 반복하는 걸 굉장히 싫어해. 그건 시간낭비잖아. 옛날부터 왠지 나는 내 시간이 다른 사람들 시간보다 빨리 가는 것 같아서, 생각이 굼뜬 녀석이나 우물쭈물하며 움직이지 못하는 녀석들이 이해가 안 갔어. 하고 싶은 일은 계속 있는데, 일분일초도 아까울 텐데, 왜 저렇게 모두 느긋할 수 있나 싶어서."

키요이는 우에다가 천재라고 생각했다. 다른 사람들보다 머리가 몇 배 빠르게 돌아가서 아이디어가 샘솟는다. 우에다는 일반인의 열등의식은 이해할 수 없을 것이다. 반대로 일반인도 우에다를 이해하기 어렵다. 아마 젊었을 때는 고독과 갈등도 있었을 것이다. 타입은 정반대지만, 히라와 통하는 면이 있는 것 같았다.

"뭔가 거슬렸어?"

"아, 아니에요. 지인 중에 우에다씨와 닮은 사람이 떠올라서."

키요이는 자기도 모르게 입을 다물었다. 늘 동경하던 연출가가 넓은 의미에서 히라와 같은 타입이란 사실이 너무 충격적이었다. 그렇다고 해도, 천재와 그 뭔가는 종이 한 장 차이라고들 한다.

"나와 닮은 사람이 떠올랐다면서 그렇게 싫은 얼굴을 하면 상처받지."

전혀 상처받지 않은 얼굴로 우에다가 말했다.

"죄송해요. 하지만 저와 가장 가깝고 가장 신뢰할 수 있는 사람이에요. 노조무를 이해할 수 있었던 것도 무엇보다 그 녀석 덕분이고, 연기 부분에서도 크게 참고가 됐어요."

노조무의 어두운 부분을 연기하는 데 가장 참고가 된 것이 고등학교 시절의 히라였다. 아무 말 없이 앞머리 틈으로 그저 가만히 키요이를 바라보던 새까만 눈.

"무슨 생각을 하는지 알 수 없고, 어쩐지 기분 나쁜 녀석이지만."

"그래도 그 사람을 신뢰하고, 솔직하게 참고를 한 거네."

"세상에는 제가 이해할 수 없어도 참고할 만한 좋은 것들이 많으니까요."

"아직 젊은데 공평하네."

키요이는 고개를 갸웃했다. 그냥 평범한 말 아닌가?

"실제로는 자신이 이해하지 못하는 건 별것 아니라고 생각하는 사람들, 아니 그렇게 생각하고 싶어하는 사람들이 많으니까. '난 무슨 뜻인지 이해할 수 없어, 흥미 없어, 그러니까 이건 가치 없는 거야.' 이렇게 말이야. 이해할 수 없는 걸 받아들이는 그릇이 못 된다는 걸 스스로 깨닫지 못할 뿐이지. 그러니까 자신이 이해 못하는 건 신뢰하지도 않고, 당연히 절대 참고하지도 않고, 행동으로 옮기지도 못해."

"그러거나 말거나 내버려둬도 상관없지 않아요? 어차피 손해 보는 건 자기 자신이니까요."

키요이의 대답을 듣고 우에다는 껄껄 웃었다.

"그래. 본인이 가장 손해를 보는 거야. 그런 간단한 걸 깨닫지 못하니 이상하지. 나는 시간낭비를 굉장히 싫어해. 그래서 이용할 수 있는 건 뭐든지 이용하고, 받아들이고, 씹어 삼키고 어떻게든 소화시키고 작품으로 되새김해서 최단 거리로 목표에 이르고 싶어. 안 그러면 하고 싶은 일을 다 해보기도 전에 관 속에 들어가게 될 거야."

"동감입니다."

"심하다고 생각하지 않아?"

"뭐가요?"

"자네에게도 상당히 괴로운 상황이었잖아?"

"아— 그런데 저도 필요한 건 뭐든 이용하고, 필요하지 않은 건 뭐든 버리니까요."

"그래서 아름다움도 버렸나?"

우에다가 키요이를 똑바로 본다.

"네. 역할을 만드는 데 방해가 되어서요."

키요이는 우에다의 눈을 마주보며 고개를 끄덕였다.

"그래도 필요해지면 바로 되찾을 거예요."

딱 잘라 대답한 순간, 우에다의 눈동자 깊은 곳이 빛났다.

"좋아. 그럼 앞으로도 내 속도에 맞춰 따라와."

"네?"

"내가 앞으로 가려는 곳에 자네도 따라오라고."

키요이는 눈을 깜박였다. 그 말의 의미를 조금 뒤늦게 알아채고, 심장이 두근두근 고동쳤다. 위험하다고 속으로 중얼거렸다. 기쁨에 숨이 막힐 듯해서 간신히 고개만 끄덕였다.

"휴식 끝났어. 연습하러 돌아갈까."

자리에서 일어나는 우에다를 따라 키요이도 일어났다.

바로 얼마 전까지만 해도 어느 쪽으로 나아가야 할지 전혀 종잡을 수 없었다. 지금은 안개가 걷힌 것처럼 밝은 시야에 우에다의 등이 보인다.

나는 천재가 아니다.

하지만 노력은 할 수 있다.

뒤처지지 않고 전속력으로 그 등을 따라갈 수 있다는 사실에 키요이는 흥분되고 떨렸다.

연습이 끝나고 옷을 갈아입는데 무슨 일인지 야마가타 사장이 들어왔다. 연습실에 웬일이냐고 묻자, 뭘 예약해놨다며 스가 매니저와 둘이서 덤벼들더니 키요이를 차로 끌고 갔다.

"예약이요?"

뒷좌석에 올라타 묻자, 무서울 정도로 부드럽게 웃는 얼굴로 야마가타가 고개를 돌렸다.

"응, 일본에선 아직 심각한 병으로 보는 사람들도 있지만, 미국에서는 진작 일반적인 게 됐어. 기분이 불안정해지는 건 감기처럼 흔한 일이고, 친한 친구에게 털어놓는 정도의 감각이야. 현대에는 이 분에 한 쌍이 이혼한다는데, 이혼이 그 정도면, 단순히 사귀다 헤어지는 건 일 초에 세 커플쯤은 되지 않겠어? 일 초에 세 커플이라고 세 커플. 이 순간에도 누군가가 차이고 있어. 안심되잖아!"

"뭐가요?"

쓸데없이 빙빙 돌려 하는 말을 정리했더니, '심리상담소에 가자'는 말이었다. 두 사람은 키요이의 급격한 체중 증가가 심리적인 문제라고 단정하고, 그에 맞게 대처하기로 한 것이다.

"절대 심각한 문제는 아니야. 하지만 키요이도 부모님의 귀한 보물이고, 우리는 그 보물을 관리할 책임이 있는 사람들로서, 아름답고 강했던 키요이가 이런, 이런 꼴이……"

울컥해서 말을 끝까지 잇지 못하는 야마가타를 보며, 키요이는 이건 아니라는 생각에 초조해졌다.

"사장님, 기다려달라고요. 저 정말로 어디 아픈 거 아니에요. 절대로 허락하시지 않을 거 같아서 비밀로 했지만, 최근에 살이 찐 건 극중 역할을 만들기 위해서였어요."

야마가타가 눈가에 눈물을 머금은 채 놀라 고개를 돌렸다. 처음에는 믿지 않았지만 그간의 경위를 쭉 설명하자 야마가타와 스가는 관자놀이에 핏대를 세우며 화를 냈다.

"봐요, 이럴 거 같아서 말하지 않았던 거예요."

도로변에 세운 차 뒷좌석에서 키요이는 뽀로통한 채 다리를 꼬았다. 하지만 얼마 못 가 다리가 풀렸다. 예전에는 안 이랬는데 17킬로그램이나 찌다보니 양쪽 허벅지가 서로 밀어내 바로 다리가 풀려버린다.

"우리가 화내는 건 그것 때문이 아니야."

도중에 야마가타의 목소리가 바뀌었다.

"물론 처음에는 반대했겠지. 하지만 그럴 것 같더라도 몇 번이고 설득을 했어야지. 나는 키요이를 아끼고, 배우로서도 믿기 때문에 함께하고 있어. 그러니 키요이도 우리를 믿어주면 좋겠어. 무슨 일이 생기면 먼저 상담해줘. 우리가 반대해도 몇 번이고 이야기하려고 해야지. 안 그러면 서로 신뢰하는 관계가 될 수 없잖아."

그건 확실히 맞는 말이었다.

"……죄송해요. 앞으로는 정식으로 말씀드리고 상담할게요."

진심으로 고개를 숙이자, 야마가타는 숨을 후우 내뱉고 시트에 등을 기댔다.

"뭐, 우리도 반성하고 있어. 키요이가 상담할 수 없었던 건 연극에 대한 키요이의 마음을 우리가 제대로 이해하지 못했기 때문이니까. 그래도 이번 일로 연극에 진심이라는 걸 알았어. 앞으로는 서로 더 잘해나갈 수 있을 거라고 생각해."

"네."

연예 기획사라면 일반인들이 보기에 왠지 어딘가 수상쩍고,

그중에는 정말로 탐욕스럽고 뻔뻔한 곳들도 있다. 하지만 야마가타의 회사 운영 방식에서는 그의 인격이 고스란히 드러난다. 안나의 스캔들이 터졌을 때도 회사에서는 무엇보다도 안나의 감정을 우선하면서 대응했다. 그러니 키요이도 회사를 더 믿었어야 했다.

"어쨌든 키요이가 건강하다니 안심이야. 그건 정말 다행이야. 이번 일로 우리도 지금 뭘 해야 하는지 알게 됐어. 심리상담소 예약은 취소할 테니까, 키요이는 스가랑 고기라도 배불리 먹고 살 더 찌우는 데 집중해."

"괜찮아요?"

"이제 와서 라이잡에 등록해도 이미 늦었잖아."

지당한 말이었다.

"어영부영하고 있을 때가 아니야. 서둘러서 앞으로의 대책을 세워야지."

"대책이요?"

"나는 그냥 성격 좋은 아저씨가 아니거든. 이래봬도 연예계에 꽤 오래 몸담으면서 산전수전 다 겪었어. 키요이가 각오했다면, 방법은 얼마든지 있지."

야마가타는 차에서 내려 혼자 택시를 잡아타고 어딘가로 가버렸고, 키요이는 스가가 데려간 고깃집에서 더이상 들어가지 않을 때까지 고칼로리 고기로 배를 채웠다.

연극 공연을 보름 앞둔 10월 중순, 공개 자선행사가 있었다.

전에 안나와 열애설이 났던 국민 아이돌 그룹의 키리야 케이스케도 나올 예정이어서 그쪽 매니저가 바짝 신경을 곤두세우고 있었다. 당시 스캔들은 키요이 납치 사건으로 번졌고, 그걸 계기로 키리야와 안나의 교제가 인정받는 분위기로 흘러갔다. 그런 탓에 키리야의 일부 과격한 팬들이 지금도 키요이에게 안티 행위를 집요하게 계속하고 있다. 최근의 공격 포인트는 주로 체중이다.

―키요이 소, 끊임없이 돼지가 되어가고 있어.

―배우 관두고 스모 선수 하는 게 좋지 않겠어?

―비싼 돈 내고 보러 가는 연극에 돼지 한 마리 꿀꿀댈 예감.

―키요이만 하차하면 좋을 텐데.

안티들이 SNS에 멋대로 악플을 써대기 시작했고, 지금은 악의 없는 일반인들까지 가세해 그저 재미로 키요이의 불어난 몸을 희화화하고 있다.

평소라면 그런 잡음 정도는 의지력으로 무시해버릴 수 있다. 하지만 지금은 그런 의견 하나하나를 또렷이 가슴에 새겨서 일부러 불안을 높이려고 한다. 노조무라는 인물에 더 가까워질 수 있는 방법이라 생각하기 때문이다. 솔직히 힘들지만, 자기 속도에 맞춰 따라오라던 우에다의 말을 되새기며 참았다.

아무리 분해도, 아무리 괴로워도, 기필코 끝까지 달릴 것이다. 중간에 나가떨어질 것 같으냐.

나는 괜찮다. 괜찮다. 괜찮다. 아마도……

윙스테이지에서 순서를 기다리는데, 갑자기 관객들이 조금 웅성거렸다.

"왜 그래요? 무슨 일 있어요?"

"죄송해요. 팬들 사이에 조금 실랑이가 있었던 것 같아요."

AD가 매니저에게 다가왔다. 구체적인 이야기를 들어보려 했지만 때마침 키리야가 무대로 나가서 팬들의 함성에 목소리가 묻혀버렸다. 키리야 다음에 여자 배우 한 명을 끼워넣고 이윽고 키요이를 불렀다. 웃는 얼굴로 무대로 한 발 내디딘 순간이었다.

"돼지는 들어가!"

관객석에서 야유가 날아왔다. 한순간 잠잠해졌다 단숨에 떠들썩해졌다. 스태프 한 사람이 정색하며 달려가 젊은 여자애를 데리고 나가려 했다.

"돼지 주제에 잘난 척하지 마! 너 같은 건 안나하고나 놀아!"

키리야의 팬이겠지만 입이 험했다. 키요이의 팬이 웃기지 말라며 되받아쳤고, 그 순간부터 키리야의 팬들과 키요이의 팬들이 편을 갈라 싸우기 시작했다. 행사를 취재하러 온 방송국 카메라가 관객들을 비췄다. 사회자가 진정시키려는 사이, 윙스테이지에서 스태프가 일단 들어와달라며 키요이를 불렀다.

고뇌하는 그 II

왜 내가 무대 뒤로 들어가야 하지?

키요이는 도망치는 것 같아서 싫었다. 하지만 고집 부릴 상황이 아니었다.

마음속으로 젠장 하고 불만을 터뜨린 순간이었다.

"키요이―!"

어디선가 낮은 남자 목소리가 울려퍼졌다.

여자들의 높은 목소리 사이에서 이질적인 울림이었다.

"키요이는 누구보다도 아름다워―!"

관객석 뒤쪽에 모자, 선글라스, 마스크를 쓴 수상한 남자가 외치고 있었다. 여자들만 가득한 틈에서 머리 두 개 정도는 더 큰 남자라 바로 눈에 띄었다.

"키요이 소는 밤하늘에 반짝이는 별이야― 누구보다도 무엇보다도 아름다워―"

장내가 조용해지고, 수상한 남자가 더욱 목소리를 높였다.

"키요이― 사랑해―"

달려간 스태프가 남자의 촌스러운 체크무늬 셔츠를 잡고 억지로 데리고 나갔다. 남자는 저항하지 않았지만 밖으로 끌려나가는 순간에도 간지러운 찬사를 멈추지 않았다.

……저 바보가.

최근 정보도 검색하지 말고 쫓아다니지도 말라고 그렇게나 엄하게 말해뒀는데, 그새 또 보러 온 건가. 약속도 어기고 기분 나쁘고 짜증나는 녀석.

저 녀석은 정말.

언제나, 어디서나, 어떤 순간에도……

"일단 들어오세요."

윙스테이지에 선 스태프의 지시에 이 이상은 안 되겠구나 싶어 들어가려 했을 때였다.

"키요이— 나도 사랑해—"

그 소리를 듣고 오싹해졌고, 그 순간 다른 쪽에서도 누군가 외쳤다.

"정신 나간 안티들에게 지지 마—"

"키요이— 힘내—"

"키리야 팬이지만 키요이도 응원해—"

행사장 전체에 응원의 메시지가 퍼져나갔다. 행사에 참석한 연예인들이 많으니 관객 모두가 키요이의 팬은 아닐 것이다. 그런데도 열심히 하라는 격려의 말이 행사장 안에 가득 울려퍼지자, 들어오라는 무대 스태프의 지시에도 아랑곳없이 사회자인 베테랑 개그맨이 키요이를 가운데로 끌고 나와 마이크를 건넸다.

"키요이씨, 여기서는 뭐라고 한마디해야겠죠."

사회자가 웃으며 채근하자, 키요이는 당혹스러워하면서도 마이크를 받아들었다.

"저…… 죄송합니다. 그리고 고맙습니다. 앞으로도 최선을 다해 열심히 하겠습니다."

진부한 말밖에 나오지 않았다.

고개를 숙여 인사한 순간, 커다란 박수가 일었다.

키리야가 가장 먼저 와서 키요이를 끌어안았다. 먼저 무대에
나와 있던 다른 연예인들이 줄지어 다가와 키요이를 둘러싸고
커다란 원을 만들었고, 행사장 전체가 박수소리로 가득했다.

행사를 마치고 나서 매니저에게 히라가 어떻게 되었는지 물었
다. 맨 처음 소동을 일으킨 키리야의 팬과 같이 밖으로 쫓겨난
것 같다며, 히라라는 걸 곧바로 알아채고 뒤쪽으로 달려갔지만
이미 끌려간 후였다고 했다.

"그래, 그 히라군의 마음이 변했을 리가 없지. 안나 일이 있었
을 때도 그랬지만, 그렇게 큰 소동이 있었는데도 역전 만루 홈런
이야. 키요이의 태도도 산뜻했고, 안티의 원인이던 키리야와 포
옹한 것도 좋았어. 안나 일로 키리야가 키요이에게 진 빚을 이번
에 확실히 갚았네. 다른 사람들도 모두 다가와서 안아준 건 조금
감동적이었어. 유명인들은 대다수가 SNS에서 공격을 당하고 있
지만, 그럼에도 그런 무모한 공격에 지지 않겠다는 입장 표명 같
았어."

돌아가는 차 안에서 스가가 흥분한 듯 말했다.

"나, 잘했어요?"

"어, 복잡한 상황인데도 침착하게 대응했어."

그럼 다행이라고 대답하며 창밖에 흘러가는 풍경으로 시선을 옮겼다.

아까는 정말로 억울해서, 한심해서, 울 것 같았는데.

불과 얼마 전까지 칭찬하고 받들어주던 사람들이 사소한 계기로 손바닥을 뒤집듯 마음을 뒤집는다. 집단의 잔혹함을 알고, 배신당하는 것도 당연하다고 각오하고 있기에 또다시 그런 일이 닥쳐도 견딜 수 있다. 그렇게 생각하고 있었다. 하지만 한번 뒤집힌 손바닥은 사소한 계기로 또 한번 뒤집히기도 한다.

또 그 녀석에게 도움을 받았어.

휴대폰을 봤지만, 히라의 연락은 없었다. 그렇게 눈길을 끄는 일을 해놓고 설마 들키지 않았다고 생각하는 걸까. 아, 오히려 무서워서 연락하지 못하는 걸 수도 있다. 먼저 연락해볼까 하다가 그만두었다.

약속을 어긴 벌이다. 내년에 제대로 얼굴을 보고 직접 말할 것이다.

눈을 꼭 감고 지금 당장 보고 싶어서 견딜 수 없는 마음을 억눌렀다.

다음날, 바람의 방향이 완전히 바뀌었다.

달리 특별한 뉴스가 없어서인지 〈와이드 쇼〉에서는 어제 일이

크게 다루어졌다. 최근 급격하게 늘어난 체중 때문에 키요이가 SNS에서 심하게 조롱당하던 일까지 다루어지면서, 명예훼손 수준의 악플이 만연하는 풍조에 대해 사회자와 해설자도 상당히 진심으로 분노했다. 스가가 말한 대로 SNS에 악플이 달리지 않는 유명인은 없다.

게스트로 나온 변호사는 악플을 다는 사람은 단순히 재미로 하는 일이라 법적 소송으로 가면 바로 사라지는 경우가 많다, 최근에는 피해자가 고소하는 경우가 늘고 있고 계정을 삭제해도 접속 기록이 남기 때문에 도망갈 수 없다고 설명했다.

그리고 평소에는 거리를 두고 싶은 예능 리포터라는 사람들이 나와 이번에 키요이가 체중을 늘린 건 우에다 히데키 신작 연극에서 맡은 역할을 위해서라고 말해버렸다. 그후 우에다가 라디오방송에 게스트로 출연해 그 사실을 긍정한데다 굉장한 연극이 될 거라고 하자, 다음날 바로 인터넷 기사가 떴다.

—키요이 소, 역할 위해 20킬로그램 증량!

—역할을 위해 미모를 버린 집념의 연기 투혼.

—우에다 히데키가 보증하는 차세대 실력파 키요이 소.

아니, 아니, 손바닥 뒤집듯 너무 쉽게 여론을 뒤집잖아…… 역시 의아하다고 생각했다.

"아— 정말 타이밍 딱이야. 나는 역시 대단해. 일을 착착 진행시키는 프로페셔널!"

하지만 회사에 가보니 야마가타가 소파에 앉아 거들먹거리며 큰 소리로 웃고 있었다.

야마가타는 전에 말했던 '앞으로의 대책'의 일환으로, 친하게 지내는 리포터와 주간지측과 사전에 말을 맞춰서 키요이의 체중 증가 이유를 적절한 시점에 공표하기로 계획을 짜두었다.

또한 무책임한 악플을 자제해야 한다는 여론의 흐름에, 키요이의 팬들이 일제히 들고일어났다. 무대에서 두 사람이 껴안는 모습을 본 키리야의 팬들도 "안티 행위 하는 사람은 키리야 팬 그만둬" "좋아하는 사람의 얼굴에 먹칠하지 마"라며 함께 분노했고, 그 결과 안티들은 약속이나 한 듯 활동을 멈추고 사라지게 되었다. 야마가타의 계획이 최상의 결실을 맺은 것이다.

"키요이는 실력과 배우로 한발 나아가게 됐어."

여기저기 얼굴을 내밀고 영업을 더 해야겠다며 스가도 덩실거린다.

"하지만 이제부터는 키요이의 몫이야."

맞은편에서 야마가타가 몸을 내밀며 말했다.

"이렇게까지 화제가 됐고, 역할을 위해 체중을 늘렸다고 대대적으로 홍보해놓았으니까 무슨 일이 있어도 무대에서 좋은 연기를 보여줘야 해. 안 그러면 그저 허세가 될 거야."

"알고 있어요. 믿어주세요."

키요이는 턱을 치켜들고 차갑게 웃었다. 그 순간 야마가타와 스가의 얼굴이 일그러졌다. 웃음을 참는 게 분명한 표정에 키요이는 부루퉁해졌다. 평소와 다름없이 행동하지만, 20킬로그램이나 살이 붙은 지금은 오히려 통통해서 귀여운 개그맨처럼 보이는 것 같다.

"연극이 끝나면 바로 라이잡 예약해주세요."

"응, 알겠어."

야마가타와 스가가 고개를 숙이고 어깨를 들썩이며 웃는다. 굴욕적이었다.

10월의 마지막날, 〈로커스트〉 첫 공연의 막이 올랐다. 티켓은 매진되었고, 로비에는 화환이 줄줄이 세워졌고, 객석은 관계자석까지 빽빽하게 들어찼다. 윙스테이지에서 대기할 때는 긴장으로 심장이 폭발할 것 같았지만, 무대로 나가는 순간, 긴장감은 기분좋은 고양감으로 바뀌었다.

지금까지 몇 번이나 무대에 섰다. 하지만 오늘밤은 특별했다. 자신과는 닮은 점이 하나도 없다고 생각했던 노조무가 키요이의 몸을 통해, 키요이의 목소리를 통해 온 힘을 다해 살아 움직였다.

노조무가 태어난 집, 가족의 이야기, 유년기의 이야기, 학생 시절의 이야기, 개그 이야기, 노조무로 살아가다가 무대 위에서 노조무로 죽는 순간, 그 모든 것을 떠올렸다. '아, 나는 죽는구나' 생각하면서 똑바로 누워 올려다본 조명이 너무 눈부셔서 눈물이 흘렀다.

암전된 사이 윙스테이지로 들어가 연극이 끝날 때까지 멍하게 있다가, 갑작스러운 엄청난 박수소리에 정신을 차렸다. 스태프가 커튼콜을 위해 부르러 왔다.

조명이 모두 밝혀지고, 극장 안이 멀리까지 바라보였다. 무대는 이미 〈로커스트〉의 세계가 아니었다. 현실이었다. 키요이의 눈에는 극장을 가득 메운 박수 치는 관객들이 비치고 있다.

한 사람씩 호명되고, 감사 인사를 한다. 키요이 차례가 되어 고개를 숙이자 짓눌려 뭉개질 것 같은 박수가 쏟아졌다. 얼마나 무섭고, 얼마나 기쁜 박수인가. 눈물을 참지 못하고 시야가 흐릿해졌다. 그래도 어느 한 부분만은 또렷하게 보였다. 옅은 선글라스에 마스크를 쓴 키가 큰 남자.

역시 왔구나.

키요이는 그를 향해 크게 손을 흔들었다.

그날 밤은 마음이 들떠 거의 잠을 이루지 못했고, 다음날 아침에야 조금 진정하고 연극 비평으로 눈길을 돌렸다. 최선을 다해 마침내 해냈다는 성취감과 그것이 어떤 평가를 받았는지에 대한 걱정은 별개다. 스가가 모아준 신문과 인터넷 기사를 보니, 그동안의 고생은 제대로 평가받고 있었다.

대부분은 우에다의 연출 기량, 주연 오바나자와의 연기력, 우에다의 페르소나와도 같은 구루마자키에 대한 칭찬이었고, 그 외에도 모두의 연기가 훌륭했다고 쓰여 있었다. 그런데 이번에는 직전에 일어난 소동 때문인지 키요이 소에 대한 언급도 꽤 있었다. "20킬로그램 증량이라는 리스크를 안을 가치가 있는 연기" "실력파 배우의 길로 한 걸음" 등 가장 어린 배우에게 파격적으로 높은 평가를 해주고 있었다.

"언젠가 우에다씨 작품의 주연을 맡고 싶어."

키요이의 말에 야마가타와 스가는 소스라치게 놀랐다.

"그렇게 쥐어짜이고도, 역시 키요이는 귀신 멘탈이야."

"그래도 천릿길도 한 걸음부터이니, 우선은 차근차근 쌓아가야죠."

"그럼요, 그럼요."

"일단은 연극, 그다음은 드라마. 차차 아침 드라마도 해보고 싶어요."

확실히 실력파 이미지를 만들자는 그들의 말에 키요이는 고개를 끄덕였다.

그후 두 달 동안 〈로커스트〉 전국 순회공연이 있었고, 히라는 지방 공연도 반드시 하루는 보러 왔다. 히라가 키요이의 말을 어기는 건 팬질을 할 때뿐이다. 반쯤 포기한 채로 트위터에 접속해보았는데, '돌멩이입니다' 계정은 역시 더없이 활발히 활동중이었다.

—키요이 소는 아마테라스* 급이어서 등장할 때마다 눈이 부셔서 차마 눈을 뜰 수가 없다.

—신은 키요이 소만 일반인들과는 다른 재료로 만들었다.

—너무 아름다워서 안구가 파열될까봐 무서워.

'팬이라면 그러려니 하겠지만, 이 녀석은 남자친구잖아……'라고 생각하면 머리가 복잡해진다.

어쨌든 전에 천 명쯤 되던 히라의 팔로워가 단번에 삼천 명으로 늘어 있었다. 아무래도 그날 행사에서 궁지에 몰릴 뻔했던 키요이 소를 구한 남자가 '돌멩이입니다'라는 걸 들킨 것 같다.

키요이의 팬들 사이에서 히라는 오래전부터 키요이를 따라다닌 팬으로 유명하다. 모자에 선글라스에 마스크를 쓴 수상한 모습이 트레이드마크가 되었고, '돌멩이입니다' 계정에 올라오는 트윗과 이 수상한 골수팬에 대한 목격담이 이어지면서, 히라가 '돌멩이입니다'라는 사실이 언제 들켜도 이상하지 않은 상황이었다.

그건 그렇다 쳐도, 웬일인지 히라를 '전하'라고 부르는 팔로워가 많았다. 히라 행성에서 대관식이라도 한 걸까. 캐낼수록 기분 나쁜 이유들만 나올 것 같아 무시했지만, 남자친구가 나를 항상 쫓아다니는 골수팬인 건 정말 달갑지 않다.

* 일본 신화에 등장하는 태양의 여신.

고뇌하는 그 II

모든 공연이 다 최고였던 건 아니다. 말로는 설명할 수 없는 사소한 뭔가가 잘 맞지 않아서 흐름을 타지 못한 날도 있었다. 가장 좋은 컷을 편집해 몇 번이나 재생할 수 있는 TV나 영화와는 달리, 무대는 주어진 시간에 단 한 번만 연기할 수 있는 단판 승부다. 연기가 잘되지 않는 날은 무릎을 꿇고 싶을 만큼 분했고, 잘해낸 날은 하늘로 두 팔을 벌릴 정도로 기뻤다. 그만큼 피로감도 극심했다.

12월이 되어 연말 특별방송 녹화까지 병행해야 했을 때는 힘에 부쳤다. 긴장이 풀려 조금 늘어졌을 때 어느 연극 잡지에 쓰카하라의 비평이 실렸다. 우에다의 숭배자라서 작품에 대해서는 좋게 말하겠지만 어차피 또 나에 대해서는 난도질했을 거라 예상하며 키요이는 페이지를 넘겼다.

"어느 순간 다른 세계로 데려다주었다. 흥분과 절망과 비탄과 희망에 농락당하다 막이 내려온 후에는 현실로 돌아오고 싶지 않은 기분이 들었다. 우에다 매직이다."

우에다를 향한 긴 찬사를 늘어놓은 후, 갑자기 키요이 얘기로 넘어왔다.

"박력 넘치는 배우진 틈에서 신선하게 빛나고 있는 인물은 키요이 소다. 극도의 이면성을 가진 '질투' 역을 그토록 훌륭히 분석해 연기하리라곤 솔직히 기대하지 않았다. 역할을 위해 20킬로그램이나 체중을 늘려서 인상마저 변한 키요이 소가 고개를 숙인 채 관객을 응시하고, 조금도 재미있지 않은 개그를 중얼거리는 장면은 너무 기분이 나빠서 소름이 돋을 정도였다. 우에다 히데키는 연예계가 필사적으로 비싼 값으로 팔려고 하는 미남계라는 변변치 않은 바구니에서 이 멋진 황금 사과를 골라냈다."

동명이인이 썼나 의심될 정도의 칭찬에 사장과 매니저는 쾌재를 불렀다. 키요이도 좋아서 주먹을 꼭 움켜쥐었다.

연극은 대호평 속에 마지막 공연을 맞이했다. 우레 같은 박수를 받으며 배우진이 서로 손을 잡고 고개를 숙였다. 여러 차례 커튼콜이 끝난 후, 대기실은 인사하러 온 사람들로 몹시 붐볐다.

"마지막 공연 수고했어."

말을 건 사람은 지적으로 보이려고 둥근 안경을 쓴 평론가 쓰카하라였다.

"고맙습니다. 써주신 글도 읽었습니다. 의외였지만 기뻤어요."

승리의 웃음을 짓는 키요이에게 쓰카하라는 한껏 못마땅한 얼굴을 했다.

"좋은 건 좋다고 하는 게 프로의 미덕이니까. 뭐 그래도 이번에는 우에다씨라는 훌륭한 보증 수표가 있었으니, 우에다씨의 연기 지도 덕분이겠지. 승부는 다음이야. 우에다씨의 도움이 없어도……"

우에다, 우에다, 도대체 그 이름을 몇 번이나 말할 셈인가. 마음속으로 힐난하고 있는데, 쓰카하라 뒤에서 삼십대로 보이는 아름다운 여성이 얼굴을 내밀었다. 쓰카하라의 아내인 듯했다. 그녀가 "처음 뵙겠습니다" 하고 키요이에게 악수를 청했다.

"고등학생 때 보이즈 콘테스트에 나왔을 때부터 키요이씨 팬이었어요. 얼마나 예쁘게 생겼나 궁금해서 소극단에서 공연하던 시절부터 전부 찾아가서 봤고, 사실 남편도 거기서 만나게 됐어요. 그런데 이 사람은 키요이씨를 질투해서 심한 말만 쓰는데, 속 좁은 아저씨의 독설에 제가 대신 사과할게요. 그래도 이번 연극에서는 결국 항복한 거 같아요."

"사호, 왜 여기서 그런 말을 해?"

쓰카하라가 당황해서 쩔쩔매며 아내의 말을 가로막았다. 이제야 숨겨진 전말을 알겠다는 듯 키요이가 싱긋 미소를 짓자, 쓰카하라는 다른 사람들에게도 인사해야 한다며 굳은 얼굴로 아내를 데리고 급히 자리를 떴다.

뒤풀이는 도쿄의 어느 레스토랑을 통째로 빌려서 했고, 관계자 포함 백 명 가까이 참석했다. 우에다도 어깨의 짐을 내려놓은 듯 시종일관 웃는 얼굴로 술잔이 채워지는 대로 마셨다. 그후 2차 자리에 휩쓸려 갔다가, 3차는 빠지고 집으로 돌아오니 늦은 밤이었다.

피곤하지만 흥분에 취해 눈이 말똥말똥했다. 이제 노조무가 되지 못한다고 생각하니 쓸쓸한 기분이 들었지만, 시간이 흐를

수록 아쉬움이 솟구쳤다. 이렇게 했으면 좋지 않았을까, 저렇게 했으면 어땠을까 하고 두 달 동안 자신이 연기했던 장면들을 하나하나 떠올렸다.

다음 연극에도 나를 불러줄까? 기대하는 마음만큼 불안도 차오른다. 기분을 달래려고 휴대폰을 들고 트위터 '돌멩이입니다' 계정을 열자, 역시 오늘밤의 키요이 소에 대한 찬사로 가득했다.

얼마나 써댄 거야?

키요이는 스크롤을 내리며 웃었다. 최근 두 달 사이에도 히라와 여전히 '안녕' '잘 자' 같은 인사도 나누며 평범하게 문자를 주고받았지만, 히라는 연극에 대한 감상평은 전혀 하지 않았다. 아직까지 들키지 않았다고 생각하는 걸까. 아무튼 떨어져 있는 동안에도 히라의 마음을 확인할 수 있었다는 점에서 나쁘지 않았다.

트위터로 남자친구의 애정을 체크하는 거, 좀 위험하지 않아요?

한 걸음 삐끗하면 그대로 스토커 되는 거지.

잘 어울리는 정도가 아니라, 운명의 짚신짝이네요.

야마가타와 스가가 소곤거리는 말을 들었을 때는 분개했었다. 두 사람의 말을 곱씹다가 짚신은 누가 짚신이냐며 또다시 성을 내는데, 화면에 새로운 글이 떴다.

─오늘밤은 아름다운 그를 생각하면서 행복하게 잠들겠습

니다.

그 글을 보는 순간 찌푸려졌던 얼굴이 어느새 풀렸고, 키요이는 숨을 깊게 내쉬며 머리맡 전등을 껐다. 오늘밤도 극장 어딘가에 와 있었을, 모자와 안경을 쓴 남자를 생각하니 평온한 잠이 찾아왔다.

잘 자, 히라.

"오빠, 그것만 먹어?"

새해가 밝고 2월 말, 근교에 로케를 갔다가 본가에 들렀다. 라이잡에서 짜준 식단에 맞춰 다이어트 드링크로 저녁식사를 때우자, 사에가 걱정스럽다는 듯 물었다.

"주스만 마시면 건강에 안 좋아. 내 가라아게 줄게."

"필요 없어. 살쪄."

"얼마 전까지 터질 것처럼 뚱뚱했으면서."

다오의 말에 키요이는 코웃음으로 응수했다.

마지막 공연이 끝난 다음날부터 키요이는 다이어트에 돌입했다. 식사량을 극단적으로 줄이고, 필수영양소만 섭취했다. 일반적으로는 절대 추천하지 않는 방법이지만, 키요이의 경우는 특수하다. 무슨 일이 있어도 3월 드라마 촬영 전까지 냉미남의 최고 컨디션으로 돌아가야 하기에 체중 감량에 최대한 집중하고 있다.

"그렇게 갑자기 살을 찌웠다 뺐다 하면, 몸 상하는 거 아니니?"

엄마가 말했다.

"목표 체중까지 빼고 차츰 근육 늘릴 거니까 괜찮아요. 할리우드 배우들에 비하면 이런 건 아무것도 아니야. 환자 역할 때문에 보름 동안 8킬로그램이나 뺀 배우도 있고."

"보름에 8킬로그램? 어머, 정말? 그 다이어트 나도 할 수 있을까? 다음달에 다오가 다니는 축구클럽 학부모 모임이 있거든. 입고 싶은 원피스가 있는데 조금 꽉 껴서."

"어렵지."

키요이의 단호한 대답에 엄마는 그렇겠지…… 하고 풀이 죽었다.

"그래도 오빠가 다시 멋있어져서 다행이야. 오키나와에 갔을 때는 지구가 멸망하나 싶을 정도로 슬펐어. 오빠, 오빠는 계속 사에의 자랑거리가 되어줘. 여자친구 같은 거 만들면 안 돼."

심장이 철렁했지만, 다오가 기회를 놓치지 않고 끼어들었다.

"바보냐? 형은 연예인이거든. 여자친구는 당연히 있겠지."

"없어!"

사에가 흥분해서 자리에서 일어섰다.

"그치, 오빠, 없지?"

그리고 비장한 얼굴로 키요이를 바라본다.

"……없어."

여자친구는…… 키요이는 속으로 덧붙였다.

"여동생한테 브라더 콤플렉스가 있어서 형도 참 큰일이야. 형, 사에 신경써주느라 거짓말할 필요 없어. 그건 그렇고, 나 고등학생 되면 아이돌 좀 소개해줘."

"다오 오빠는 아이돌이랑 절대 못 사귈걸. 다리도 짧잖아."

"시끄러워, 못생긴 주제에!"

다오가 소리치자, 사에는 소리 내어 울기 시작했다. 가족의 저녁식사 자리는 늘 떠들썩하다. 히라와 별거를 시작하면서 키요이는 은근히 힘이 들었는지 가끔 너무 외로우면 본가에 얼굴을 내밀었다. 어렸을 때는 부모님의 사랑을 독차지하는 동생들을 미워하기도 했지만, 이러니저러니 해도 이제는 가족과 함께하면 마음이 누그러진다.

물론 가족과 함께하는 시간은 반나절이면 충분하지만.

저녁식사를 마치고 도쿄 집으로 돌아와 자기 전에 체중을 재봤는데 역시 변함이 없었다. 식사량을 극단적으로 줄이고, 섭취하는 칼로리보다 하루 기초대사량이 많은데도 벌써 닷새쯤 제자리다. 아무리 달리고, 식사량을 더 줄여도 남은 3킬로그램이 빠지지 않는다.

이제 남은 방법은 단식밖에 없나?

다음날, 도쿄의 스튜디오에서 촬영이 있었다. 바지 단추를 날려버렸던 그 잡지 촬영이다. 하지만 17킬로그램을 감량한 키요이가 스튜디오에 들어서자 박수가 일었다. 역할을 만들기 위해 한껏 살을 찌웠다가 단기간에 원래 체중으로 돌아온 배우를 대단하게 보는 분위기가 느껴졌다.

"키요이, 굉장해. 눈빛이 장난 아니야. 이전보다 카리스마가 더해졌어."

사진작가의 입발림에는 익숙하지만, 오늘만은 진심인 것 같아 보람을 느꼈다. 많이 먹으면 사고와 동작이 둔해지지만, 굶주림은 인간을 예민하게 만들어 동물성을 되살린다. 오늘 키요이는 굶주린 늑대다.

"눈이 퀭한데 괜찮아?"

촬영이 끝나고 스가가 걱정스러운 듯 키요이를 빤히 보았다.

"이제 고작 3킬로그램 남았잖아. 그 정도면 괜찮으니까 조금은 먹어."

"촬영은 괜찮지만, 이 상태로는 히라를 만날 수 없어요."

키요이가 비틀거리면서 대답했다.

"그 녀석은 노구치씨가 인정할 정도로 앞길이 창창한 사진작가잖아요. 그런 녀석 눈에 완벽하지 않은 모습은 보이고 싶지 않다고요."

"뭐? 그럼 단식까지 감행하는 게 히라군 때문이야?"

키요이는 고개를 끄덕였다.

"새삼스럽게 왜? 히라군은 행사장이랑 극장에도 왔었잖아."

"멀리서 본 거라서, 가까이서 보면 실망할지도 몰라요. 게다가 영양이 부족해서 피부도 꺼칠하고 안색도 별로고, 이런 상태로 만나기 싫어요. 그 녀석 앞에서는 황금빛 왕국의 왕이라야만 한다고요."

"황금빛 뭐? 그게 무슨 말이야? 키요이, 정말 괜찮아?"

의식이 몽롱해져서 스스로도 무슨 말을 하는지 알 수 없었다.

"어, 키요이 아냐?"

복도를 걸어가는데 귀에 익숙한 목소리가 들려 걸음을 멈췄다. 돌아보니 노구치가 커피를 들고 서 있었다. 다른 스튜디오에서 촬영이 있었던 것 같다.

"키요이, 살 많이 빠졌네. 엄청 통통했었는데. 여섯 달 만에 20킬로를 왔다갔다하다니 대체 그 몸은 어떤 몸이야? 사실은 피부색 타이즈라도 입고 있었던 거야?"

노구치가 옆구리를 손으로 쓸어내려서 함부로 만지지 말라고 손등을 때렸다.

"노구치씨, 정리 끝났습니다."

갑자기 히라가 튀어나오자, 키요이는 소리 없는 비명을 질렀다. 반사적으로 노구치 뒤에 숨었지만, 놀란 노구치가 뒤를 돌아보고 키요이는 더욱 그의 등뒤에 숨으려고 하면서 서로 꼬리를 잡으려는 강아지들처럼 빙글빙글 돌게 됐다. 히라가 눈을 크게 뜨고 지켜보았다.

"잠깐, 키요이, 갑자기 왜 그래?"

"노구치씨, 키요이는 아직 다이어트중이에요."

어쩔 수 없다는 듯 매니저가 설명했다.

"다이어트? 이미 원래대로 돌아왔잖아."

"아직 3킬로가 남았대요."

"아, 그래서 히라에게 보이고 싶지 않다는 거야?"

히라 앞에서 꼴사나운 이야기 하지 마. 키요이는 속으로 두 사람에게 화를 냈다.

"정말 엄청 까다로운 소녀네, 아주."

노구치가 키요이의 팔을 잡고 강제로 히라 앞으로 끌어냈다.

"……아, 키, 키요이……!"

가만히 서서 눈가만 붉게 물들이고 있는 히라를 보고 키요이는 고개를 획 돌려버렸다. 젠장, 젠장, 젠장, 왜 이런 데서 만나는 거야. 몸무게도 아직 완전히 안 돌아왔고, 오늘은 늦잠 자서 옷도 아무렇게나 보이는 대로 입고 왔는데. 재회할 때 뭘 입을지 코디도 다 생각해뒀는데. 젠장, 젠장, 젠장.

"뭐야, 너희? 마주보고 솔직하게 이야기도 못하는 중학생들이냐?"

노구치가 질린다는 듯 말했고, 스가는 웃음을 터뜨렸다.

"키요이는 오늘 스케줄 끝이야. 나는 회사로 돌아가야 해서 집에 못 데려다줄 거 같은데."

"안 돼요. 데려다줘요."

"히라도 오늘은 이만 돌아가도 좋아. 키요이 데려다줘."

"그, 그래도 되나요?"

"그럼, 키요이, 수고했어."

"히라도 수고했어—"

싫다는데도 스가와 노구치는 가버렸고, 키요이는 히라와 단둘이 남겨졌다. 이런 전개는 예상하지 못했다. 히라가 난처한 얼굴로 노구치를 배웅한다. 히라를 이렇게 가까이서 보는 게 오랜만이라 괜히 안절부절못하게 된다.

어떡하지. 함께 돌아가면 되나. 상황은 정말 마음에 들지 않지만, 이렇게 된 이상 이제 어쩔 수 없다. 데려다줘도 괜찮다는 듯이 슬쩍 눈길을 던졌는데, 히라는 여전히 노구치를 배웅하고 있다. 이미 복도 코너를 돌아 보이지도 않는데. 어이, 여기 보라고.

"저, 저기, 키요이."

드디어 히라가 키요이를 보며 말했다.

"뭐야?"

키요이는 당황해서 괜시리 고개를 돌렸다.

"그, 그럼 난 이제 가볼게."

히라는 서둘러 인사하고 자리를 뜨려고 했다. "하아?" 자기도 모르게 큰 소리가 나와버렸고, 그러자 히라가 바라보았다. 용건

있냐고 묻는 듯한 히라의 표정을 보니 키요이는 화가 났다.

"안 데려다줄 거야?"

"응? 아, 아, 응, 그럼 데려다줄게."

히라가 키요이를 보지도 않고 다시 등을 돌려 앞장서 출구로 걸어간다. 오랜만에 만났는데 태도가 왜 그래? 화가 난다. 하지만 오랜만에 만났으니까 참아야지.

히라는 스튜디오를 나와 역으로 향했다. 회사에서는 되도록 대중교통을 이용하지 말라고 하지만 돌아보지도 않는 등에 대고 택시를 타겠다고 말할 순 없었다. 조용히 히라를 따라 전철을 탔다. 야구모자에 선글라스로 얼굴을 가리고 있었다.

"키요이 소 아냐?"

사람들이 점점 여기저기서 수군대기 시작한다. 히라가 재빨리 다가와 방패처럼 키요이의 앞에 선다. 그리고 고개 숙인 키요이를 가려주려는 듯 바짝 몸을 붙여온다.

"미안, 택시 탔어야 하는데, 미처 생각 못했어."

"괜찮아."

지척에서 속삭이는 낮은 목소리, 공기를 타고 전해지는 체온에 가슴이 술렁거렸다. 더욱 부끄러워져서 집에서 가까운 역에 도착할 때까지 계속 고개 숙인 채 히라의 커다란 스니커즈만 보았다.

역에서 집까지는 나란히 걸었지만, 둘 다 아무 말도 하지 않았다. SNS에서 매일 히라가 올린 글을 보고 있었지만, 현실과 인터넷은 무게가 전혀 다르다. 조금 간격을 두고 걸어가면서, 가끔 손등이 부딪힐 때마다 심장이 뛰었다.

중학생들이냐.

노구치가 한 말을 곱씹으면서 이를 가는 사이 집에 도착해버렸다.

"어, 그럼 난 여기서. 고생했어."

당연히 같이 들어갈 거라는 예상과 달리 히라가 집 앞에서 돌아가려고 하자 키요이는 멍해졌다.

"그게 다야?"

히라가 고개를 돌려 드디어 키요이를 본다.

"음, 아, 아, 드, 드라마 열심히 해주세요."

그게 아니잖아. 게다가 웬 존댓말? 히라는 곤란한 얼굴로 이내 시선을 피했다.

이렇게 가까이 있는데도 히라는 아까부터 계속 키요이를 보지 않는다.

분노보다 억울함이 차올라 주먹을 움켜쥐었다. 히라와 다시 만나기 위해 필사적으로 다이어트를 하고 절식까지 하는데도 마지막 3킬로그램이 도무지 빠지지 않아 초조해하고 있었다. 그런데 이 녀석은……

"나…… 이제 안 좋아해?"

빛의 속도로 후회했다. 히라 앞에서는 언제나 절대적인 왕이고 싶다. 히라가 동경하는 존재이기 위해 엄청난 노력을 하고 있다. 그런데, 그런데 이 녀석은 너무 간단히 그걸 무너뜨린다.

"왜, 왜 그런 말을……"

"거짓말쟁이."

"응? 거, 거짓말?"

"넌 거짓말쟁이야."

눈에 온 힘을 실어 노려보았다.

"너 같은 건 진짜 싫어. 이제 다시 안 만날 거야."

기세에 휩쓸려 뱉어버렸다. 이제 주워담을 수도 없다. 가보라고 인사하며 돌아서려는데 히라가 팔을 붙잡았다. 뒤돌아본 키요이는 놀라서 움찔했다.

"……아."

긴 앞머리 사이로 블랙홀 같은 눈이 얼핏 보인다. 칠흑 속에 간간이 칼날 같은 빛이 번뜩이고 힘껏 끌어당겨 가둬버릴 같아 소름이 돋았다.

히라는 키요이의 팔을 붙잡은 채, 자기 카드키를 꺼내 문을 열었다. 무서운 표정이라 말을 걸 수 없다. 엘리베이터를 타고 올라가 집안에 들어설 때까지 둘 다 아무 말도 하지 않았다.

히라는 현관문이 닫히기가 무섭게 키요이를 끌어안았다. 키요이도 물러서지 않고 히라를 힘껏 끌어안았다.

정신없이 입을 맞추면서 급히 신발을 벗었다. 왼쪽 신발만 벗으려는데도 잘 벗겨지지 않아 짜증스럽게 발을 찼더니 신발이 쑥 빠져 날아갔다. 어딘가에 부딪쳐 떨어지는 소리가 났다. 히라도 신발을 벗으려다 균형을 잃고 둘이 함께 현관 바닥에 쓰러졌다.

"미, 미안."

"괜찮아. 그냥, 더……"

키요이는 히라 목에 팔을 감고 놓지 않았다. 이제 일 초도 떨어지고 싶지 않았다.

입술이 뜨거워지고 부풀 정도로 계속 키스했다.

"나 아직 좋아해?"

여전히 입술을 맞댄 채 던진 물음에 히라가 놀란 듯이 몸을 떼었다.

"물을 필요도 없는 걸 왜 물어."

"조금 전에 너 그냥 돌아가려고 했잖아?"

"그건ㅡ"

"나를 보지도 않았잖아. 꼭 모르는 사람을 대하듯 말하고, 나란히 걷지도 않고. 내 모습에 실망해서? 너의 이상적인 내가 아니어서?"

히라가 앞머리에 가려진 눈을 크게 떴다.

"키요이를 보지 않은 건, 키요이가 보지 말라고 했기 때문이야."

"응?"

"별거할 때도, 오키나와에서도, 절대로 보지 말라고 했잖아."

"그때랑 지금은 상황이 다르잖아."

좀 융통성 있게 대응하라고 덧붙이고 싶었지만, 이내 그건 히라에게 너무 많은 걸 바라는 거라고 반성했다. 그리고 곧바로 반성해버린 자신의 태도도 반성했다. 이렇게 받아주니까 히라는 나아지지 않는 것이다.

"하, 하지만 나는 처음 키요이가 보지 말라고 했을 때부터 무슨 말인지 알 수 없었어."

"하아?"

"그렇잖아, 키요이가 20킬로그램이 찌든 100킬로그램이 찌든 키요이의 아름다움이랑은 아무 상관 없어. 사하라사막에 모래가 몇 알일지 생각해봐. 바닷물이 몇 톤일지 상상해봐. 모래가 몇백 알 늘든, 바닷물이 몇 그램 줄든 모습은 전혀 달라지지 않아. 키요이 소는 그런 무한하고 변하지 않는 자연의 섭리 같은 건데, 보지 말라고 해도 어디가 어떻게 다르다고 그러는지 나는 알 수 없어서. 그래도 키요이가 보지 말라고 말했으니까 그렇게 해야 한다고 생각해서……"

히라가 고개를 숙인채 말을 이어나갔다.

"계속 만나지 못하다보니 키요이랑 사귀었던 게 왠지 꿈처럼 느껴져서, 최근에는 분명 꿈이었구나 하고 있었어. 그렇게 생각하면 3월에 연락이 오지 않아도 당연하게 여길 수 있으니까. 세상에는 자연소멸이라는 말이 있다고 요전에 노구치씨가 말해줬는데, 나도 알고 있다고 웃으며 대답했더니, 노구치씨가 당황하면서 농담이니까 죽지 말라고 장어도 사주고 그랬는데, 그렇게나 잘해주니까 혹시 내가 죽을 때가 가까워져서 그런가 싶어서, 죽는다면 이유는 아마도 키요이를 잃었기 때문이겠지만, 그래도 키요이를 잃었다는 인식 자체가 나에겐 주제넘은 일이니까, 처음부터 나한테 온 적 없었다고 생각하면 어떻게든 앞으로도 살아갈 수 있지 않을까요 하고 물었더니, 장어 생구이에 기모스이*까지 주문해주더라고. 노구치씨는 정말 이상해."

이상한 건 너야.

이렇게 기분 나쁜 제자의 심정을 헤아리고 질색하면서도 달래주는 노구치는 얼마나 마음이 넓은 사람인가. 스승이 이 정도이니 연인인 나도 더욱 마음을 넓게 가져야 할까.

"나는 키요이가 한 말은 죽어도 지킬 거야."

히라가 딱 잘라 말했다. 말 자체는 멋있지만, 유감스럽게도 방향이 엇나가 있다. 노조무의 어두운 부분을 연기할 때 구체적으로 히라를 참고한 건 옳은 선택이었지만, 그 캐릭터가 현실의 내

* 장어 간을 넣은 맑은 국.

남자친구라고 생각하면 기분이 복잡해진다. 그런데도 싫지 않다. 오히려 히라가 조금도 변하지 않았다는 것이 기쁘다.

"그래도 너 행사도 연극도 보러 왔잖아."

"응?"

"내가 한 말 하나도 안 지켰잖아."

"음, 아, 아, 그, 그건······················· 죄송합니다!"

히라는 깔끔하게 현관 복도에 엎드려 사죄했다.

좋아, 이겼어 하며 키요이는 그제야 만족했다.

"뭐, 그건 봐줄게."

키요이는 바닥에 엎드린 히라의 얼굴을 손가락으로 들었다.

"그보다, 나 계속 해주고 싶었던 말이 있었어."

"뭐, 뭔데?"

"고마워. 나도 너 사랑해."

똑바로 마주보고 고백하자, 히라의 눈이 커졌다.

행사장에서 외쳐준 히라에게, 얼굴을 보고 직접 답해주고 싶었다.

"키, 키, 키, 키키, 키요······!"

살짝 떨리는 히라의 뺨을 두 손으로 감싸고 입을 맞췄다. 다음 순간, 히라가 거세게 키요이를 밀어넘어뜨려 바닥에 뒤통수를 박았다. 쿵 소리가 나자 히라가 당황해서 몸을 일으키려 했다.

"괜찮아, 그것보다 우선······"

"미, 미안, 미안."

히라가 몇 번이나 사과하면서 입술을 맞춰온다. 분위기라고는 전혀 없는 서툰 키스를 퍼부으며 혀가 무작정 입술을 가르고 들어오자 키요이는 달아올랐다.

두 사람이 내는 숨소리와 축축한 키스 소리만 귀에 휘감기듯 달라붙는다. 목덜미에 땀이 맺혀 있었다. 아직 코트도 벗지 않은 상태라 안쪽에서 열기가 차올라 호흡이 가빠진다.

"히라, 옷부터……"

히라는 고개를 끄덕이면서도 놓아주지 않는다. 옷을 입은 채로 거칠게 키요이의 셔츠 속으로 손을 집어넣는다. 가슴을 더듬는 손길에 키요이는 움찔했다.

"……읏, 저기, 옷."

"응, 잠, 잠깐 기다려, 조금만 더."

제대로 훈련이 안 된 강아지처럼 히라는 고개만 끄덕일 뿐 말을 듣지 않는다. 딱딱해진 돌기에 손길이 스치기만 해도 키요이는 허리를 들썩인다. 셔츠 자락이 밀어올려지고, 촉촉한 히라의 혀끝이 키요이의 가슴에 부드럽게 닿는다. 히라가 돌기를 입에 머금자, 몸에서 땀이 솟았다.

"……읏, 아, 그러니까 기다리……!"

키요이가 머리카락을 잡아당기자 히라는 겨우 몸을 일으켰다. 히라와 눈이 마주치자 가슴이 두근거렸다. 히라가 호전적인 동물처럼 거칠게 호흡하면서 키요이의 양쪽 손목을 한 손에 모아 잡고 키요이의 머리 위로 들어올렸다. 저항하는 사냥감을 제압하듯, 이번에야말로 확실히 먹어치우려는 듯이 히라는 다시 한 번 키요이의 가슴에 얼굴을 묻었다.

"웃…… 하아."

히라가 혀로 가슴을 핥자, 키요이의 몸이 쾌감을 기억해낸다. 떨어져 있는 동안 가끔 스스로 만져본 적도 있지만, 히라의 부재를 더욱 느낄 뿐이었다. 그러나 지금 키요이를 만지는 건 히라다. 오랫동안 기다려온 만큼 온몸이 끓어오를 정도로 흥분되었다.

"……저, 히라, 거기…… 빨리……"

기다리지 못하고 말했다. 히라가 급하게 청바지 버클로 손을 가져간다. 단단해서 푸는 데 시간이 걸린다. 키요이는 손을 내려 스스로 풀었다.

"너도 벗어."

구깃구깃해진 코트와 땀으로 들러붙은 셔츠, 속옷과 함께 청바지를 벗어던지자, 히라가 급히 다리 사이를 가르고 들어왔다. 놀라서 오므리려 했지만 이미 늦었다.

"잠깐, 기다려, 기다……!"

축축하고 뜨거운 혀와 입술이 페니스를 문다. 겨우 먹잇감을 찾은 맹수에게 공격당하는 것 같아 키요이는 움찔움찔 경련하면서도 히라가 탐하는 대로 몸을 맡길 수밖에 없었다.

어디를 자극해야 느끼는지 전부 알고 있는 히라의 혀가 꿈틀 댈 때마다, 조금 더 깊은 곳이 욱신거린다. 해줄수록 무언가 부족해서 안타까움만 커진다.

드디어 뒤로 손가락이 들어왔다. 펠라티오로 흘러내린 타액에 흥건해진 그곳은 손가락 하나 정도는 쉽게 허락해버린다. 그렇게 안쪽을 더듬으며 히라가 손가락 개수를 늘린다.

"……굉장해."

히라가 탄성에 가까운 목소리로 중얼거린다. 뜨겁게 달아오르고 촉촉해진 내벽이 히라의 손가락에 밀착되는 것을 스스로도 느낄 수 있다. 히라가 키요이의 안쪽 깊숙한 곳을 더듬을 때마다 달콤하고 젖은 소리가 난다.

히라는 키요이의 뒤를 풀며 펠라티오도 계속한다.

양쪽이 미끌미끌해지고 손짓은 더욱 격렬해진다.

"히, 히라, 이제, 갈 것 같…… 빨리……"

"아직 아니야."

"시, 싫어, 손가락으로 가는 건…… 네 거……"

울먹이는 목소리를 듣고 히라가 그제야 몸을 일으켰다. 축축한 입가를 닦아낸다. 히라가 어깨 위에 키요이의 다리를 올린다. 허리 안쪽이 짜릿짜릿 욱신거린다. 아, 기대감만으로 가버릴 것 같아.

부드러워진 그곳에 뜨겁고 단단한 것이 밀고 들어온다. 서서히 압력이 더해지면서 그곳이 입을 벌린다. 히라가 조금씩 더 들어온다. 오랜만이어서 힘들다. 희미한 통증에 눈을 찌푸리자, 히라가 움직임을 멈췄다. 어중간하게 삽입한 자세로 키요이를 내려다보며 묻는다.

"역시, 조금 더 풀까?"

키요이는 허리를 들려는 히라에게 달라붙었다.

"못 기다려, 빨리, 빨리……"

키요이가 먼저 히라에게 허리를 들이밀었다. 다시 한번 뜨거운 것이 키요이를 열고 들어오고, 키요이는 미지근한 바다에 잠겨드는 듯했다. 숨이 막힌다. 괴롭다. 아프다. 그런데도 히라에게 안겨 있다는 사실만으로 온몸에 전율이 인다. 마침내 다가올 쾌감을 상상하자 더 소름이 돋았다.

"……응, 읏."

다시 히라가 움직임을 멈추고 눈썹을 찌푸리더니 바르르 몸을 떨었다. 안쪽 깊은 곳에 뜨거운 것이 퍼지면서 히라가 사정했다는 것을 알았다.

"……미, 미안."

히라의 얼굴은 땀으로 젖고 흥분으로 새빨갛게 물들어 있다.

"괜찮아…… 그냥 있어. 그대로."

"……응."

몸이 떨어지지 않게 히라가 더 깊이 허리를 붙인다. 히라의 호흡은 좀전보다 가라앉았다. 히라의 성기가 줄어들고, 키요이의 안은 더욱 젖어 움직이기 수월해졌다. 히라의 것이 끝까지 다 들어오자, 둘은 만족감과 안도감에 함께 긴 숨을 내뱉었다.

"아프지 않아?"

히라가 입을 맞추고 묻는다.

"괜찮아."

키요이도 입맞추고 대답한다.

"못 참아서 미안해."

"괜찮아. 그래도 바로 세워."

"이미 그랬는데."

키요이는 다시 조금 허리를 올리면서, 호흡이 흐트러진 히라의 얼굴을 보았다. 오랫동안 보지 못했던 사랑스러운 남자의 얼굴이다. 너무 보고 싶었고, 그래서 다시 만날 때 입을 옷까지 골라뒀는데, 교통사고처럼 갑자기 마주쳐버리는 바람에 말다툼하고, 화해하고, 서로 정신없이 끌어안다 겨우 여기까지 왔다.

"나 좋아해?"

벌써 몇번째인지 모른다. 하지만 몇 번이라도 묻고 싶다. 평소라면 부끄러워서 입 밖에 내지 못하지만 이렇게 자신을 전부 내맡기고 있을 때만은 솔직해질 수 있다. 아무것도 꾸미지 않은 모습 그대로, 자신의 전부를 무방비하게 내맡긴 채 서로 이어져 있다. 히라에게만 보여줄 수 있는 모습이다.

"좋아해."

"얼마나?"

"말로 다 못할 만큼."

답답해하는 히라의 눈에 얼빠진 키요이의 모습이 비친다. 나는 바보다. 바보처럼 히라를 사랑하고 있다. 이 기분 나쁜 남자에게 마음도 몸도 빈틈없이 모두 빼앗겨버렸다.

"……으, 움직여줘."

이 녀석이 내 남자라는 걸 확인하고 싶다. 이제 와서 새삼 확인할 필요는 없지만, 확인하고 싶어 견딜 수 없다. 이어진 부분이 조금 전부터 더욱 히라를 조이고 있다.

"오랜만이니까, 조금만 더 기다리자."

"오랜만이니까, 이제 더 못 기다리겠어."

히라에게 매달린 채로 땀으로 젖은 그의 목덜미에 키스했다. 땀의 맛. 히라 냄새. 너무 흥분해서 머리가 이상해질 것 같다. 부추기듯 허리를 들썩이자 히라가 부드럽게 체중을 실어 지그시 키요이의 몸을 눌렀다.

"오늘은 아침까지 하고 싶어."

바로 위에서 내려다보는 눈빛에 키요이의 심장이 뛴다.

"그러니까 부탁이야. 천천히, 오랫동안 하자."

애원하는 듯한 키요이의 키스에 히라는 한없이 흥분했다.

"죽을 만큼 보고 싶었어. 그러니까 계속 이어져 있고 싶어. 빨리 끝내고 싶지 않아."

잠꼬대하듯 중얼거리며 히라가 키요이를 끌어안는다. 엄청난 힘이다. 괴롭다. 발버둥쳐도 풀려날 수 없고, 얼굴과 귀와 목덜미에 키스가 퍼부어진다. 알고 있다, 나도 같은 마음이니까. 그러니까 빨리 전부 빼앗아 가주길 바란다. 키요이가 허리를 움직이기 시작하자, 히라가 있는 힘껏 내리눌렀다.

"싫어, 이제, 참을 수 없으니까, 부탁이니까, 빨리…… 해줘."

너무 애가 타서 이성이 날아가는 듯하다. 떼쓰는 아이처럼 고개를 흔들자, 히라가 살짝 허리를 움직였다. 그것만으로도 온몸이 파도치듯 움찔거렸다.

"으읏, 아, 아, 아."

가장 깊은 곳에서 이어진 채 허리를 움직이자, 물방울이 터지는 듯한 소리가 난다. 히라가 조금 전 키요이 안에 흘려보낸 정액을 더 깊이 밀어넣어 사방에 문지르려는 듯이 움직인다. 자기 거라고 마킹하고 있는 듯한 느낌에 키요이는 정신이 어떻게 되어버릴 것 같다. 히라가 천천히 허리를 뒤로 뺐다가 다시 천천히 밀고 들어온다.

"……이거, 싫어, 응, 제대로 해."

키요이가 느끼는 곳을 전부 아는 히라가 급히 끝내지 않으려고 일부러 신중히 움직이고 있다. 키요이는 애가 타고 안달이 나서 머리가 이상해질 것 같았다.

"히라, 제발……!"

"싫어."

귀를 의심했다. 히라가 나한테 싫다고 말한 건가? 살짝 눈을 뜨자, 히라는 멍하게 반쯤 뜬 눈으로 내려다보고 있다. 술에 취한 듯한 눈이다.

"……키요이. 이 키요이는, 정말 진짜인 거지?"

히라가 천천히 허리를 움직이며 묻는다.

"……음, 뭐, 뭐야? 진, 짜?"

"응, 진짜지?"

히라가 조금 더 세게 밀고 들어오자, 키요이의 호흡이 뒤집혔다. 히라는 불안한 아이처럼 "응, 키요이? 응, 키요이?" 하고 몇 번이나 채근한다. 키요이의 귓가에 뭔가가 툭 끊어지는 듯한 소리가 들렸다.

"……아, 아, 안 돼……!"

찰랑찰랑하게 물이 계속 차오르다 어쩔 수 없이 흘러넘치듯 사정하고 말았다. 성적 만족과는 조금 다른 느낌으로, 얼떨떨한 상태로 절정에 이르게 되어 혼란스러웠다. 히라는 여전히 허리 짓을 멈추지 않는다.

"……시, 싫어, 이거, 히라, 뭔, 가, 이상…… 웃."

이미 절정에 달했지만, 어딘가 부족한 느낌이 들었다. 더욱 애가 닿는다.

"키요이?"

"모, 모르겠…… 이거, 뭐야, 아, 싫어, 더…… 읏."

무엇을 어떻게 해주길 바라는지 스스로도 잘 알 수 없었다. 최고의 기분이다. 그런데도 만족할 수 없다. 더 원하기 때문에 참을 수 없다. 계속 "부탁이야, 부탁이야" 하고 말해도 히라는 크게 움직여주지 않는다. 너무 애가 타서 눈물이 흘러나왔다.

"이대로 아침까지 하자."

히라가 키요이의 머리를 완전히 감싸듯 끌어안으며 말한다. 키요이는 두려워졌다.

이렇게 아침까지?

"……안 돼, 읏, 응, 으, 우, 읏."

히라가 키스로 키요이의 입을 틀어막았다. 체온이 점점 높아져 2월인데도 한여름 바닷가에 내던져진 것처럼 온몸이 흠뻑 젖어버렸다. 기분좋고 은근하게 피부에 엉겨붙는 쾌감에 머리부터 잠긴 채 떨다가 가끔 수면으로 얼굴을 내밀면 아주 가까이에 있는 히라와 눈이 마주쳤다.

키요이도 히라도 몇 번이나 절정에 달했다. 시간 개념마저 사라졌을 즈음, 히라가 몸을 크게 떨더니 움직임을 멈추고 기진맥진한 듯 키요이에게 체중을 완전히 실으며 쓰러졌다.

"……히라."

히라를 끌어안으며 손에 닿은 등이 축축하다. 땀 때문에 서로의 살갗이 달라붙어서 움직일 때마다 셀로판테이프를 떼어낼 때처럼 끈적인다. 그 감각을 느낄수록 더욱 떨어지고 싶지 않다.

"……차가워."

키요이의 어깨에 키스하며 히라가 중얼거렸다. 땀이 증발하며 열을 빼앗아 몸이 식어 있었다.

"씻을까?"

키요이의 물음에 히라는 말없이 몸을 일으켰다. 키요이도 일어나려 했지만 힘이 들어가지 않았다. 히라가 손을 잡아준 덕분에 비틀거리며 일어났다. 욕실로 향하려는데, 히라가 그쪽이 아니라며 키요이를 침실로 이끌었다. 함께 침대에 쓰러지듯 누웠다.

"또 하려고?"

"싫어?"

낙담한 듯한 말투가 사랑스러워서 키요이가 먼저 키스했다.

"조금 쉬었다가."

"키요이는 아무것도 안 해도 돼."

히라가 키요이의 등을 돌려 가만히 침대에 엎드리게 했다. 히라가 등에 키스해준다. 목덜미부터 견갑골까지 입술로 더듬어 내려간다. 민감해진 몸이 미세하게 떨렸다. 옆구리에서 허리의 굴곡을 확인하는 듯 커다란 손이 미끄러져내리더니 조금 전까지 히라를 받아들였던 곳에 조심스럽게 손가락을 넣는다.

"안에 있는 거, 빼내야 해."

민망한 소리를 내며 손가락이 들어온다.

"괘, 괜찮아. 내가 할게."

"키요이는 쉬고 있어."

히라가 깊숙이 밀어넣은 손가락을 구부리자, 엉덩이가 움찔움찔 떨렸다. 안에 쏟아낸 것을 몇 번이나 제 손가락으로 긁어낸다. 뒤처리하는 과정이지만, 너무 음란하게 느껴진다.

"조금 벌려봐."

히라가 키요이의 다리를 벌린다. 손가락을 끝까지 밀어넣고 축축한 안쪽을 여기저기 세심하게 더듬자, 호흡이 가빠졌다. 움직임에 맞춰 음란한 소리가 울린다.

"……싫, 어, 그거, 아, 아아…… 웃."

손가락을 더 많이 더 안쪽으로 밀어넣더니 전립선 부분을 강하게 누른다. 몸이 다시 뜨거워지면서, 밑에서 성기가 고개를 드는 것이 느껴졌다.

히라의 자극에 멋대로 키요이의 허리가 비틀렸고, 히라는 키요이의 다리를 더 크게 벌렸다. 너무 부끄러운 자세라서 도망치고 싶지만, 허리를 꽉 붙잡고 움직이지 못하게 한다.

이제 힘들다고 말하려는데, 히라가 손가락 대신 더욱 질량이 있는, 뜨겁게 젖은 것을 갖다댄다. 다시 들어오려 한다. 키요이는 싫다고 고개를 흔들었지만, 쿠퍼액으로 젖은 선단을 몇 번 만지더니 천천히 밀어 누른다. 키요이는 시트를 더 세게 움켜쥐었다.

"……싫어, 이제, 아, 아아."

밀리며 열려가는 감각에 등이 휜다. 뜨겁게 숨을 몰아쉬는 사이 가장 깊숙한 곳까지 밀고 들어온다. 그리고 천천히 빠져나가더니 이번에는 애태우지 않고 한번에 세게 몰아붙였다.

"하아…… 읏."

키요이는 자기도 모르게 큰 소리를 냈다. 아찔해. 너무 좋아. 온몸을 비틀며 참아보지만, 빠르게 절정이 찾아왔다. 절정에 이르기 직전, 갑자기 히라가 키요이의 성기를 쥐었다.

"읏, 시, 싫어, 놔, 줘…… 읏."

"미안, 조금만 더 하면 되니까 같이 가자."

성기를 꼭 쥔 채 히라가 뒤에서 격렬하게 움직이기 시작했다.

"키요이, 기분좋아?"

"조, 좋아……"

"얼마나?"

"모, 몰, 몰……라……"

사정이 막힌 성기에서 주룩주룩 옅은 액체가 흘러내린다.

"안 돼. 제대로 말해."

"……너, 너무. 너무 좋아. 그러니까, 빨리."

빨리 뭘 어떻게 해달라는 건지 스스로도 알 수 없었다.

"……키요이, 미안, 또 안에다 할게."

흥분이 극에 달한 목소리였다. 키요이의 안에서 히라의 성기가 한층 부푸는 듯하더니, 다음 순간 허리를 바짝 잡아당기면서 닿을 것 같지 않은 깊숙한 곳에 뜨거운 것을 쏘아보냈다.

"……읏."

동시에 꼭 쥐고 있던 키요이의 성기를 놓아주어서 함께 열기를 토해냈다. 키요이는 이제 기력도 정신도 한계에 달했다. 급격히 졸음이 쏟아졌다. 축 늘어져 있는데 히라가 다시 천천히 움직이기 시작했다.

"……읏, 거, 거짓말이지? 그만, 이제, 못해, 못해."

"아침까지 하자고 했잖아."

위쪽으로 도망치려 했지만 히라가 허리를 꽉 붙잡고 제자리로 질질 끌어내렸다.

"바보, 이제 못한다고 하잖…… 아, 이제, 싫, 아아……"

히라가 더욱 깊이 밀고 들어와 단번에 절정으로 치달았다. 더는 못할 거라 생각했는데, 집요한 히라 때문에 제멋대로 몸이 달궈지다가 결국 이성이 완전히 날아가버렸다.

좋아, 좋아해, 중얼거리면서 서로 끌어안았다가, 지쳐 깜빡 졸았다가, 다시 일어나 키스하고, 삽입하고, 그렇게 되풀이하는 사이 정말 아침이 되었다.

키요이는 히라의 품안에서 얕은잠에 빠진 채 머리 위에서 들려오는 숨소리에 귀기울이고 있었다.

아침까지 하자는 말은 그만큼 좋아한다, 그만큼 보고 싶었다는 마음의 표현인 줄 알았지 설마 정말 그럴 줄은…… 커튼 너머 세상이 하얗게 밝아오기 시작하는 걸 보고 입꼬리만 살짝 움직여 웃었는데, 문득 히라의 숨소리가 멈췄다.

"……왜?"

히라가 갈라진 목소리로 물었다.

"깼어?"

"……응, 웃음소리가 들려서."

"웃은 건 맞지만 소리는 안 냈는데."

"그래? 그래도 알 수 있었어."

히라가 잠이 덜 깬 채 키요이의 머리에 입맞췄다. 이번에는 소리 내어 쿡쿡 웃었다. 그러자 히라가 커다란 손으로 허리를 와락 끌어안았다. 그 순간 허리에 찌릿한 통증이 일었다. 키요이는 반사적으로 허리를 둥글게 말고 신음했다.

"왜?"

"허리 아파."

"왜 아프지?"

"네가 그랬잖아."

"내가?"

"밤새 죽도록 해놓고."

"아…… 미안."

허리를 쓰다듬어주는 히라를 반성하라는 듯이 노려보며 입을 삐죽거렸다.

"너는 안 아파?"

"별로."

"왜?"

"항상 무거운 장비들을 짊어지고 다니고, 반쯤 앉아서 들고 있을 때도 많아서 단련이 됐나봐."

왠지 납득이 가서, 이 정도로 힘들어하는 자신이 한심하게 느껴졌다. 다이어트중이라 근육이 다 빠져서 그런 거다. 목표 체중에 도달하면 다시 근육을 키워야지. 그러다가 아직 빼지 못한 3킬로그램이 생각났다.

"……보지 마."

"웅?"

허리를 쓰다듬는 손을 뿌리치고 키요이는 시트를 몸에 둘둘 감고 일어났다. 완벽하지 못한 몸으로 이렇게까지…… 나답지 않은 일을 저질렀다고 자각하자 키요이는 핏기가 가시는 듯했다.

"왜 그래?"

"아무것도 아니야. 씻고 올게."

흘러내린 시트를 질질 끌고 걸어가다 어제 벗어던진 그대로 복도에 널브러져 있던 신발에 발이 걸려 넘어졌다. 그 바람에 옆에 있던 히라의 가방까지 휩쓸며 뒤집어놓았다.

"괜찮아?"

히라가 뛰어나왔다.

"아, 내가 가방을 아무데나 뒀네."

완벽하지 못한 모습을 보이고 싶지 않았는데 더 꼴사나운 모습을 보여버렸다. 허리를 주무르다가 히라의 가방에서 쏟아져나와 주위에 흩어진 흑백사진들을 발견했다.

"아파? 구급차 부를까?"

"아니야, 부르지 마. 그보다……"

히라가 키요이의 시선을 따라가다가 재빨리 사진들을 쓸어모았다.

"이거, 어제 노구치씨한테 보여주려고 준비한 거야. 개인전에 쓰려고 찍은 사진들. 시험 삼아 찍어보는 중인데 아직 엉성하니까 보지 마. 완성되려면 한참 멀었어."

"이것도 네가 찍은 거야?"

키요이는 흠칫 놀라며 사진 한 장을 집어들었다.

……뭐야, ……이거.

첫 느낌은 공포였다. 보면 안 되는 것을 봐버린 듯한 느낌.

폐허 같은 황폐한 실내에 벌거벗은 남자가 웅크리고 있다. 흑

백사진의 반 정도가 초점이 맞지 않아, 남자의 몸 절반이 일그러져 배경 벽에 녹아들어가는 듯하다. 아니면 폐허 속으로 파묻혀 들어가는 듯하다. 의도적으로 찍은 사진인지, 단순히 초점을 못 맞춘 실패작인지 알 수 없었고, 그저 음침한 느낌에 소름이 돋았다.

가만히 보고 있는데, 인간 남자 같아 보이는 피사체마저 녹아서 사진 안으로 빨려들어가버릴 듯한 강렬한 불안감이 피어오른다. 하지만 눈을 뗄 수 없다. 눈을 돌릴 수 없다.

히라의 손에 들린 사진들을 전부 낚아채 한 장씩 확인했다.

깨끗하게 초점이 맞은 사진은 한 장도 없다. 전부 조금씩 일그러졌거나 흐릿하고, 사진 속에 모두 벌거벗은 남자가 찍혀 있다. 배경뿐인 것처럼 보이는 사진도 자세히 보면 문틈으로 렌즈를 주시하는 남자가 보여 섬뜩하다. 남자를 지우고 싶은 건지 드러내고 싶은 건지 의도를 알 수 없다. 한편으로 남자의 눈에 서린 어두운 힘이, 보라고, 더 보라고 말하는 듯하다.

"……이거, 너야?"

"응."

"오키나와에서 찍은 것들?"

"다른 데서 찍은 사진도 있어. 휴일에 폐허를 돌면서 찍었어. 그, 그게, 프로인 키요이가 보면 피사체가 영 아닐 거야. 시험 삼아 찍은 거니까 보지 마."

히라가 사진을 도로 가져가버린다. 영 아닐 거라고? 아니, 그 반대다. 놀라울 정도로 시선을 끌어당기는 사진이었다. 기술적인 부분에 대해서도, 왜 누드 사진을 찍었고 왜 초점이 맞지 않는 사진을 택했는지도 모른다.

키요이가 알 수 있는 건 사진에서 전해지는 히라의 존재감이었다. 흐리고 애매한 세상 속에서 유일하게 존재를 주장하고 있는 히라의 어두운 눈. 고등학생 시절, 어느새 키요이를 붙들어 매버린 그 눈. 그 눈을 제 손으로 사진에 오롯이 담아내고 있었다.

정체를 알 수 없는 히라의 그 눈빛을 키요이는 지금까지 계속 기분 나쁘다는 말로 포괄했었다. 하지만 굶주린 듯하고 타들어갈 것 같은 그 열기의 정체는, 어린 시절부터 괴롭힘을 당하고, 세상에서 배척되기만 했던 히라의 갈망, 자신을 바라봐주고 알아주길 원하는 강렬한 갈망이었을지도 모른다. 이해의 영역을 넘어선 그 무언가에 '재능'이라는 이름을 붙인 것이 노구치라면……

위험해.

확증은 없지만 궁지에 몰린 느낌이 들었다. 우에다의 연극에 출연하며 한 꺼풀 벗고 성장했다고 자부했는데, 다시 히라와 거리가 벌어졌다. 안 된다. 머뭇거릴 시간이 없다.

"키요이, 괜찮아?"

키요이는 걱정스러운 듯이 자신을 바라보는 남자를 노려보았다. 키요이가 침묵하는 이유를 몰라 불안한 얼굴을 하고 있다. 히라는 자신을 좀더 객관적으로 바라볼 필요가 있다. 하지만 그렇게 된다면 이 녀석의 재능은 사라져버릴지도 모른다. 키요이는 젠장 하고 탄식하며 혀를 찼다.

"씻을래. 목욕물!"

키요이가 큰 소리로 말하자, 히라는 알겠다며 욕실로 뛰어갔다. 고작 3킬로그램에 발목 잡혀 있을 때가 아니었다. 온몸의 수분을 빼서라도 지금 바로 최상의 상태로 돌아가야 한다.

성큼성큼 욕실로 가서, 욕조를 닦는 히라를 잠시 노려보고는 습관처럼 체중계 위에 올라섰다. 그리고 디지털 체중계에 찍힌 숫자를 보고 눈을 끔뻑거렸다.

"왜 그래?"

욕조 청소를 끝낸 히라가 다가왔다.

"……빠졌어. 3킬로."

밤을 새웠다고는 하지만 고작 섹스로 3킬로그램이나 빠졌다니 믿을 수가 없다. 기력도 정신도 없고 잠도 부족한 상태인데, 거울에 비친 피부에는 윤기가 흘렀다.

푸석하던 얼굴이 물을 머금은 듯 촉촉하고, 피부 속에서부터 반짝거리는 것 같다. 살결도 몹시 부드럽다.

이게 말로만 듣던 연애 호르몬?

남자한테도 효과가 있는 건가 싶어 깜짝 놀랐다. 체중도 피부도 하룻밤 사이에 최상으로 되돌리다니, 남자친구로서 히라의 능력을 얕보고 있었다. 곤경에 빠진 자신을 적이 도운 것 같아 왠지 분했지만, 이렇게 마지막 허들도 넘어섰다.

"히라, 오늘로 별거 끝이야."

히라가 놀란 듯 눈을 크게 떴다.

"저, 정말? 정말? 정말이야?"

히라가 부들거리며 몇 번이나 되묻는 바람에 몇 번이나 정말이라고 대답해주었다.

"어, 어쩌지. 행복해서 죽을 것 같은데."

히라의 눈이 불타오를 것처럼 반짝인다.

아, 이 눈이다. 이 눈이 나를 끌어당기고, 나를 짜증나게 한다.

히라와 함께 살아가며 겪게 될 어려움에 대해 다시 한번 생각해본다.

앞으로도 나는 히라에게 계속 휘둘릴 것이다. 그래도 히라가 있으니까. 그러니까 어떤 역경이 닥쳐도 버틸 수 있을 것이다. 남자로서는 질 수 없고, 연인으로서는 이기고 싶지 않다.

이 모순을 어떻게 해야 좋을까.

히라의 모든 것을 원하니까, 나도 모든 것을 줄 수밖에 없다.

너무 괴롭다. 괴롭고 달콤한 고민을 있는 그대로 온전히 끌어안고 키요이는 그저 히라와 쉼없이 입을 맞췄다.

너에게
바친다

+

재회는 갑작스러웠고, 한밤중에 태양이 뜬 듯한 충격이었다.

그리고 그 충격 다음날, 별거는 돌연히 끝을 고했다.

매일 밤 술에 취해 돌아다니다 새벽이 되어야 돌아오는 스승을 위해 미소국과 인스턴트 라면을 끓이고, 유난히 아침잠이 많은 스승을 세 번이나 흔들어 깨우고, 청소나 세탁 같은 집안일을 해놓고, 낮에는 학생으로서 공부하고, 오후에는 어시스턴트로 일하고, 고행이나 다를 바 없는 술자리에 나가 맨 구석자리에 앉아 있다가 눈부시게 잘나가는 업계 일류들에게서 개인전, 개인전, 개인전, 개인전 운운하는 격려의 말로 마구 얻어맞고, 다시 처음으로 돌아간다.

하지만 오늘부터는 다르다.

매일 아침 눈을 뜰 때마다 키요이 소라는 기적처럼 아름다운 존재에 망막이 타버릴 것 같다. 왕의 수면을 방해하지 않도록 살며시 침대에서 빠져나와, 키요이의 건강과 미모에 도움이 될 만한 아침식사를 만들고, 키요이가 샤워하는 동안 청소와 세탁 같은 집안일을 해놓고, 낮에는 학생으로서 공부하고, 오후에는 어시스턴트로 일하고, 일 초라도 빨리 집으로 돌아와 아침과 똑같은 마음으로 저녁을 만들고, 집에 돌아온 키요이의 폭력적일 정도의 아름다움에 심장을 마구 난타당하고, 달콤한 죽음 같은 잠에 들어, 다시 처음으로 돌아간다.

"이쪽이나 저쪽이나 다 비슷한 노예 생활이잖아."

히라가 노구치의 집으로 찾아가 키요이와의 별거는 이제 끝났다고 보고하자, 노구치가 간단히 그렇게 정리했다.

"전혀 달라요."

"마음먹기에 따라 다를 수는 있지. 그래서, 키요이는 어디 갔어?"

히라는 고개를 돌렸지만, 같이 온 키요이는 보이지 않았다.

"히라—"

그동안 자신이 쓰던 방에서 키요이가 부르는 목소리가 들렸다. 달려가보니 키요이는 짐을 싸고 있었다.

"책상 위에 있는 거 전부 네 거야?"

히라가 고개를 끄덕이자, 키요이가 트렁크에 척척 정리해 담는다.

너에게 바친다

"그렇게 서둘러 가져갈 것까진 없잖아."

노구치가 질린 얼굴로 말하자, 키요이는 정리하던 손을 멈추지도 않고 대답했다.

"인사하러 온 건데요. 남자친구가 오랫동안 신세를 졌으니까요."

"이제 그렇게 무시무시하게 기선 제압하러 오지도 마."

"아, 이거 선물이에요."

키요이가 백화점에서 사온 고급 인스턴트 미소국 세트를 노구치에게 내밀었다. 노구치는 고맙다며 정중하게 받아들더니 웃는 얼굴로 히라의 어깨를 툭툭 두드렸다.

"다행이다. 너희는 둘도 없을 만큼 잘 어울리는 바보 커플이야."

"음, 밤하늘에 빛나는 별과 길바닥의 돌멩이가요?"

"바로 그런 점이 잘 어울리지."

노구치가 시원스럽게 웃으며 고개를 끄덕였다.

"그건 그렇고, 어제 말했던 사진들은 가져왔어?"

"아, 네. 가방에."

노구치와 히라가 거실로 가자, 키요이도 짐을 싸다 말고 따라나왔다.

노구치와 소파에 마주앉은 히라가 샘플 사진을 끼워넣어둔 클리어파일들을 노구치에게 건넸다. 지난번에 보여준 사진으로는 안 된다는 말을 들은 후 노구치에게 다시 사진을 보여주는 건 처음이다. 또 안 된다고 하면 어쩌지. 이게 한계라 더이상은 할 수 없는데.

노구치는 스무 장쯤 되는 사진을 휘리릭 넘겨보더니, 다시 처음부터 하나씩 꼼꼼히 보았다. 그런 식으로 몇 번이나 살펴본 후, 테이블에 한 장씩 내려놓았다. 그러는 동안 한마디도 하지 않았다.

"저, 저, 시간이 없어서 포트폴리오는 만들지 못했……"

긴장감을 견디지 못해 히라가 입을 열었지만, 노구치는 여전히 말이 없었다. 이걸로는 안 된다는 말을 하기도 아까울 정도로 수준 이하인 걸까. 손끝에 눌려 찌부러지는 벌레가 된 기분으로 히라는 바짓자락을 꽉 움켜쥐었다. 키요이가 히라의 손을 가만히 잡아주었다.

히라는 무서울 정도로 진지한 표정을 짓는 키요이와 눈이 마주쳤다.

키요이가 히라를 보며 천천히 고개를 끄덕인다.

괜찮다고 말해주는 것 같다.

"히라."

이름을 불렀을 뿐인데 심장이 터질 것 같다.

"네, 네……!"

"내일부터는 안 나와도 돼."

너에게 바친다

폭발할 것 같던 심장이 펌프질을 멈춘 듯하다.

그리고 몇 초 후, 다시 천천히 움직이기 시작했다.

아, 역시 나는 아니구나. 어시스턴트로도 잘린 거구나. 몸의 힘이 빠져나가고, 히라는 자신을 지킬 보호막을 치기 위해 머리를 굴린다. 괜찮아. 처음부터 나 따위가 발 디딜 수 있는 세상이 아니었잖아. 그러니 원래 자리로 돌아가는 것뿐이야. 나는 아무것도 잃지 않았어. 오히려 잠시라도 노구치에게 배울 수 있었다는 데 감사해야지.

"……아, 그럼…… 열쇠는 돌려드리겠습니다."

집과 작업실 열쇠를 빼려고 키링을 들었다.

"괜찮아. 집에 있는 장비는 마음대로 써도 돼."

"네?"

"학교는 이제 곧 봄방학이지? 그럼 하루 이십사 시간 전부 개인전 준비하는 데 써. 일정은 어디 보자…… 4월은 역시 좀 무리겠지? 그럼 6월이나 7월로 하자. 그때까지 완성해."

노구치가 일어나더니 소파에 던져뒀던 재킷을 걸쳤다.

"저, 저기, 노구치씨."

노구치가 돌아보았다. 처음 보는 깐깐한 눈빛에 히라는 기가 죽었다.

"저기, 제 사진은……"

"이대로 좋아. 망설이지 말고 더 찍어."

노구치는 돌아갈 때 문단속 잘 하라는 말을 덧붙이고 성큼성큼 나가버렸다.

　뭐가 어떻게 된 건지 정신이 하나도 없는데 현관문 잠기는 소리가 희미하게 들렸다. 내일부터 안 나와도 된다고 했다. 그래서 잘렸다고 생각했는데, 장비는 마음대로 쓰라고? 갑자기 어깨가 흔들렸다.

　"해냈네."

　키요이가 말한다.

　해냈다니.

　그 의미를 생각해보았다.

　"스승으로서도 더 해줄 말이 없었던 거야."

　"응? 뭐, 뭐가?"

　"이대로 좋다고 했잖아. 지금 네가 가는 방향 그대로 괜찮다는 말이지."

　키요이가 더 세게 히라의 어깨를 흔들었다.

　"……지금 이대로?"

　"응. 개인전을 목표로 힘껏 달려가라는 거잖아."

　그런가? 하지만 달려가는 순간 '지금'은 '과거'가 된다.

　전속력으로 달려간 끝에는 뭐가 기다리고 있지?

　개인전 역시 성공이 보장된 것이 아니다.

　그렇다. 그런 것이다. 전부 알고 있다.

너에게 바친다

하지만……

수만 가지 감정이 한꺼번에 솟구쳐오르면서 히라의 몸이 앞으로 휘청거렸다. 누군가에게 인정받기는 난생처음이었다. 한심하고 꼴사나운 이대로도 괜찮다는 말을 들은 건. 그게 히라에게 얼마나 기쁜 일인지, 아마 누구도 모를 것이다. 아니, 혹시라도 알게 되면 곤란하다는 생각이 든다.

왜냐하면 이건, 나만의 괴로움이다.

나만의 행복이다.

두 가지가 모여, 나만의 세계인 것이다.

모든 것을 다 던지며 도전해도 분명 도달할 수 없을 것이다. 그런 곳으로 손을 뻗어버린 스스로가 부끄럽고, 숨어버리고 싶었지만, 그래도 포기하지 못하고 한심하게, 빛나는 세상을 몰래 힐끔댔다. 이쪽과 저쪽. 두 세계의 틈에서 방황하고 있었다.

그런 지금의 '나'를 내 파인더에 담았다.

너와 세상 사이의 그 장막이야말로 네가 너다울 수 있게 만들어주는 거라고 생각해.

그걸 잃어버리지 마. 잃어버리지 않고 '나'를 표출해봐.

그곳으로 가라고 손짓해 가리켜준 건 노구치다. 그럼에도 겁을 먹고 제자리에 서 있던 히라의 등을 떠밀어준 건 키요이였다. 처음 만난 고등학생 때부터 언제나 그랬다.

"……키요이."

계속 손을 잡아준 키요이라는 존재에 온몸의 세포가 꿈틀거린다. 정신을 차렸을 때는 이미, 히라 안의 모든 것이 키요이라는 존재에 의해 또다시 재구성되어 있었다.

"……미안, 키요이."

히라가 고개를 들어 바라보자 키요이는 영문을 모르겠다는 듯이 고개를 갸웃했다.

"……이제는 놔줄 수 없어."

히라는 있는 힘껏 키요이를 끌어안고 미안하다는 말을 반복했다. 밤하늘에 빛나는 별과 길바닥의 돌멩이. 어울리지 않는 건 고사하고 무언가 바라는 것조차 두려울 정도다.

하지만 나는 이제 키요이를 잃을 수 없다.

키요이를 잃는다면 나는 나일 수 없다.

그래서 히라는 신에게 용서를 구했다. 우리는 신의 실수로 이어졌지만, 만약 신이 그 실수를 알아챈다 해도, 이제는 절대로 키요이를 놓을 수 없다. 놓지 않을 것이다.

"키요이, 계속 내 곁에 있어줘."

무시무시한 금기를 밟으려는 듯한 바람이었다.

잠시 침묵이 흘렀다. 그 순간이 영원처럼 느껴졌다. 키요이, 제발.

"이제 와서 새삼스럽게."

불안에 잠겨가던 히라에게 키요이가 웃으며 키스해준다.

너에게 바친다

"바보."

"……미안."

"정말, 너는 정말 바보야."

"……응, 미안, 미안."

손을 잡은 채로 서로에게 "바보" "미안" 하며 끊임없이 키스
했다.

확실한 건 아무것도 없다.

바로 앞에도 무엇이 펼쳐져 있는지 보이지 않는다.

그러니 최소한 서로 손을 단단히 붙잡고 있자.

그리고 계속, 계속, 계속해서 미안하다고 말하고, 키스하자.

이제 두 번 다시 놓아줄 수 없는 너에게 나를 바친다.

작가 후기

이러니저러니 해도 역시나 '기분 나쁜 공'이 좋습니다.

처음 『아름다운 그』를 썼을 때, '사람들이 히라 캐릭터에 질색할 것 같아요. 망할 것 같아서 담당 편집자님에게는 미안하지만, 그래도 저는 최고로 즐거워요' 하는 마음으로 썼기 때문에, 설마 3권까지 내게 되리라고는…… 처음에는 세상 사람들이 어떤 이야기를 좋아하는지 정말 알 수 없다는 생각이 들어 놀라웠고, 그 단계를 거쳐 지금은 혹시 독자 여러분도 스스로 자각하지 못했을 뿐, 사실은 '기분 나쁜 공'을 좋아하고 있는 게 아닌지, 부디 그러면 좋겠다는 마음의 싹을 틔우기에 이르렀습니다.

아무리 취향이 그렇다곤 하지만, 전혀 성장하지 않는 사람에게는 매력을 느낄 수 없다고 생각합니다. 그래서 기분 나쁜 나름대로 조금씩이라도 앞으로 나아가려는 히라, 그리고 히라에게 휘둘리면서도 자기 길을 걸어가는 키요이를 그리려고 했습니다. 『고뇌하는 그』는 그런 그 두 사람의 이야기입니다.

기본적으로 '이상한 공'에게 마음이 불타고 있습니다만, 그에 못지않게 기가 세고 아름다운 수, 남자친구를 무척 사랑하지만 의존하지는 않는, 가끔이지만 필사적으로 자신을 제어해서(이 부분이 중요해요) 한 남자로서 제 다리로 든든히 버티고 서는 수 역시 열렬히 사랑하기에, 이 시리즈는 정말 즐겁습니다.

하지만 이번에는 유감을 넘어서 통탄스러울 정도의 사건이 있었습니다.

일러스트를 그려준 가사이 리카코씨. 가사이씨 그림 덕분에 『아름다운 그』라는 제목에 설득력이 생겼다고 느끼는 것은 저뿐 아니라 독자 여러분도 마찬가지이리라 생각합니다. 그런데 이번에 키요이의 일러스트 중 하나가 더욱 그랬습니다.

처음에 받았던 러프 스케치에서 가사이씨는 특정 장면의 키요이를 표현하기 위해 최대한 노력해주셨죠. 가사이씨가 그린 아름다운 키요이는…… 빛이 새어나오듯 아름다움이 새어나오는 듯했습니다. 마치 여신 같다고 생각될 정도로요.

폐건물에서 히라와의 키스신. 외모는 조금 달라졌지만, 키요이는 그래도 무척이나 아름다웠습니다. 꼭 독자 여러분에게도 보여드리고 싶을 정도로요. 하지만 이야기 속 메시지를 표현하기 위해 울고 싶은 심정으로 뒷모습 구도로 변경하게 되었습니다. 가사이씨, 그러나 정말로 감사했습니다.

마지막으로 『아름다운 그』 시리즈를 읽어주시는 독자 여러분, 감사합니다. 히라도 키요이도 아직 한창 인생길을 걸어가는 중이어서, 앞으로 히라는 첫 개인전에 도전하고, 키요이는 개성 강한 스승 밑에서 더욱 배우로서 성숙해갈 예정입니다. 앞으로도 함께 성장해나가는 두 사람을 응원해주시면 기쁘겠습니다. 그리고 히라의 사진을 보고 말없이 나가버린 노구치의 내면에서도 뭔가가 세차게 일고 있으니, 언젠가 노구치의 이야기도 쓸 수 있으면 좋겠다는 생각이 듭니다. 호흡이 긴 시리즈가 될 수 있도록, 성원을 부탁드립니다.

그럼, 다시 다음 작품으로 뵐 수 있길 바랍니다.

2019년
나기라 유

옮긴이 **메이**

일본 수림외어전문학교 일한통번역학과를 졸업하고 히토쓰바시대학교 대학원 언어
사회연구학과를 수료했다. 일본 문화 전반에 관심을 가지고, 흥미로운 소설들을 탐독,
번역하고 있다.

고뇌하는 그
아름다운 그 3

초판 인쇄 2023년 9월 5일
초판 발행 2023년 9월 15일

지은이 나기라 유
옮긴이 메이
펴낸이 김소영
펴낸곳 포레
출판등록 1993년 10월 22일 제2003-000045호
주소 10881 경기도 파주시 회동길 210
전자우편 foret@munhak.com
전화 031) 955-1927(마케팅) 031) 955-1904(편집)

ISBN 978-89-546-9483-4 04830
      978-89-546-9480-3 (세트)